GOLDMANN

Buch

Inspektor Rostnikow muß zu seinem Urlaub gezwungen werden: Seine Moskauer Vorgesetzten ziehen ihn für eine Zeit aus dem Verkehr und schicken ihn zusammen mit seiner Frau Sarah nach Jalta. Doch schon bald hat die Monotonie aus gepflegten Teestunden und malerischen Sonnenuntergängen ein Ende. Als Rostnikow einen alten Moskauer Kollegen wiedertrifft und dieser nur wenig später tot am Strand gefunden wird, regt sich sofort Rostnikows Mißtrauen: Die offiziellen Stellen sprechen von einem Herzinfarkt, doch warum ist ein Mittelfinger des Toten gebrochen? Der Verdacht, daß man Informationen aus seinem Kollegen herauspressen wollte, läßt Rostnikow nicht mehr los. Bei seinen Nachforschungen sticht er in ein Wespennest.

Autor

Stuart M. Kaminsky lebt in Sarasota, Florida. Er ist Direktor des dortigen Florida State University Conservatory of Motion Picture. Sein Roman *Kalte Sonne* wurde 1989 als bester Kriminalroman des Jahres mit dem Edgar-Allan-Poe-Preis ausgezeichnet. Auch im neuesten Band seiner Inspektor-Rostnikow-Serie gelingt es Kaminsky wieder meisterhaft, neben dem packenden Krimi das Bild eines Landes zu zeichnen, in dem sich durch die Perestroika vieles verändert, wo aber auch erstarrte Strukturen dem Ansturm der neuen Zeit widerstehen.

Außerdem als Goldmann-Taschenbuch:
- Nacht auf dem Roten Platz (5067)
- Rotes Chamäleon (5072)
- Roter Regen (5089)
- Kalte Sonne (5111)
- Der Mann, der wie ein Bär ging (5157)

STUART M. KAMINSKY

ZWANGSURLAUB FÜR ROSTNIKOW

Kriminalroman

Aus dem Amerikanischen von
Christine Frauendorf-Mössel

Goldmann Verlag

Deutsche Erstausgabe

Die Originalausgabe erschien unter dem Titel
»Rostnikow's Vacation« bei Scribners, New York

Umwelthinweis
Alle bedruckten Materialien dieses Taschenbuches
sind chlorfrei und umweltfreundlich.
Das Papier enthält bereits Recycling-Anteile.

Der Goldmann Verlag
ist ein Unternehmen der Verlagsgruppe Bertelsmann

Made in Germany · 1. Auflage · 10/92

Umschlaggestaltung: Design Team München
Umschlagillustration: Carter Goodrich
Satz: IBV Satz- und Datentechnik GmbH, Berlin
Druck: Elsnerdruck, Berlin
Krimi 5801
Lektorat: Ulrich Genzler
Redaktion: Ursula Walther
Herstellung: Stefan Hansen
ISBN 3-442-05801-5

In Liebe für Enid,
mit der die Zeit erst begann.

»Wer sind Sie eigentlich?«
»Ein Händler.«
»Und woher wissen Sie, daß man mich beobachtet?«
»Ein Freund hat es mir gesagt.«
»Ein Spion?«
»Ja.«
»Und Sie? Sind Sie gleichfalls ein Spion?«
»Nein«, sagte Jewssej.

Doch dann sah er Simins hageres, bleiches Gesicht und erinnerte sich an den dumpfen, hohlen Klang seiner Stimme. Er verbesserte sich ohne Mühe: »Ja, ich bin auch einer.«

Aus Maxim Gorki ›Der Spitzel‹. 1907

Der KGB ist eine äußerst konservative Organisation. Sie diente nur einem Zweck: dem Kampf gegen den internationalen Imperialismus, den Zionismus, den Vatikan, Radio Liberty, Amnesty International, die Anhänger Titos, die Maoisten und andere Geheimdienste. Jetzt hat der KGB plötzlich keine Aufgabe mehr. All diese bösen Namen sind in der Versenkung verschwunden. Die Folge: Seine Mitglieder suchen ihr Heil in der linken Ecke wie ich ... und ich bin nicht allein; die meisten allerdings schlagen sich ins rechte Lager. Sie behaupten, das Volk werde betrogen, die Union falle auseinander. Sie proklamieren den Kampf bis zum bitteren Ende.

Der Generalmajor des KGB, Oleg Kalgunin, in einer Rede vor dem Kongreß der Reformkommunisten im Kinopalast Oktober in Moskau, Juni 1990.

PROLOG

Die Geschichte der Geheimpolizei Rußlands in der Zeit vom Zarenreich bis in die Gegenwart ist mehr als wechselhaft. Aber wer hätte schon etwas anderes erwartet? Die Organisation hatte zahllose Namen und viele Protagonisten.

Im Zarenreich entstand die Ochrana, die Garde, die die Zarenfamilie und ihren Hof vor Attentaten schützen sollte. Nach der Revolution 1917 wurde die Ochrana Vorbild für die Tscheka, die Außerordentliche Kommission unter Felix Dserschinskij, der Lenin direkt unterstand. Nach Lenins Tod 1922 wurde die Tscheka reorganisiert. Sie hieß von da an GPU, die staatliche politische Verwaltung. Im darauffolgenden Jahr wurde aus ihr die OGPU, die staatliche politische Verwaltung der Sowjetstaaten. Elf Jahre später, 1934, ließ Stalin im Zuge der Großen Säuberung sämtliche Führungsoffiziere der OGPU ermorden. Danach bildete er das NKWD, das Volkskommissariat für innere Angelegenheiten. 1941 benannte Stalin die Organisation in NKGB um, Volkskommissariat für Staatssicherheit. Fünf Jahre später wurde daraus das MWD, das Ministerium für innere Angelegenheiten. Erst 1954 erhielt es den Namen KGB, Komitee für Staatssicherheit. Und wer weiß, was demnächst daraus wird.

Oberst Nikolai Schenija vom KGB war diese Geschichte mehr als vertraut. Er sann über die Entwicklung der Organisation und seine eigene Zukunft nach, während er am Fenster seines Büros in der Lubjanka 22 stand, in der sich die Moskauer Zentrale des KGB sowie das Gefängnis ›Lubjanka‹ befanden. Es war ein neues Büro, das er erst wenige Tage zuvor bezogen hatte; ein größeres Büro, äußeres Zeichen seines kometenhaften Aufstiegs. Der Bleigehalt der frischaufgetragenen Wandfarbe traktierte ätzend Gaumen und Nasenschleimhäute.

Um den üblen Geschmack und Geruch zu überdecken, trank Schenija einen großen Schluck lauwarmen Tees aus der Tasse in seiner Hand. Nichts besserte sich.

Er sah sich um... neuer Schreibtisch, neue Stühle, eine neue Fotografie von Lenin; es war ein kleineres, praktischeres Bild Lenins, eines, das man schnell und problemlos abhängen, in einer Schublade des Aktenschranks verschwinden lassen und durch eine Ansicht des Kreml in der Abenddämmerung ersetzen konnte. Schenija war sich durchaus bewußt, daß die Männer in den umliegenden Büros bereits überlegten, ob sie die traditionellen Leninbilder abnehmen und den anderen Kollegen im Stockwerk einen Schritt voraus sein sollten. Allein die Erwägung hielt sie davon ab, daß in diesen politisch unsicheren Zeiten ihre Loyalität zu revolutionären Idealen vielleicht noch Bewunderung finden und ihre kluge Zurückhaltung eines Tages respektiert werden könnte. Es war die reine Überlebensstrategie, die sich nicht an ehrlicher Überzeugung orientierte, sondern an der Illusion, die man in bezug auf Überzeugungen aufrechterhielt.

Es gab besinnliche Augenblicke wie diesen vor Beginn der täglichen Routine, vor dem ersten Klopfzeichen an seiner Tür, da Oberst Schenija sich fragte, wie lange er seine jüngste Beförderung noch würde genießen können.

Oberst Schenija, der bereits eine Blitzkarriere hinter sich hatte, war mittlerweile einer der Jüngsten im Rang eines Oberst im gesamten KGB. Diesen Erfolg hatte er jedoch nie richtig genießen können. Jeder Betrug, jede Manipulation, jede Intrige seinerseits hatte er als äußerst fragile Sprosse auf der Leiter nach oben betrachtet. Es gab kein anderes Ziel, als höherzuklettern und sich immer weiter vom Boden zu entfernen.

Der Oberst, der das schüttere Haar glatt und streng aus der Stirn frisierte, schob die weißen Vorhänge zur Seite und starrte auf den Verkehrsstrom hinunter, der unter ihm auf dem Platz um das zwölf Meter hohe Denkmal von Felix Dserschinskij kreiste. Dserschinskij hatte die Tscheka aufgebaut... jene Organisation, die Wegbereiter des KGB gewesen war, des Schwertes der Revolution für Lenin.

Jetzt lag das Schwert der Revolution in den Händen der Gemäßigten. Und die konnten nicht einmal Käse damit schneiden. Das Schwert schwebte über Oberst Schenijas Kopf.

Schenijas Büro lag im obersten Stockwerk. Da es kurz vor fünf Uhr morgens war, konnte er die politischen Gefangenen bei ihrer Morgengymnastik oben auf dem Dach hören, vernahm ihren Gleichschritt wie das Trommeln eines heftigen Regenschauers.

1

Am Abend jenes Frühlingstages, an dem Oberst Nikolai Schenija am Fenster seines Büros in der Lubjanka gestanden hatte, waren drei Männer – zwei in Moskau und einer knapp zwei Kilometer außerhalb von Jalta – unterwegs.

Noch vor Ende dieser Nacht sollte einer der Männer seine Frau anrufen, der andere Zeuge eines Mordes werden und der dritte den Tod finden.

Trotz seiner Last hastete Jon Mandelstem so schnell er konnte durch die kleine Anlage gegenüber der Metrostation Sokolniki, aus der er gerade gekommen war. Die Tasche, die er wie einen kleinen Postsack geschultert hatte, schlug ihm gegen die Rippen. Aus Vorsicht, oder um das Gleichgewicht besser zu halten, hatte er den Stoffgriff der Tasche fest umfaßt.

Über ihm schoben sich Wolkenbänke vor die Sonne. Vom Westen her drang ein dumpfes Grollen wie von fernem Donner herüber.

Mandelstem, ein ernst wirkender junger Mann mit Brille, dunklem Anzug und passender Krawatte, sah nicht nach rechts und links. Er achtete weder auf das rostige, gut sieben Meter hohe Zeichen von Hammer und Sichel am Wegesrand gegenüber der Baumgruppe, an der er gerade vorüberkam, noch würdigte er die beiden Jungen im Weitergehen eines Blickes, die von der niedrigen Betonmauer am Teich aus angelten.

Einer der Jungen, der zwölfjährige Iwan, sah über die Schulter zu dem blonden jungen Mann hinüber, dem Eile und

Gewicht der Tasche mit dem undefinierbaren Inhalt den Schweiß aus allen Poren trieben. Iwan kam flüchtig der Gedanke, der Mann könne einen kleinen Kühlschrank transportieren, wie ihn seine Großeltern in der Puschkinstraße besaßen. Die Form, vielleicht auch das Gewicht schienen zu stimmen. Iwans Angelschnur ruckte sanft. Ursache dafür war jedoch kein Fisch, sondern eine Welle, die ein Windstoß, Vorbote des Regens, vor sich hertrieb. Als sich der Junge wieder umsah, war der junge Mann mit der großen Tasche verschwunden.

Jon Mandelstem hastete weiter. Die Brille mit den runden Gläsern rutschte ihm über die Nase. Er ging jedoch weder langsamer, noch ließ er den Henkel der Tasche los, um die Brille zurechtzurücken. Statt dessen stützte er seine Last auf die Hüfte und schob die Brille mit einer Hand hastig auf die Nasenwurzel zurück. Dabei wußte er, daß die Brille immer wieder rutschen würde, solange er den Schweiß auf dem Nasenrücken nicht trocknete.

Fernes Donnergrollen und der sich rasch verdunkelnde Himmel trieben Mandelstem zu noch größerer Eile an. Er erreichte die Straße an der Rückseite der Anlage, als die ersten Tropfen fielen. Er wartete drei Autos ab und versuchte dann zu laufen. Die Tasche schlug unrhythmisch und schmerzhaft gegen seine Rippen, und sein Hüftknochen scheuerte mit jedem hastigen Schritt am metallenen Inhalt.

Die beiden Jungen aus der Anlage rannten mit ihren Angeln an ihm vorbei und lachten in den Regen. Eine Babuschka, eine alte Frau in schwarzem Pullover und mit einem Einkaufsnetz, in dem Kartoffeln und ein Block wabbeliger Käse hingen, prallte auf dem Bürgersteig beinahe auf Jon Mandelstem. Ihre Blicke trafen sich. Obwohl er durch den Regen kaum etwas erkennen konnte, war er sofort auf der Hut und preßte die Tasche an sich, als fürchte er einen Angriff der nassen Gestalt. Diese jedoch hastete, Unverständliches murmelnd, davon.

Jon Mandelstem hatte gerade das Gebäude 1 der vier vierzehnstöckigen, unter den älteren Mietern als Friedrich-Engels-Quartett bekannten Wohngebäude hinter sich gelassen, als es abrupt zu regnen aufhörte. Der Wolkenbruch hatte kaum zwei Minuten gedauert. Der Himmel hellte sich bereits auf. Ein Passagierflugzeug, das offenbar kurz zuvor auf dem Flughafen Scheremetjewo gestartet war, donnerte über ihn hinweg.

Jon Mandelstem setzte seinen Weg fort und platschte durch Pfützen auf sein Ziel, das Gebäude 2, zu.

Einige Leute kamen aus dem Wohnblock und sahen zu den Wolkentürmen auf, aus denen wie zum Abschied Donner grollte, bevor sie westwärts, fort von Moskau, zogen.

Die Tür zu öffnen war für Mandelstem ein Problem. Er konnte seine Tasche nicht auf den nassen Boden stellen. Und mit einer Hand war die Tür nicht aufzubekommen. Jemand rettete ihn und zog die Tür von innen auf.

»Regnet's noch?« fragte die Frau und trat zurück, um Jon vorbeizulassen.

»Nein«, antwortete Jon, nahm die Brille ab und atmete keuchend.

Im trüben Licht des schmalen Korridors erkannte er die Frau. Sie war Ende Dreißig, vielleicht sogar schon Vierzig, grell geschminkt und trug ein blaues Kleid mit weißem Blumenmuster.

»Ich will nicht naß werden... oder mir die Frisur verderben«, sagte sie. »Es ist so... Sind Sie nicht in Nummer 10 eingezogen? Ich hab' Sie doch schon gesehen.«

»Ja«, erwiderte Jon. Aufzüge gab es im Engels-Quartett nicht. Die vier Blocks und die niedrigeren Mietskasernen der Umgebung aus den fünfziger und sechziger Jahren empfahlen sich durch keinerlei Annehmlichkeiten. Der Service war miserabel und seit den Reformen noch schlimmer. Nicht einmal politischer Druck hatte Reparaturarbeiten irgendwelcher Art bewirken können. Der Flughafen war zu nah. Die Flugrouten führten exakt über das Viertel. Und trotzdem konnte man froh sein, wenn man überhaupt eine Wohnung bekam. Jon wußte, daß er auch diese nur aufgrund besonderer Beziehungen erhalten hatte.

Sein Atem ging wieder ruhiger. Er zwängte sich an der Frau vorbei, um die Treppe hinaufzusteigen. Er wollte nur in sein Zimmer, die Tür hinter sich abschließen, den Schatz, den er unter seinem Arm trug, begutachten und dann seine nassen Klamotten loswerden.

»Ich heiße Tamara«, begann die Frau, trat auf ihn zu und streckte die Hand aus.

Jon versuchte hastig, die Handfläche an der nassen Hose trockenzureiben und reichte ihr die Hand.

Die Hand der Frau fühlte sich warm und weich an. Sie hatte ein sympathisches Lächeln und einen schönen Teint.

»Jon Mandelstem«, stellte er sich vor.

»Jude?«

»Ja«, antwortete er trotzig und ging hastig eine Stufe höher.

»Schlechte Zeiten für Juden«, bemerkte Tamara kopfschüttelnd. »Schauen Sie nicht so ängstlich drein. Ich habe nichts gegen Juden. Und ich kann's beweisen. In zwei Stunden bin ich zurück. Kommen Sie auf einen Schluck in meine Wohnung. Ich wohne Nummer 116.«

»Ich... ich kann nicht.«

»Mein Mann ist in Litauen... oder wo's sonst gerade brennt«, sagte sie mit einer wegwerfenden Handbewegung. Das konnte entweder heißen, daß der Aufenthaltsort ihres Mannes belanglos war oder daß Litauens geographische Lage keine Rolle spielte.

»Ist er Soldat?« fragte Mandelstem.

»Nein.« Sie lachte auf. »Elektriker.« Sie trat näher. »Also?«

»Also was?« Das Gewicht auf seinen schmerzenden Schultern wurde unerträglich.

»Also kommen Sie nachher zu mir?« Sie stand jetzt so nah, daß ihr Atem sein Gesicht berührte. Er war warm und roch süßlich.

»Vielleicht«, antwortete er. Damit wandte er sich ab und stieg die Treppe hinauf. »Vielleicht ein andermal.«

»Ein anderes Mal gibt's nicht.« Sie schüttelte den Kopf. »Die Wohnung gehört einer Freundin. Sie kommt in ein paar Tagen zurück. Dann muß ich raus. Heute abend oder gar nicht.«

»Ich...«, begann Jon.

»Überlegen Sie's sich.« Sie lächelte. Dann ging sie in Richtung Tür.

Jon stieg weiter die Treppe hinauf.

Unter ihm schüttelte Tamara den Kopf. Sie faßte sich mit beiden Händen an die Brüste, als ob sie sich vergewissern wollte, daß sie noch da waren. Dann trat sie in den Abend hinaus. Dabei wäre sie beinahe mit einem hageren Mann zusammengestoßen. Er trug Arbeiterjacke und hatte die Mütze tief in die Stirn gezogen.

»Entschuldigung«, murmelte sie freundlich lächelnd und entblößte ihre ebenmäßigen weißen, etwas langen Zähne, auf die sie so stolz war. Der Mann sah sie nicht an.

Jon Mandelstem war erschöpft, als er vor seiner Wohnungstür stand. Er stellte die Tasche ab und sah sich im leeren Korridor um, ob ihn jemand beobachtete. Keine der anderen Türen war auch nur einen Spaltbreit geöffnet. Von irgendwoher drang bitteres Lachen zu ihm. Jon zückte seinen Schlüssel, schloß auf und bugsierte die Tasche über die Schwelle. Er knipste das Licht an und schloß die Tür.

Er ließ den Blick durch das kleine Zimmer und zur Tür schweifen, nahm die Brille ab, steckte sie in sein Jackett und trug die Tasche zum Schreibtisch in der Ecke. Dann zog er seine nassen Sachen aus und warf sie in Richtung auf das abgewetzte, jedoch brauchbare Sofa an der Wand.

Nur mit Socken bekleidet ging er in den angrenzenden, ebenso winzigen Raum, der als Badezimmer diente. Auf dem Weg zur Duschkabine entledigte er sich hüpfend auch der Strümpfe.

Er zog die Kabinentür auf und fand sich einem grinsenden Mann mit schlechten Zähnen gegenüber.

Die Luft an diesem Abend in der Krim hatte etwas Frostiges. Georgi Wassilijewitsch schlug den Jackenkragen hoch, bewegte die Schultern und ging den Weg des Zaren von Liwadija zum Sanatorium Oreanda entlang. Es war noch früh am Abend. Da die Kulisse des dichten Waldes jedoch den Blick auf die untergehende Sonne versperrte, schien es viel später zu sein.

Wassilijewitsch hatte keine Eile. Er redete sich ein, den Wald und die Natur zu mögen und als Stadtmensch die reine Luft und die Einsamkeit zu genießen. Das alles redete er sich ein, aber irgend etwas in ihm wehrte sich dagegen. Georgi Wassilijewitsch war Polizist, ein guter Polizist, der eine Lüge, auch wenn sie die eigene war, erkannte. Nein, die Wahrheit war, daß er alt wurde. Er war müde. Möglich, daß General Pluskat recht gehabt hatte, ihn zu diesem Urlaub zu zwingen, ihn für mehrere Wochen zur Untersuchung und Therapie ins Sanatorium zu schicken. Er hatte hart gearbeitet in der Schaltzentrale der GRU, des militärischen Nachrichtendienstes. Und in den Streitkräften herrschte auf allen Ebenen Unruhe. Der Arbeitsdruck war immens. Und man bewältigte die Aufgaben, ohne der Mühe Lohn zu erhalten, ohne Anerkennung der Vorgesetzten, die wie hypnotisierte Kaninchen auf die Umwälzungen unter Gorbatschow starrten und darüber die unmenschlichen Anstrengungen ihrer Untergebenen schlicht übersahen.

Der Weg machte eine Biegung und führte zu der halbrunden, überdachten Aussichtsplattform über der Küste. Hier blieb er stets stehen. Seit einer Woche, seit Dr. Wostow ihm den Spaziergang verordnet hatte, war er täglich diesen Weg gegangen. Und immer hatte Wassilijewitsch auf dem Hin- und Rückweg am Aussichtspunkt haltgemacht, um den Ausblick zu genießen und zu verschnaufen.

Wassilijewitsch war herzkrank. Das stand fest. Er hatte bereits einen Herzinfarkt hinter sich. Vier Jahre war das her, und seit damals, seit seiner Entlassung aus der Klinik, waren seine Untersuchungsergebnisse stets zufriedenstellend gewesen. Die Ferien, so hatte er entschieden, taten ihm gut. Zum Glück jedoch hatte er in Jalta mehr gefunden als Meer und Wälder, das ihn interessierte. Er war auf ein Rätsel gestoßen, das er jetzt gelöst zu haben glaubte.

Georgi Wassilijewitsch stützte seine arthritischen Hände auf das Geländer und sah zum Matschtowaja-Felsen hinüber, dessen graue Masse in zwei Teile gespalten war. Eine alte Putzfrau aus dem Sanatorium hatte ihm erzählt, daß Archäologen unterhalb der Wasserlinie im Felsen eine Höhle entdeckt hatten, in der einst Menschen aus der Vorzeit gehaust hatten.

Ein Tier oder ein später Spaziergänger raschelte in den Büschen hinter seinem Rücken. Wassilijewitsch drehte sich nicht um. Einen flüchtigen Augenblick lang war ihm so, als sei seine Frau Magda nur wenige Schritte hinter ihm und würde nun neben ihn treten und gemeinsam mit ihm auf die Krestowy-Klippen hinübersehen; auf jene verdammten Klippen, wo die Weißen Garden die revoltierenden Matrosen und Arbeiter von Sewastopol und Jalta erschossen hatten. Am Fuß der Klippen standen die Ruinen eines Palais, das hundert Jahre zuvor Opfer der Flammen geworden war. Um das zu wissen, brauchte er keine alte Putzfrau. Eine Kirche befand sich nur wenige hundert Meter vom Sanatorium entfernt, auf dessen Dach jetzt die Abendsonne schimmerte.

Magda ist fünf, nein neun Jahre tot, dachte Wassilijewitsch.

Es konnte also nicht sein. Und doch war es so. Er lächelte. Sentimentalitäten. Dabei war er kein sentimentaler Mann. Zu ihren Lebzeiten hatte er Magda gegenüber keine großen Gefühle gehegt. Im Gegenteil. Sie hatten häufig gestritten. Und in den letzten zwanzig Ehejahren konnte er sich an keine einzige Umarmung erinnern. Und doch vermißte er sie. Bei ihrem Tod hatte er trotz ernstem, tränenverdächtigem, gesenktem Blick eine geheime Freude empfunden. Er hatte seine wiedergewonnene Freiheit bejubelt. Er konnte arbeiten, wann und soviel er wollte, seine Pfeife im Unterhemd rauchen, fernsehen. Aber diese Freude über die Freiheit hatte nicht einmal ein Jahr angehalten. Er wußte nicht genau, wie lange es gedauert hatte. Das Verlustgefühl hatte sich ganz allmählich eingestellt.

Diesmal veranlaßten Wassilijewitsch die Geräusche hinter seinem Rücken, sich umzudrehen. Er hätte seine Brille aufsetzen sollen. Das wußte er. Aber Georgi war ein stolzer Mann. Früher war er sogar ein großer Mann gewesen. Aber die Jahre, seine Krankheit und ein psychischer Mangel, den er nicht begriff und an den er nicht glauben wollte, hatten ihm den aufrechten Gang geraubt.

Es war nichts und niemand zu sehen. Trotzdem konnte Vorsicht nicht schaden. Am Rand des Aussichtspavillons beugte er sich nieder und tat so, als wolle er den Schuh neu binden. Dabei starrte er in Richtung Bäume, ohne den Kopf zu wenden.

Schließlich setzte Wassilijewitsch seinen Spaziergang fort. Und bald hatte ihn jene Problematik wieder eingeholt, die ihn seit Tagen beschäftigte; Dinge, die er Rostnikow nicht hatte anvertrauen wollen. Selbst wenn Rostnikow Verständnis gezeigt hätte, wovon Wassilijewitsch eigentlich ausging, hätte er ihn sicher für einen Trottel gehalten.

Wassilijewitsch wäre gern schneller gegangen. Doch er zögerte aus Angst vor jenem Aussetzen des Herzens, jener

Atemlosigkeit, die er nur einmal, vier Jahre zuvor, bei seiner Herzattacke erlebt hatte.

»Es geht mir besser«, sagte er zu sich und schritt mit gesenktem Kopf weiter, als müsse er gegen heftigen, eisigen Wind ankämpfen.

Und damit stand seine Entscheidung fest. Er hatte genug von diesem Ort, von dieser Einsamkeit. Er würde zum Sanatorium zurückkehren, seine Sachen packen und Dr. Wostow sagen, daß er mit der erstbesten Maschine nach Moskau fliegen wolle. Er hatte ein offenes Ticket. Damit brauchte er nur bei der Fluggesellschaft anzurufen...

Es war tatsächlich jemand hinter ihm. Definitiv. Wassilijewitsch blieb stehen, verließ den Weg und trat vor einen Baum. Er war ein hagerer, knochiger Mann. Im Dunkeln konnte man ihn ohne weiteres für einen Ast dieses Baumes halten. Bedächtig und behutsam nahm er die Brille aus der Jackettasche und setzte sie auf die Nase. Nachdem er sie zurechtgerückt hatte, stand Georgi Wassilijewitsch bewegungslos wie früher, wenn er einen Verdächtigen observiert hatte. Er zwang sich, flach zu atmen, so daß der Atem in der Geräuschkulisse des Waldes und im Rauschen der Brandung unterging. Er war unbewaffnet. Wer brauchte während eines Sanatoriumaufenthalts schon eine Waffe? Seine Pistole lag in einer Stahlkassette in seinem Moskauer Büro.

Wassilijewitsch lauschte fünf oder zehn Minuten. Nichts. Rostnikow hatte oder hätte recht gehabt, wäre Wassilijewitsch so dämlich gewesen, ihm seine Vermutung mitzuteilen. Er hatte Rostnikow lediglich gesagt, daß er an einer Sache arbeite, Unterlagen sammle, über die er ihn bald informieren werde. Vorerst jedoch hatte er alles für sich behalten. Georgi Wassilijewitsch war ein alter Fuchs, der zu viele Spielchen gespielt, zu viele Leichen gesehen hatte. Er hatte Rostnikow nur mit jenem wissenden Lächeln bedacht, durch das er über vierzig Jahre Kollegen und Verdächtigen gleichermaßen mitgeteilt hatte, daß er, Wassilijewitsch, etwas wußte und ein großes Geheimnis bewahrte.

Er trat wieder auf den Weg. Ihm war noch kälter geworden. Die Blutzirkulation in den Füßen war schlecht. Seine Hände fühlten sich taub an.

»Dabei ist es gar nicht kalt«, flüsterte er vor sich hin und fluchte beim Weitergehen. »Du bist ein alter Esel, führst Selbstgespräche, kannst nicht klar denken, nicht...«

Vor ihm auf dem Weg standen zwei Männer. Davonzulaufen oder sich zu verstecken konnte er sich aus dem Kopf schlagen. Aktivitäten dieser Art verbot ihm seine Körperverfassung. Er überdachte hastig die Situation. Dann ging er auf die Männer zu, die er noch nicht genau erkennen konnte. In etwa zwei Metern Entfernung blieb er schließlich stehen. Jetzt konnte er ihre Gesichter erkennen, sah, wie sie gekleidet waren. Der eine, ein breitschultriger Hüne im blauen Pullover, machte eine düstere Miene, während der zweite, klein, sehr klein und mager, den seltsamen Silberblick nicht einmal auf Wassilijewitsch gerichtet hatte.

Und in diesem Augenblick ergab plötzlich alles einen Sinn. Er hatte es sich kaum vorstellen können. Er hatte es herausgefunden, hatte alles richtig gedeutet. Flüchtig wünschte er, sich Porfirij Petrowitsch Rostnikow doch anvertraut zu haben. Er ging nicht mehr weiter, als eine mächtige Welle jenseits der Bäume auf den Strand rollte.

Obwohl der Film im Oktober-Palast noch nicht zu Ende war und Emil Karpo die Handlung nicht kannte, ja sogar seit fünfundzwanzig Jahren nicht mehr im Kino gewesen war, stand er auf und ging. Er hatte auf einem Platz direkt am Gang gesessen, während vor ihm auf der Leinwand feiste Ungarn lachten, sich wie Idioten benahmen und Jagd auf dürre blonde Frauen machten, die gelegentlich ein paar Brocken Französisch von sich gaben.

Emil Karpo war weder ein Liebhaber noch ein Feind des Kinos. Er folgte lediglich einer jungen Frau, die den Zuschauerraum mit den zweitausendfünfhundert Sitzplätzen nur Augenblicke zuvor verlassen hatte. Lenin hatte das Kino seiner entscheidenden propagandistischen Funktion wegen gefördert. Filme sollten aufklären, revolutionäre Ideen und Ideale festigen. Karpo sah in Filmen im großen und ganzen nichts als Opium fürs Volk. Lenin lobte den Film, und Karpo nahm aus Überzeugung, was bei ihm Vernunft hieß, an, daß Lenin wußte, wovon er redete. Möglicherweise hatten Filme eine Suggestivkraft, die man nutzen konnte, um Menschen zu Revolutionen zu verleiten. Das allerdings war lange her. Vielleicht hatten ja Lenins Worte die Macht besessen, jene zu überzeugen, die tatsächlich glauben wollten; aber das war noch nicht so lange her. Mittlerweile allerdings fielen in Provinzstädten bereits die ersten Lenindenkmäler. Die langsam fortschreitende Verwirklichung des revolutionären Traums wurde einfach in Abrede gestellt. Dafür streuten ungarisch-amerikanische Filme neue Illusionen unters Volk.

Die Dunkelheit und relative Ruhe des Kinos waren allerdings ein entscheidender Fortschritt gegenüber der Keller-Bar ›Billy Joel‹, in der die junge Frau, die er observierte, die letzten zwei Stunden verbracht hatte. Qualmige, von Marihuana geschwängerte Luft und rotes Licht in Verbindung mit den schrillen, elektronischen Klängen einer Heavy-Metal-Band waren für Karpo schwer erträglich gewesen.

Dabei hatte Karpo gar nicht gewagt, das Kellerlokal zu betreten. Er war mindestens zwanzig Jahre älter als der älteste Gast im Billy Joel. Er wußte, daß er keine Chance hatte, in diesem Publikum nicht aufzufallen. Emil Karpo war eine große, gespenstisch wirkende Erscheinung mit orientalischen Zügen. Er hatte schwarzes, schütteres Haar, hohe Wangenknochen und eine fast weiße, glatte Haut. Seine stets unbewegliche Miene und die Tatsache, daß er sich nur in Schwarz kleidete, hatten ihm zusammen mit den anderen äußeren Merkmalen bei Kollegen und Kriminellen gleichermaßen den Spitznamen der ›Vampir‹ oder der ›Tatar‹ eingetragen. Karpo wußte das, störte sich jedoch nicht daran. Am Mienenspiel der Menschen, mit denen er zu tun hatte, erkannte er, daß er einen stummen, verbissenen Fanatismus ausstrahlte, den er in Wirklichkeit nicht empfand.

Aus all diesen Gründen war das Billy Joel für ihn tabu gewesen. Zum Glück hatte er entdeckt, daß ein schmutziges Fenster hinter der Bar auf einen schmalen Durchgang hinausführte. Mit Hilfe eines handlichen Glasschneiders hatte Karpo ein so winziges Loch in die Scheibe gemacht, daß dieses vermutlich erst beim Fensterputzen bemerkt werden würde. Falls hier überhaupt je etwas saubergemacht wurde.

Er hatte die junge Frau und die anderen Gäste durch diese Öffnung beobachtet und gesehen, wie Drogen die Besitzer wechselten, Frauen sich prostituierten. Tief in seinem Inneren fühlte Karpo sich krank. Nicht nur, daß diese jungen Leute sich korrumpierten – nach siebzig Jahren Sowjetherrschaft herrschte noch dasselbe Chaos wie unter den Zaren. Die Kellerbar war Chaos, Krach und Verfall gewesen. Wäre er hineingegangen, hätte sich innerhalb von zehn Minuten einer seiner Migränefälle eingestellt. Also hatte er vom Fenster aus alles geduldig beobachtet – beobachtet, wie er es so viele Male in der Vergangenheit getan hatte.

Die schöne, rastlose junge Frau hatte vier Gläser getrunken, sich mit vernichtenden Blicken und ätzenden Bemerkungen zwei junge Männer und eine junge Frau vom Leib gehalten, die versucht hatten, sie anzumachen. Und die ganze Zeit über hatte sie allein an einem Tisch mit freiem Blick auf die Bühne gesessen, auf der die Verrückten tobten. Sie hieß Carla. Das war einer der Fakten, die Karpo über sie in seinem Notizbuch vermerkt hatte. Diese Information und alles, was er noch im Laufe des Tages über sie herausfinden würde, sollte in dickere Notizbücher übertragen werden, sobald er in seiner Wohnung war.

Carla starrte fast die ganze Zeit über in ihr Glas. Die Band, die sich kaum fünf Meter von ihr entfernt die Seele aus dem Leib brüllte und kreischte, würdigte sie kaum eines Blickes. Dann plötzlich, mitten während eines Songs, über den Haß gegen feige Eltern, schrill vorgetragen von einem Kindweib mit karottenrotem Haar, stand Carla auf und ging.

Vor der Kellerbar hatte sie einem Taxi gewunken. Sie hatte keine Schwierigkeiten, eines zu bekommen. Bei hübschen jungen Mädchen hielten Taxis immer. Und dieses flotte Mädchen trug auch noch ein hautenges rotes Kleid mit breitem Ledergürtel. Ihr dichtes rotes Haar, passend zum Kleid, fiel ihr in Kaskaden über Rücken und Schultern.

Auch Karpo hatte nie Schwierigkeiten, Taxis zu bekommen. Er war kaum auf die Straße getreten und hatte die Hand gehoben, als schon ein Wagen vor ihm anhielt. Doch Taxis hielten bei ihm aus einem anderen Grund als bei Carla. Die Frau am Steuer des Wagens hieß Sophie Mirbat, hatte zehn Stunden Dienst hinter sich und war auf dem Nachhauseweg. Sie hatte Karpos Aussage, Polizist zu sein, akzeptiert, hatte auf seine Anfrage ihren Namen genannt und folgte tunlichst dem anderen Taxi in der Hoffnung, daß es bald anhalten würde, damit sie den Vampir auf dem Rücksitz loswerden und noch vor Mitternacht zu Hause bei Vater und Sohn sein konnte. Doch es sollte nicht sein.

Als sie vor dem Oktober-Palast am Kalininskij-Prospekt anhielten, sagte der Vampir: »Sie warten hier, Sophie Mirbat. Sie warten, und wenn's bis zum Morgengrauen dauern sollte.«

Sophie Mirbat überlegte. Als der Mann im Kino verschwand, verwarf sie jedoch den Gedanken, einfach davonzufahren. Diesen Mann versetzte man nicht. Statt dessen sah sie zu dem Wandmosaik an der Fassade des Kinopalastes auf, das Ausschnitte aus historischen Begebenheiten der Sowjetunion zeigte. Zum Beispiel den Sturm auf den Winterpalast, den Bürgerkrieg. Sie fixierte ruhig das Wandmosaik und überlegte, ob sie es wagen sollte, dem Mann die Wartezeit zu berechnen.

Jetzt, über eine Stunde später, telefonierte die schöne junge Frau, der Karpo folgte, in einer Telefonzelle vor dem Kino. Karpo hielt sich vorsichtig im Lichtschatten. Er wußte aus Erfahrung, welchen nachhaltigen Eindruck er bei den Leuten hinterließ. Also hatte er gelernt, sich unsichtbar zu machen.

Von ihrem Parkplatz aus konnte Sophie Mirbat, die Taxifahrerin, sowohl Karpo als auch die junge Frau sehen, die dieser beschattete. Sie spielte mit dem Gedanken, den Motor anzulassen, beschloß dann jedoch zu warten. Benzin war teuer und wurde immer kostbarer.

Carlas Anruf dauerte nur Sekunden. Nur sie schien zu reden. Dann legte sie wütend auf. Sie fing den mißbilligenden Blick eines vorbeigehenden alten Ehepaars auf. Sie starrte die Alten trotzig an, eine Hand in die Hüfte gestemmt, den Daumen der anderen in den Gürtel gehakt. Das alte Ehepaar ging weiter. Ihre Schönheit war unbestritten. Fragen der Ästhetik jedoch kümmerten Karpo nicht. Die Revolution war alleiniger Inhalt seines Lebens. Er hatte nur dafür gelebt, den Staat zu reinigen, die ideale Welt zu verwirklichen, für die Lenin gestorben war und an die Karpo glaubte. Daß er einen Körper, Bedürfnisse, Emotionen hatte, akzeptierte er. Freude machte ihm diese Erkenntnis allerdings nicht. Trotzdem erkannte er das Tier im Menschen, und Tiere hatten Bedürfnisse. Längst war er zu der Einsicht gelangt, daß es besser war, diese Bedürfnissse zu befriedigen.

Karpo brauchte seine Arbeit. Es gab nichts anderes; sollte es auch nicht. Die kleine Wohnung im fünften Stock war für ihn zum Arbeiten da. Sie enthielt nur ein schmales Bett, eine Kommode, einen schlichten Holzschreibtisch und Regale;

letztere enthielten schwarzgebundene Notizbücher mit sämtlichen Einzelheiten der Fälle, die Karpo bearbeitet hatte; einschließlich Hunderter ungelöster Fälle, denen er sich an den Abenden und dienstfreien Tagen annahm. Mittlerweile allerdings war er überfordert. Verbrechen waren längst keine vereinzelten Vorkommnisse mehr, die mit etwas Geduld Stück um Stück ausgemerzt werden konnten. Wahrhaftig nicht. Das Verbrechen in Moskau war zu einer riesigen Krake geworden.

Emil Karpo suchte sein Heil allein darin, daß er vollkommen in seiner Arbeit aufging. Und der Fall, an dem er gerade arbeitete, war durchaus therapeutischer Natur.

Am Vortag hatte er Oberst Snitkonoi Bericht erstattet. Er hatte nämlich eine Spur, die zu jenem jungen Mann führte, der des Mordes verdächtig war; begangen an einem deutschen Geschäftsmann namens Bittermunder am Ufer der Moskwa, eine Woche zuvor. Ein Informant hatte ihm von einer jungen Frau mit karottenrotem Haar erzählt. Diese Carla, Stammgast im Rockcafé Billy Joel an der Gorkistraße, hatte von dem verrückten Jungen erzählt, mit dem sie zusammenlebte; einem Jungen, der einen Deutschen getötet haben sollte.

Als Oberst Snitkonoi Karpo daher befohlen hatte, Urlaub zu nehmen und Moskau zu verlassen, war Karpo dieser Aufforderung nicht gefolgt. Allein die Vorstellung, kurz vor der Verhaftung eines Mörders nicht in Moskau zu sein, drohte einen seiner Migräneanfälle heraufzubeschwören. Dabei wäre ein Urlaub zu diesem Zeitpunkt durchaus vernünftig gewesen. Rostnikow war nicht da. Zahllose Ermittlungen hatten sie gemeinsam durchgeführt. Also machte es durchaus Sinn, die Arbeit auszusetzen, bis sie beide wieder im Dienst waren. Karpo hatte dem jedoch entgegengehalten, daß die ihm zur Verfügung stehende freie Zeit weitgehend durch die Operation an seinem rechten Arm und die anschließende Rekonvaleszenz aufgezehrt worden sei. Der Arm war bei der Verfolgung eines Einbrechers und später bei einem Sprengstoffattentat auf dem roten Platz schwer verletzt worden, als er sich einem Terroristen entgegengestellt hatte. Letztere Tat hatte ihm eine Verdienstmedaille der Stadt Moskau eingebracht. Oberst Snitkonoi argumentierte, daß dies ein wohlverdienter Krankenurlaub und keine Ferien gewesen seien.

Normalerweise akzeptierte Karpo Ferien durchaus. Sie ließen ihm für die ungelösten Fälle Zeit. Allerdings war es das erste Mal, daß ihm die Auflage gemacht wurde, Moskau zu verlassen – und das zu einem Zeitpunkt, da er seine Arbeit dringender brauchte denn je.

»Wenn ich Ihnen gestatte zu bleiben«, hatte der Graue Wolf gesagt, »arbeiten Sie doch nur weiter. Also verschwinden Sie. Erholen Sie sich. Ich habe eine kleine Datscha bei Borodino. Oder besuchen Sie Ihre Verwandten in Kiew. Lesen Sie. Schlafen Sie. Betrachten Sie die Bäume. Wenn Sie wiederkommen, sind Sie wie neugeboren. Es gibt viel zu tun. Und wir brauchen Sie in bester Verfassung.«

Jedes weitere Wort wäre sinnlos gewesen. Karpo konnte und wollte nichts erklären. Bald war er demnach offiziell im Urlaub. Und ganz offiziell informierte er Pankow, den Sekretär des Oberst, daß er in wenigen Tagen zu Verwandten in die Nähe von Kiew reisen würde, wo er telefonisch nicht erreichbar sei.

Ganz inoffiziell stand er mittlerweile in der Lobby des Oktober-Palasts und beobachtete ein schönes Mädchen, das ihn möglicherweise zum Anführer einer Bande führen konnte, die vielleicht in den Mord an einem deutschen Geschäftsmann verwickelt war. Er hatte nicht die Absicht, Moskau zu verlassen. Nicht, bevor er seine Pflicht getan hatte.

Carla hatte Zeit, eine Zigarette zu rauchen und vierundzwanzigmal auf und ab zu gehen, bis vor dem Kino ein alter Tschaika hielt. Es war ein gutgepflegter Wagen, in dessen Lack sich die Lichter des Kinos und der Straße spiegelten.

Dem Auto entstieg ein Mann mit kurzgeschnittenem schwarzen Haar und elegantem graumelierten Bart. Der Mann sah sich nach allen Richtungen um, als die junge Frau in den Tschaika stieg und die Tür zuzog.

Auf der Straße fuhren Autos vorbei, doch der Mann setzte sich nicht in den Wagen. Er ließ weiterhin seine Blicke schweifen, sah sogar in die Kinohalle und direkt zu jener Stelle, wo der große Mann in Schwarz tief im Lichtschatten stand.

»Komm endlich!« rief Carla ungeduldig dem Mann zu, dessen Hand auf dem Autodach ruhte.

»Warte!« erwiderte er ruhig.

Selbst auf diese Entfernung glaubte Karpo einen Akzent herauszuhören.

Die junge Frau sagte deutlich verärgert: »Der Film war miserabel.«

Der Mann sagte nichts. Sein Blick schweifte weiterhin prüfend über Straße und Hauseingänge.

Die Frau kurbelte ihr Fenster hoch. Kurz darauf öffnete der Bärtige sichtlich beruhigt die Autotür, setzte sich hinter das Steuer und fuhr davon.

Karpo lief auf die Straße. Der Wagen mit dem Bärtigen und der jungen Frau entfernte sich zu seiner Rechten. Links von ihm flammten die Scheinwerfer von Sophie Mirbats Taxi auf, doch in diese Richtung sah er nicht. Sein Blick war noch immer auf den davonfahrenden Tschaika gerichtet, als das Taxi am Straßenrand hielt. Er riß die Tür auf und nahm auf dem Beifahrersitz Platz.

»Hinterher!« sagte Karpo und deutete in Richtung zahlreicher Autorücklichter. »Der Wagen dort.«

»Wo?« fragte Sophie und reihte sich in den Verkehr ein.

»Fahren Sie!« befahl Karpo.

»Ich fahre doch schon«, entgegnete sie. »Aber...?«

»Schneller!«

»Ich seh' ihn nicht«, sagte Sophie Mirbat.

»Ich sehe ihn«, erklärte Karpo. »Langsamer. Nicht zu nah.«

»Wohin denn zu nah? Wohin fahren wir überhaupt?« Sie sah Karpo an. Der Blick, den sie damit erntete, genügte. Sie sagte nichts mehr.

Karpo glaubte nicht, daß sie weit fahren mußten. Nur lange konnte es dauern. Nach dem Anruf der jungen Frau war der Wagen schnell vor Ort gewesen. Lange konnte es dauern, weil der bärtige Fahrer vorsichtig, sehr vorsichtig war. Es war ein Spiel. Der Bärtige würde sich verhalten, als würde er verfolgt, obwohl er das sicher für unwahrscheinlich hielt. Er würde die Augen offenhalten, durch Nebenstraßen kurven und Carla erst dann am Ziel absetzen, nachdem er sicher war, nicht verfolgt zu werden.

Also fuhren sie. Der Tschaika und das Taxi bewegten sich im Kreis; immer über dieselben Straßen und an denselben Ekken vorbei. Sophie Mirbat sagte nichts, befolgte die Anweisungen des gespenstischen Mannes an ihrer Seite. Zwanzig Minuten später hielt der Tschaika an einer Stelle, die sie auch nach fünf Minuten hätten erreichen können.

»Benzinkosten scheinen die nicht zu scheuen«, bemerkte Sophie Mirbat und bereute es sofort.

»Halten Sie hier an!« befahl Karpo.

Der Wagen stoppte. Sie waren in einer Seitenstraße am Smolensker Platz, nahe der Borodinskij-Brücke. Hinter den Hochhäusern, nur einen Block weit entfernt, floß die Moskwa. Karpo stieg aus dem Taxi. Ein Schiffshorn hallte durch die Nacht.

»Soll ich...?« begann Sophie Mirbat leise und kurbelte das Fenster herunter.

»Fahren Sie!« Karpo drückte ihr ein paar Geldscheine in die Hand.

Das ließ sich Sophie nicht zweimal sagen. Sie nahm sich

nicht die Zeit, das Geld nachzuzählen. Sie drehte um, und im nächsten Moment war das Taxi in der Dunkelheit verschwunden.

Einen Block weiter stieg die junge Frau mit dem karottenroten Haar aus dem Wagen und knallte die Tür wütend zu. Der Bärtige fuhr langsam davon. Emil Karpo folgte ihr im sicheren Abstand. Die junge Frau betrat ein Wohnhaus, nahm einen Schlüssel aus der Tasche und öffnete die innere Holztür.

Karpo entdeckte den dunklen Türeingang eines geschlossenen Ladens. Er trat hinein und beobachtete die Fenster des Wohnhauses. Stoisch nahm er das Bild der Fassade in sich auf. Dann blinkte Licht hinter einem der dunklen Fenster im sechsten Stock auf. Er wandte sich diesem Licht zu, zählte die Stockwerke, ohne den Blick vom Fenster zu wenden, überlegte, welche Wohnung sie betreten hatte, und verharrte dann aufrecht und entschlossen an seinem Platz. Wie lange er so stehen mußte, wie viele Nächte es werden würden, spielte so lange keine Rolle, bis der Augenblick zu handeln gekommen war.

Er mußte nicht lange warten.

Kaum fünf Minuten nachdem er vor dem Wohnhaus in der Nähe des Smolensker Platzes eingetroffen war, barst das Fenster, das er observierte, überzog die dunkle Straße mit einem Splitterregen, und dröhnende Rockmusik schallte über die Straße. Die Musik wurde noch von einem erstickten Schrei übertönt, als Carla nackt durch die Luft segelte; ihr rotes Haar flatterte und spiegelte das Licht des geborstenen Fensters wider.

Karpo sah ihr entsetztes Gesicht, als sie fiel. Für den Bruchteil einer Sekunde war er sogar sicher, daß sich ihre Blicke trafen. In ihren Augen stand die Bitte um Hilfe, die er ihr nicht geben konnte. Dann schlug ihr Knie auf einen parkenden Wagen, ihre Hände versuchten etwas zu greifen, aufzuhalten, was nicht aufzuhalten war. Ihre Brüste bebten bei einer letzten Drehung, die an eine ungeschickte Turnerin erinnerte. Dann schlug sie auf dem Pflaster auf. Leben und Schönheit hatten damit ein Ende.

Karpo sah zu dem zersplitterten Fenster hinauf und trat auf die Straße. Im Rahmen des Fensters stand bei schriller englischer Rockmusik eine Gestalt in dunkler Lederkleidung. Aus dem Kopf mit der grinsenden Visage wuchsen Haare, steil aufgestellt wie Splitter.

2

Porfirij Petrowitsch Rostnikow war müde. Zum ersten Mal seit zwanzig Jahren hatte er acht Tage nicht gearbeitet; und mit jedem Tag, an dem dieser Zustand anhielt, wurde er phlegmatischer. Um sieben Uhr stand er auf, frühstückte mit Sarah, wenn sie schon wach war, machte einen Spaziergang am Strand, vorausgesetzt, sein Bein war von der Seeluft nicht zu steif, und beobachtete mehrere Stunden jene Badenden, die Warnungen über die Verschmutzung des Schwarzen Meeres in den Wind schlugen. Am Strand, während er den Badenden zusah, las er eines der sieben Bücher, die er aus Moskau mitgebracht hatte. Dabei reagierte er unbewußt auf sämtliche Warnsignale, die sein Bein aussandte.

Auf Rostnikows Bein war kein Verlaß. Während des Krieges hatte sich der fünfzehnjährige Rostnikow bei einem Anschlag auf einen Panzer eine schwere Verletzung zugezogen. Der Panzer allerdings war vollkommen zerstört worden. Rostnikow hatte den Krieg überstanden, war Polizist geworden und hatte geheiratet. Seinen Sohn hatte er Josef getauft – Stalin zu Ehren. Er hatte sich bis in die Behörde des Generalstaatsanwalts hochgearbeitet, nur um im Alter von fünfundfünfzig Jahren ›vorübergehend und auf unbestimmte Zeit‹ zum MVD, der Moskauer Miliz, versetzt zu werden, die den Verkehr regelte, sich mit den Beschwerden der Bürger herumschlug, Recht und Ordnung aufrechterhielt und beim Kampf gegen das Verbrechen in vorderster Linie stand. Es war dies eine ganz klare Degradierung gewesen. Grund dafür waren seine häufigen Zusammenstöße mit dem KGB; Zusammenstöße, die unvermeidlich waren, weil der KGB die Ermittlungen in jeder Straftat an sich ziehen konnte, die eine Bedrohung für die Nationale Sicherheit oder Wirtschaft darstellte; und der KGB legte seine Machtbefugnisse sehr großzügig aus.

Über ein Jahr waren Rostnikow und seine Mitarbeiter mittlerweile in der Abteilung von Oberst Snitkonoi, dem Grauen Wolf. Oberst Snitkonois Aufgaben lagen vorwiegend im repräsentativen Bereich, doch die Grenzen zwischen den Abteilungen waren so verschwommen, daß selbst repräsentative Aufgaben plötzlich eine unvorhergesehene Substanz gewannen, wenn ein Ermittler dies wünschte.

Nachdem Rostnikow den Badenden zugesehen und eine halbe Stunde gelesen hatte – bei seiner Lektüre handelte es sich um einen John-Lutz-Roman über eine Frau, die eine Mörderin als Mitbewohnerin in ihre Wohnung in New York aufnimmt –, stand Rostnikow auf, brachte die Durchblutung in seinem Bein in Gang und las dann weiter. Er hatte beim Badebetrieb am übervölkerten Felsstrand ein gewisses System ausgemacht. Der frühe Morgen gehörte denjenigen, die ein echtes Interesse an einem Bad in der belebenden Kühle des Schwarzen Meeres suchten. Sie befriedigten damit zwar ein ehrliches Bedürfnis, doch es sah nicht aus, als würde ihnen die Sache Spaß machen.

Dann kamen die Kurzurlauber und Familien, die ihre Dekken ausbreiteten und sich unter die Massen am langen, flachen

Strand mischten. Wenige von ihnen blieben lange im Wasser. Sie wollten lediglich sagen können, daß sie gebadet und es genossen hatten. Die meisten dieser Badegäste hatten Gewichtsprobleme. Auch Rostnikow war eher von kräftiger Statur, ein Erbe, das er seinen Eltern zu verdanken hatte. Sein lädiertes Bein schränkte ihn zwar in seiner Bewegungsfreude ein, doch sein Faible fürs Gewichtheben hatte bislang verhindert, daß er so viel Fett angesetzt hatte wie all jene Feriengäste, die sich ihrer Bäuche über knappen Badehosen nicht schämten.

Am späten Nachmittag und frühen Abend, wenn die Sonne tief am Himmel stand und Rostnikow gegangen war, gehörte der Strand der Jugend. Dann erst gab es auch Zeichen von Ausgelassenheit. Rostnikow hatte ursprünglich vorgehabt, abends längere Zeit mit Sarah am Strand zu verbringen; doch Sarah, die sich von einer schweren Gehirnoperation erholte, fehlte noch die Kraft für Ausflüge am Ende eines Nachmittags, den sie im Oreanda-Sanatorium verbracht hatte.

Kurz vor zwölf Uhr mittags ging Rostnikow daher täglich zum Lermontow-Hotel zurück, um mit Sarah ein schlichtes Mittagessen einzunehmen. Danach fuhren sie mit dem Bus zum Sanatorium. Dort wurde Sarah behandelt, während Rostnikow im kleinen Gymnastikraum an den Gewichten trainierte. Anschließend ging es zurück ins Hotel. Der aufmerksame Anton, einer der Hoteldiener, der sie unter seine Fittiche genommen hatte, erwartete sie meistens schon und erkundigte sich nach ihrem Befinden und dem Verlauf ihres Tages.

Nach einer Ruhepause, deren Länge von Sarahs Verfassung abhing, aßen sie an ihrem Tisch im Speisesaal zu Abend. Dabei verbesserte Rostnikow seine Englischkenntnisse im Gespräch mit amerikanischen Touristen. Die meisten Amerikaner klagten über die einfache Unterbringung, den schlechten Service und das verschmutzte Meer. Nur zögernd erkannten die meisten die landschaftliche Schönheit der Region an. Und dann, gut ein oder zwei Stunden vor Sonnenuntergang, wenn Sarah und Rostnikow in ihren hölzernen Liegestühlen saßen und von der Anhöhe neben dem Lermontow-Hotel aufs Meer hinaussahen, tauchte regelmäßig schleppenden Schrittes und mit traurigem Lächeln die hagere Gestalt von Georgi Wassilijewitsch auf.

Rostnikow und Sarah waren Wassilijewitsch an ihrem ersten Tag in Jalta im Sanatorium begegnet. Rostnikow und Wassilijewitsch hatten im Lauf der Jahre mehrfach miteinander zu tun gehabt – Rostnikow in seiner Eigenschaft als Inspektor der Behörde des Generalstaatsanwalts, Wassilijewitsch als Mitglied des militärischen Nachrichtendienstes, ERU. In jungen Jahren war Wassilijewitsch der Geheimdienstmann an Botschaften der UdSSR in Paris, Bangkok und Istanbul gewesen. 1972 war er für immer in die Sowjetunion zurückversetzt worden. Von da an war er auf Personen angesetzt worden, die unter dem Verdacht standen, Agenten ausländischer Geheimdienste in Moskau zu sein. Seit Rostnikows Strafversetzung zum MVD war er Wassilijewitsch nicht mehr begegnet. Aus diesem Grund hatte er den offensichtlich kranken Mann nicht sofort erkannt. Wassilijewitsch jedoch hatte ihn erkannt.

»Porfirij Petrowitsch«, hatte er kopfschüttelnd gesagt und nach amerikanischer Art die Hand ausgestreckt. Sie waren zu keinem Zeitpunkt näher miteinander bekannt, geschweige denn so vertraut gewesen, sich mit einer herzlichen Umarmung zu begrüßen. Jetzt allerdings, als Rostnikow dem von Krankheit gezeichneten Mann begegnete, hätte er sich beinahe zu einer solchen Geste hinreißen lassen. »Was ist denn mit Ihnen los? Weshalb sind Sie hier? Wegen der alten Beinverletzung?«

»Nein«, hatte Porfirij Petrowitsch geantwortet. Er hatte keine Lust, lange Erklärungen abzugeben und sich auf ein Gespräch einzulassen. Wassilijewitsch hatte schon immer seine Nase gern in alles gesteckt. Und Rostnikow wußte außerdem, daß er einer der hartnäckigsten Ermittler beim GRU war.

»Ich bin der Grund«, warf Sarah ein. »Ich habe eine Operation hinter mir. Gehirntumor.«

Ein schmerzlicher Ausdruck zuckte über Wassilijewitschs Gesicht. Ob Sarahs Auskunft oder die eigenen Gebrechen die Ursache waren, war nicht klar.

»Jetzt ist wieder alles in Ordnung«, fuhr Sarah fort. Rostnikow wußte, daß das nicht die ganze Wahrheit war. Sicher, ihr rotes Haar war nachgewachsen, aber sie hatte Mühe, wieder ihr altes Gewicht zu erreichen. Rostnikow hoffte, daß die Sonne von Jalta ihr wenigstens ihren gesunden Teint wiedergeben würde.

»Meine Frau ist vor einigen Jahren gestorben«, hatte Wassilijewitsch erzählt und dabei an ihnen vorbeigestarrt, als stünde die Tote wie eine Erscheinung hinter ihnen.

»Das tut mir leid«, murmelte Sarah.

Wassilijewitsch zuckte mit den Schultern.

»Ich bin nicht freiwillig hier. Befehl von oben«, sagte er mit einem tiefen Seufzer der Resignation. »General Pluskat persönlich hat es veranlaßt. Mein Herz soll untersucht werden. Und die Lunge. Ich rauche seit fünfzig Jahren. Aber ich fühl' mich nicht schlechter als in den letzten zehn Jahren. Und glauben Sie mir, Porfirij Petrowitsch, ich langweile mich hier tödlich. Ich brauche meine Arbeit, meine Erinnerungen... die guten wie die schlechten.«

Porfirij Petrowitsch hatte Georgi Wassilijewitsch daraufhin höflich eingeladen, sie im Hotel zu besuchen. Weder er noch Sarah hatten allerdings damit gerechnet, daß er kommen würde. Rostnikow hatte sogar insgeheim gehofft, daß er die Einladung nicht annehmen würde. Für ihn war Wassilijewitsch die leibhaftige Erinnerung an düstere Zeiten.

Doch es kam anders. Seit jener ersten Begegnung im Korridor des Sanatoriums hatte Wassilijewitsch allabendlich den mühseligen und kraftraubenden Weg zum Lermontow-Hotel gemacht, um mit den Rostnikows den Sonnenuntergang zu beobachten, Tee zu trinken und zu reden. Und zu Rostnikows großer Überraschung hatte er festgestellt, daß er sich auf diese Besuche zu freuen begann und Georgis Gesellschaft geradezu genoß. Man redete von der Vergangenheit, nicht von der persönlichen Vergangenheit, sondern von der beruflichen, von Morden, Diebstählen, ihren Begegnungen, und vor allem von der Fox-Wolfort-Ermittlung 1971. Damals war ein ostdeutscher Major auf Staatsvisite, der möglicherweise ein westdeutscher Agent gewesen war, tot im Besenschrank der Helden-Gedenkstätte der Grenadiere direkt hinter dem KGB-Hauptquartier am Dserschinskij-Platz aufgefunden worden. Der Deutsche war mit einem byzantinischen Kreuz erstochen worden, das der Täter offenbar hastig von der Wand gerissen hatte. Wassilijewitsch und Rostnikow hatten gemeinsam die Spur entdeckt, die zu einer Prostituierten führte. Sie hatte den Deutschen umgebracht, als er versuchte, sie im Besenraum zu vergewaltigen.

Rostnikow hatte sich den Ferienaufenthalt nicht gewünscht. Im Gegenteil, er hatte sich dagegen gewehrt. In Moskau war viel zuviel los. Die ersten demokratischen Wahlen seit der Niederlage der Bolschewiken 1917 hatten gerade stattgefunden. Der Parteikongreß stand bevor. Bei den Rechten und bei den Linken gab es heftige Auseinandersetzungen. Junge Leute mißachteten das Gesetz. Juden, darunter sogar Sarahs Cousin Rafael, der Schreiner, wurden verprügelt und für die wirtschaftliche Misere verantwortlich gemacht. Die Schlangen vor den Geschäften waren länger als in der Nachkriegszeit, und der angebliche Verlust an kultureller Identität hatte selbst unter den zahlenmäßig unbedeutenden Minoritäten für Sprengstoff gesorgt. Die Verbrechensrate hatte sich seit den

Reformen erhöht; besonders Gewaltverbrechen hatten drastisch zugenommen. Eine gesetzliche Grundlage für die neue Situation fehlte. Das Gesetz und seine Vollzugsorgane waren kein enges Netz mehr, sondern ein löchriges Sieb, das *perestroika, glasnost* und *demokratizatsiya* noch durchlässiger gemacht hatten. Wachsende Probleme hatte Sarah vorausgesagt. Und Rostnikow hätte es unbedingt vorgezogen, in diesen wichtigen Wochen in Moskau zu sein.

»Aber«, hatte der Graue Wolf alias Oberst Snitkonoi Rostnikow gegenüber in dessen Büro in der Petrowka, der Moskauer Polizeizentrale, bemerkt, »Ihre Anwesenheit wird nichts ändern. Und die Probleme sind immer noch da, wenn Sie zurückkommen.«

Der Graue Wolf hatte mit seiner üblichen Selbstsicherheit gesprochen. Die jüngsten Erfolge waren ihm anzusehen. Zufall, Rostnikow und ein untrüglicher Überlebensinstinkt hatten seine politische Position während der vergangenen Monate gestärkt. Oberst Snitkonoi war ein großer, schlanker Mann mit auffälliger eisgrauer Haarmähne. Seine braune Uniform war stets tadellos gebügelt. Das Ehrenzeichen an der Jackettbrust paßte exakt in Farbe und Form. Bei formellen Anlässen und für entsprechende ausländische Gäste, die er häufig betreute, konnte der Oberst eine ganze Palette an Orden von sphärischem Glanz und sehr irdischem Gewicht zur Schau stellen. Der Oberst war eine imposante Erscheinung.

Als Rostnikow in die Abteilung des Grauen Wolfs versetzt worden war, hatte er den Mann zuerst für einen dummen Lackaffen gehalten. Vielleicht besaß der Oberst tatsächlich eine gehörige Portion Naivität. Aber er verstand es meisterhaft zu überleben, Loyalität zu erkennen und zu belohnen. Und er war kein Idiot.

Rostnikow hatte an jenem Vormittag im Büro des Obersten Protest gegen den erzwungenen Urlaub angemeldet, doch der Oberst hatte ihn zum Schweigen gebracht.

»Ihrer Frau würden Kur und Seeluft nur guttun«, hatte er gesagt. »Wie viele Sanatorien gibt es in Jalta?«

Der dritte Mann im Zimmer, der Sekretär des Grauen Wolfs, Pankow, fühlte sich berechtigterweise angesprochen.

»Vierzig oder...«, begann Pankow und wurde vom Grauen Wolf unterbrochen.

»Jalta ist das Venedig der Sowjetunion«, hatte der Oberst geflüstert, als sei das ein Geheimnis zwischen ihnen dreien. Rostnikow sagte gar nichts. Pankow nickte zustimmend.

Pankow, ein Mann von zwergenhaftem Wuchs, hatte seine Stelle nach allgemeiner Auffassung nur deshalb inne, weil er einen so perfekten Kontrast zum Oberst bildete. Er schwitzte leicht und war ein kleiner Wichtigtuer, dessen schüttere Haarsträhnen weder Pomade noch Bürste bändigen konnten.

»Gorki hat in Jalta gelebt. Und Tschechow«, kam es vom Oberst.

Rostnikow wußte das natürlich, sagte jedoch nichts. Pankow hatte bei dieser Aussage leicht überrascht ausgesehen.

»Sie können das Haus besichtigen, in dem Tschechow ›Die drei Schwestern‹ und den ›Kirschgarten‹ geschrieben hat«, fuhr der Oberst fort. »Pankow wird das alles arrangieren. Das ist ein Befehl.«

Und dabei blieb es. Und so war es gekommen, daß Porfirij Petrowitsch Rostnikow sich auf dem Hügel wiederfand, auf dem das Hotel Lermontow lag, den Liegestuhl unter einem Arm, das amerikanische Taschenbuch unter dem anderen, und sich müder fühlte als während zahlloser nächtlicher Verhöre.

Vom Augenblick ihres Eintreffens an war stets der Ober Anton für sie präsent gewesen. Anton schien aus einer anderen Zeit, von einem anderen Planeten zu kommen. Offenbar war ihm entgangen, daß sich sowjetisches Hotelpersonal prinzipiell nicht um die Bedürfnisse der Gäste kümmerte. Man blieb zurückhaltend, wartete pomadig, bis man angesprochen wurde, und reagierte auf jede Bitte, als sei diese eine Zumutung. Anton war das genaue Gegenteil. Nach eigener Aussage hatte er ein Leben lang in Jalta gelebt und es nur einmal verlassen, um seinen Militärdienst zu leisten. Wie sein Vater vor ihm war er nach Anton Tschechow benannt worden und hatte die Schule Nr. 5, das ehemalige Mädchengymnasium besucht. Es war jenes Gymnasium, dessen Kuratorium, Tschechow angehört hatte. Anton berichtete es stolz.

»Mein Großvater ist Ober in diesem Hotel gewesen, genau wie mein Vater. Mein Großvater hatte sogar die Ehre, Tschechow persönlich zu bedienen. Tschechow aß sehr gern Fisch. Darf ich Ihnen mit dem Liegestuhl helfen, Genosse Rostnikow?« erkundigte er sich mit flüchtigem Lächeln.

Anton war ein kleiner Mann mit Nickelbrille und kurzem braunen Haar. Er war drahtig, wenn nicht sogar hager.

»Danke, ich komme zurecht, Anton«, erwiderte Rostnikow.

»Mittagessen um ein Uhr?« erkundigte sich Anton, als Rostnikow den Hang zum Strand hinunterging, wo der Inspektor wie jeden Tag den Vormittag verbringen wollte, während Sarah ruhte.

»Um eins«, bestätigte Rostnikow.

»Getränke?« fragte Anton, dessen Stimme am Fuß des Hügels, wo Rostnikow inzwischen angelangt war, nur noch gedämpft zu hören war.

»Fragen Sie meine Frau, sobald sie aufgestanden ist«, rief Rostnikow über die Schulter zurück.

Der Himmel sah nach Regen aus, doch Rostnikow ging weiter. Familien auf dem Weg zum Strand eilten an ihm vorbei. Ihre Badeschuhe schlappten. Rostnikow hinkte energisch weiter, Liegestuhl unter dem Arm, entschlossen, sein Buch endlich fertig zu lesen. Zehn Minuten später saß er an seinem üblichen Platz am Strand und entdeckte zufrieden eine recht hübsche Frau im roten Badeanzug, die sich in etwa zwanzig Metern Entfernung auf einem Handtuch niedergelassen hatte. Donner grollte in der Ferne. Die Wolken waren allerdings nicht schwarz genug, um die Badegäste zu vertreiben oder Rostnikow zu einer vorzeitigen Rückkehr ins Hotel zu veranlassen. Sarah schlief oder ruhte. Wenn es regnete, dann regnete es heftig, und er würde auf dem Weg zu den Cafés in Strandnähe naß werden. In diesen Cafés konnte er einen englischen Keks essen und bei einer überteuerten Tasse Kaffee oder Tee sein Buch weiterlesen.

In seinem Liegestuhl hatte er es bequem. Er war bald völlig in seine Lektüre vertieft und nahm die Gespräche der Umgebung und das Schlagen der Wellen nur als ferne Geräuschkulisse wahr, als plötzlich ein einzelnes Wort aus seiner Umgebung seine Aufmerksamkeit erregte.

»Wassilijewitsch«, sagte eine Männerstimme.

Rostnikow sah auf. Das Wort hatte ganz in der Nähe ein knochiger alter Mann mit Bauch zu einer dicken Frau gesagt, die neben ihm auf der Decke saß.

Rostnikow stand auf. Seine Beinmuskulatur war bereits ein wenig steif geworden. Er klemmte das Buch unter den Arm und näherte sich dem Paar.

»Verzeihen Sie«, begann er. »Was haben Sie gerade von Wassilijewitsch gesagt? Wer...?«

»Ich verstehe nicht«, antwortete der Mann langsam. »Wir sind Ungarn. Bitte sprechen Sie deutlicher.«

»Sprechen Sie Englisch?«

»Ein bißchen«, antwortete der Mann.

»Wassilijewitsch. Sie haben von einem gewissen Wassilijewitsch gesprochen«, wiederholte Rostnikow auf englisch.

»Richtig«, sagte der Mann. Die Frau neben ihm drehte sich um und hob die Hand schützend über die Augen, um Rostnikow besser sehen zu können. »Ein Mann namens Wassilijewitsch, der auf demselben Korridor im Sanatorium untergebracht war wie mein Schwiegervater, ist letzte Nacht gestorben.«

»Georgi Wassilijewitsch?«

»Ja«, bestätigte der Mann. »Kennen... ich meine, haben Sie ihn gekannt? Es heißt, es war das Herz. Er hatte ein krankes Herz. Ist draußen im Liegestuhl vor dem Sanatorium gestorben. Muß die ganze Nacht dort gelegen haben. Eine Frau Jemelowa hat ihn gefunden.«

»Jemeljanowa«, verbesserte ihn seine Begleiterin.

»Ja, richtig«, sagte der Mann. »Sie hat ihn gefunden. Haben Sie ihn gekannt?«

»Ja«, erwiderte Rostnikow. »Danke.«

Rostnikow brach mit seinen Gewohnheiten. Er kehrte zum Hotel zurück, erzählte Sarah von Wassilijewitschs Tod und ging dann zusammen mit ihr in die Hotelhalle hinunter, um bei der örtlichen Miliz anzurufen. Er nannte der Telefonistin Namen und Rang und erhielt daraufhin die Bestätigung, daß Georgi Wassilijewitsch tot war und im Dysanskaij-Sanatorium aufgebahrt lag.

Anton kam. »Sie sind früh zurück«, begann er. »Ich habe Sie zurückkommen sehen. Ist alles in Ordnung? Möchten Sie heute früher zu Mittag essen?«

Die Halle des Hotels Lermontow war klein, düster und zu dieser Stunde fast leer... fast, bis auf ein Trio an einem Fenstertisch, dem Mann am Empfang und einem seltsamen Paar... einem großen breitschultrigen Kerl und einem kleinen nervösen Mann mit unstetem Blick. Der Mann mit dem unsteten Blick schien Rostnikow zu beobachten.

»Möchten Sie früh zu Mittag essen?« wiederholte Anton.

Rostnikow antwortete nicht.

»Was gibt es denn?« fragte Sarah.

»Sauren Kohl in Essig und Öl, Kalbshirn, Zuckeräpfel.«

»Nein, danke«, seufzte Sarah.

Anton sah aus, als wolle er einen erneuten Anlauf nehmen, doch Rostnikows ausdrucksloser Blick entmutigte ihn.

»Wir fahren heute früher als sonst ins Sanatorium«, erklärte Rostnikow leise.

»Ja.« Sarah nahm seinen Arm. Sie sah den etwas verwirrten Anton an und fuhr fort: »Es ist jemand gestorben... jemand, den mein Mann viele Jahre gekannt hat.«

Anton nickte und ging.

Sarah sah blaß aus. Nicht, daß sie oder Porfirij Petrowitsch große Sympathien für Wassilijewitsch gehegt hätten. Wassilijewitsch hatte es niemandem leichtgemacht, ihn zu mögen. Das wußte Rostnikow. Und Sarah hatte nicht von einem Freund, sondern von ›jemand, den mein Mann gekannt hat...‹ gesprochen. Trotzdem war Wassilijewitsch noch am Tag zuvor bei ihnen gewesen. Und die Operation hatte Sarah nur zu deutlich vor Augen geführt, an welch seidenem Faden das Leben hing, wie nahe der Tod stets war.

»Ich hole meine Sachen«, murmelte Sarah.

»Möchten Sie ein belegtes Brot mitnehmen?« bot Anton an. »Oder einen ›wobla‹, einen Trockenfisch? Da hätten Sie auf dem Weg was zu knabbern.«

»Sind Sie eigentlich immer so?« fragte Rostnikow.

»Wie meinen Sie das?« Anton kehrte mit der Hand Krümel von einem weißen Holztisch.

Rostnikow sagte nichts. Er sah dem Ober unverwandt in die Augen.

»Sie sind Polizist«, erwiderte Anton. »Polizisten sind Respektspersonen. Wir haben hier viele Polizisten. Und es ist mir eine Ehre, mich um Herrschaften von Rang zu kümmern... genau wie mein Großvater und Vater vor mir.«

»Ich bin nicht Tschechow«, sagte Rostnikow.

»Und ich«, entgegnete Anton ohne die Spur von Ironie, »ich bin nicht mein Großvater.«

Rostnikow nickte. Anton entfernte sich, die Krümel wie einen wertvollen Schatz in der hohlen Hand vor sich hertragend.

Das untere Oreanda-Sanatorium war nicht weit, aber zu weit für Sarah und Rostnikow, um den Weg zu Fuß zu gehen. Zweimal täglich verkehrte ein Bus zwischen den Hotels und dem Sanatorium, ein Zubringerdienst für externe Patienten. Normalerweise nahmen die Rostnikows den Bus am Spätnachmittag. An diesem Tag jedoch erreichten sie den Vormittagsbus. Letzterer hatte glücklicherweise nur neunzig Minuten und nicht die üblichen zweieinhalb Stunden Verspätung. Schweigend ließen sie sich auf der holprigen Fahrt durchschütteln. Sie waren sich der anderen Patienten wohl bewußt: der schweigsamen, die aus dem Fenster sahen, vorgaben, es gebe Hoffnung auf Besserung für ihre Leiden; dann der energischen, hoffnungsvollen, die Bücher lasen oder mit anderen Blickkontakt aufnahmen.

»Wir sollten nach Alupka fahren«, bemerkte Sarah und berührte die Hand ihres Mannes.

»Ja, sollten wir«, stimmte Rostnikow zu. Er wandte den Kopf und versuchte ein Lächeln.

Danach sprachen sie kein Wort mehr. Nach der Ankunft im Sanatorium begleitete Rostnikow Sarah auf die Station für Strahlentherapie. Er wollte sich gerade neben sie setzen, als sie sagte: »Geh nur. Wir treffen uns später wieder hier. Ich habe ein Buch dabei.«

Sie hielt den Gedichtband hoch, den sie seit Wochen mit sich herumschleppte. Es war ein dickes, altes, abgewetztes Buch mit einem roten, lederartigen Einband. Rostnikow wußte, daß seine Frau kaum darin gelesen hatte, daß sie, die vor der Operation eine unersättliche Leseratte gewesen war, sich kaum auf irgendeine Lektüre zu konzentrieren vermochte. Doch Geschichte, Gewicht, ja sogar der Geruch des Buchs spendeten ihr Trost wie eine Puppe oder ein Teddybär aus Kindertagen.

Dreißig Jahre pflegten sie mittlerweile das Spiel, bei dem er sich weigerte, sie allein zu lassen, und sie ihn schließlich dazu überredete, es doch zu tun. Er nickte, sah zu den anderen wartenden Patienten hinüber und ging. Dabei gab er sich redlich Mühe, nicht zu sehr zu hinken. Aus Gründen, die er lieber nicht näher analysierte, wollte Porfirij nicht, daß sein Hinken ihn zu einem Patienten stempelte.

Er fand Dr. Wostow schließlich am Schwimmbad. Der Arzt saß auf einem weißen Plastikstuhl unter einem rot-weiß gestreiften Sonnenschirm und beaufsichtigte die Unterwasserübungen von vier älteren Patienten im flachen Teil des Beckens. Wostow, ein rundlicher, mittelgroßer Mann mit graumeliertem dunklen Lockenhaar, schob ständig die Sonnenbrille hoch, um sich Notizen zu machen. Zwischen den Notizen sah er einer feisten Krankengymnastin zu, die das Quartett im Wasser betreute.

»Dr. Wostow?« fragte Rostnikow.

Wostow sah überrascht auf. Er war blaß, wie Rostnikow erst jetzt bemerkte.

»Ich bin Inspektor Rostnikow. MVD.«

Wostow schien unschlüssig, machte Anstalten aufzustehen und überlegte es sich dann doch anders. Er nahm die Sonnenbrille ab und musterte den Polizisten genauer.

»Ich habe hier eine Behandlung«, sagte Wostow entschuldigend. »Möchten Sie sich setzen, während ...«

»Ich habe Probleme mit dem Aufstehen«, klärte Rostnikow ihn auf. »Alte Beinverletzung. Im Augenblick stehe ich lieber.«

»Sind Sie ein Patient?«

»Nein. Meine Frau. Georgi Wassilijewitsch war... war ein Kollege.«

»Aha«, murmelte Wostow. »Ich verstehe. Ja, ich erinnere mich. Er ist doch irgendein Regierungs... Die Beinübungen, Ludmilla... Auf die Beine achten! Noch zwei Minuten.«

Er wandte sich wieder Rostnikow zu, der geduldig neben ihm stand.

»Meerwasser-Pool«, flüsterte Wostow. »Sehr erfrischend und heilsam. Salzwasser und wenig Sonne. Die Leute kommen wegen der Sonne und der Seeluft. Die Sonne können Sie vergessen. Zeigen Sie mir eine blasse Frau oder einen blassen Mann, und Sie haben eine potentiell gesunde Person.«

»Interessante Theorie«, sagte Rostnikow. »Wassilijewitschs Leiche... Ich möchte sie mir gern mal ansehen.«

Wostow wirkte verwirrt. Er stand auf, steckte sein Notizbuch in den weißen Arztmantel, den er über seinem zerknitterten Anzug trug.

»Ich weiß gar nicht, ob die noch hier ist«, erwiderte Wostow. »Sie haben angerufen und gesagt, daß sie sie heute nachmittag abholen wollen.«

»Wer sind ›sie‹?« fragte Rostnikow.

»Die Familie«, klärte Wostow ihn auf. »Glaube ich wenigstens. Ich habe nicht persönlich mit ihnen gesprochen.«

»Schauen wir uns die Leiche doch mal an«, drängte Rostnikow.

»Gib zwei Minuten zu, Ludmilla!« rief er und entfernte sich vom Schwimmbecken.

Ludmilla reagierte nicht.

Georgi Wassilijewitschs Leiche war nicht die einzige im weiß gekachelten Kühlraum.

»Wir haben noch drei andere«, flüsterte Wostow und ging an zwei Bahren vorbei, über die Tücher gedeckt waren. »Manchmal haben wir keine. Manchmal... na, Sie wissen schon. Alte Leute, kranke Leute...«

»Ja«, wisperte Rostnikow, als sie an die dritte Bahre traten.

Jedes Leichenschauhaus hatte eigene Regeln. Rostnikow wußte das. Auch die Sterbezimmer in den Krankenhäusern teilten sich in die, in denen man flüsterte, und in die, in denen man nicht zu flüstern brauchte.

»Hier«, sagte Wostow und schlug das Laken zurück.

Wassilijewitsch lächelte. Rostnikow hatte schon zahllose Leichen gesehen, kannte die Zerrbilder des Todes. Bei Wassilijewitsch war es anders.

»Das Herz«, bemerkte Wostow gelassen. »Kam nicht ganz unerwartet.«

Rostnikow zog das Laken weiter zurück, so daß nur der Unterleib des Toten bedeckt blieb. Wassilijewitsch hatte einen kräftigen Haarwuchs gehabt. Wostow stand schweigend an der Bahre. Die Sonnenbrille steckte jetzt in seiner Brusttasche. Der Polizist betrachtete prüfend die Hände des Toten und drehte sie mit der Handfläche nach oben.

»Wir waschen ihn natürlich, bevor die Angehörigen...«

»Tun Sie das nicht«, unterbrach Rostnikow ihn. Er trat ans Fußende der Bahre und sah auf Füße und Beine des Verstorbenen.

»Nicht...?«

»Lassen Sie die Leiche, wie sie ist«, sagte Rostnikow leise. »Wo sind seine Sachen? Kleidung etc.«

Wostow wußte es nicht. Er mußte nach einem Pfleger klingeln, einem großen Blonden mit Hakennase. Dieser wiederum holte eine Assistenzärztin mit dicken Brillengläsern, die sich benahm, als habe man sie gerade bei einem Schäferstündchen gestört. Rostnikow vermutete, daß sie gerade beim Essen gewesen war.

»Er hatte einen friedlichen Tod«, bemerkte Wostow und lachte kurz auf, was vermutlich seine Überlegenheit in Leichenangelegenheiten ausdrücken sollte.

»Wo war er?« fragte Rostnikow und zog das Laken über Georgi Wassilijewitschs Gesicht. »Wo wurde er gefunden?«

»Auf einem Liegestuhl mit Blick zum Meer.« Wostow zeigte nach oben. »Er muß früh aufgestanden sein. Viele unserer Patienten haben Schlafprobleme.«

»Hat jemand ihn auf der Terrasse noch lebend gesehen?«

erkundigte sich Rostnikow. Er ging langsam im Raum auf und ab.

»Nein. Sie meinen, als er ins Freie ging? Nein. Man hat ihn sehr früh gefunden, und unser...«

Wostow verstummte abrupt, als die Frau mit den dicken Brillengläsern auftauchte, eine gelbe Plastiktasche auf eine leere Bahre knallte und wortlos wieder verschwand.

»Darf ich fragen, wonach Sie eigentlich suchen, Genosse Inspektor?« Wostow trat neben Rostnikow, der die gelbe Tasche öffnete und Hose, Jackett, Hemd, Unterwäsche und Schuhe herausnahm und jedes Stück sorgfältig untersuchte.

»Sie dürfen«, sagte Rostnikow dabei.

»Dann frage ich Sie hiermit.« Wostow bezweifelte allmählich, ob der Polizist noch ganz bei Trost war.

Rostnikow ließ die Kleidungsstücke wieder in die Tasche gleiten.

»Bitte verwahren Sie diese Tasche an einem sicheren Ort«, bat Rostnikow. »Ich mache Sie persönlich dafür verantwortlich. Ich will, daß eine Autopsie durchgeführt wird.«

Dr. Wostow entfuhr ein ärgerlicher Seufzer. Noch ein Jahr zuvor hätte niemand es gewagt, der Polizei gegenüber Verärgerung zu zeigen. Aber es waren neue Zeiten angebrochen. Und sie hatten auch vor der Krim nicht haltgemacht. »Hier sterben täglich Leute. Wenn wir jedesmal eine Autopsie machen wollten...«

»Er ist ermordet worden«, sagte Rostnikow. »Bitte zeigen Sie mir sein Zimmer.«

»Ermordet? Nein, nein. Es war ein Herzinfarkt. Ich...« Dr. Wostow stellte sich Rostnikow in den Weg. Rostnikow blieb stehen und musterte den Arzt nachsichtig.

»Georgi Wassilijewitschs Handflächen weisen Schmutzspuren auf. Auf beiden Seiten«, erklärte Rostnikow, während die Leute im Korridor an ihnen vorbeigingen. »Derselbe Schmutz findet sich an der Hose... auf Kniehöhe. Aber nicht im Gesicht. Auch nicht an Hemd oder Jacke. Als ich ihm gestern abend begegnet bin und ihn begrüßt habe, waren seine Hände und die Hose sauber. Irgendwann, nachdem Wassilijewitsch mein Hotel verlassen hat und bevor er tot aufgefunden wurde, muß er auf der Erde gekniet und sich mit den Handflächen abgestützt haben. Weshalb hätte er das tun sollen?«

Dr. Wostow dachte nach, konnte jedoch keine plausible Antwort darauf finden.

»Das ist doch nicht...«, begann er.

»Außerdem sind Erdpartikel auf dem rechten Handrücken und an einem Fingerknöchel dieser Hand...«

»Er hatte Arthritis«, warf Dr. Wostow flehentlich ein.

»Der Knöchel des Mittelfingers ist gebrochen«, fuhr Rostnikow fort.

»Gebrochen?«

»Jemand hat Wassilijewitsch gezwungen niederzuknien, die Hände auf den Boden zu legen, den Kopf zu senken... und dann sind sie ihm auf die Hände getreten. Bringen Sie mich in sein Zimmer.«

Dr. Wostow schüttelte den Kopf. Er hielt ganz offensichtlich nichts von Rostnikows Theorien und glaubte, sie in wenigen Minuten widerlegen zu können. Er ging zur Treppe.

»Und weshalb hätte jemand das tun sollen?« fragte Wostow.

»Um Informationen aus ihm rauszupressen«, antwortete Rostnikow prompt und versuchte, mit dem Arzt Schritt zu halten, der es plötzlich sehr eilig zu haben schien.

»Moment mal! Sie meinen eine Bande, Halbstarke, Rowdies... Vielleicht waren es nur... also vielleicht war es ein Überfall... oder Burschen, denen so was Spaß macht. Sogar hier ist man vor denen nicht sicher. Jugendliche aus der Stadt, mit ihren Eltern auf Urlaub, machen so was aus purer Langeweile. Sie vergreifen sich an alten, kranken Leuten«, fuhr er so leise wie möglich fort.

»Weder Brieftasche noch Geld wurden gestohlen. Außerdem haben sie ihn zum Sanatorium zurückgebracht. Also keine Jugendlichen. Keine Rowdies. Sie haben ihm nur einen Fingerknöchel gebrochen«, sagte Rostnikow. »Davon abgesehen weist die Leiche nicht eine Prellung oder Quetschung auf. Sie haben's mit Folter versucht und gemerkt, daß das nichts fruchtete. Er hat ihnen nichts erzählt. Und dann haben sie ihn umgebracht.«

Sie hatten mittlerweile die zweite Etage erreicht und gingen unter den neugierigen Blicken von Patienten, Krankenschwestern und Reinigungspersonal den Korridor entlang.

»Das ist doch Unsinn! Bei allem Respekt, Inspektor. Ich glaube –« Wostow seufzte. »Wissen Sie, wir haben es hier immer wieder mit Menschen zu tun, die nicht abschalten können, die sozusagen immer im Dienst sind. Architekten entdecken sofort jeden Konstruktionsfehler an den Hotelbauten. Fabrikdirektoren bilden sich ein, daß das Management nichts taugt. Könnte es sein... Ich möchte nicht unhöflich sein... Ich meine, Salzwasser und Whirlpool könnten Ihrem Bein guttun.«

Wostow blieb vor einer Tür am Ende des Korridors stehen. Kopfschüttelnd stieß er sie auf.

Viel gab es drinnen nicht zu sehen: ein Metallschrank mit offener Tür, eine Kommode mit drei Schubladen, alle leicht aufgezogen, ein Bett. An der Wand hing die Reproduktion einer Hafenszene von Cézanne.

Rostnikow ging zur Kommode. Er öffnete und schloß nacheinander alle drei Schubladen. Dann wanderte er vom Schrank zum Bett und blieb schließlich in der Zimmermitte mit verschränkten Armen stehen und sah sich aufmerksam um. So verharrte er schweigend mehrere Minuten lang.

»Inspektor...«, begann Wostow und sah sich ebenfalls um. Die Sache ging über seinen Horizont. »Ich muß zu meinen Patienten zurück.«

»Jemand hat das Zimmer durchsucht und sorgfältig alle Spuren verwischt«, stellte Rostnikow so leise fest, daß Dr. Wostow näher treten mußte, um ihn zu verstehen.

»Wie bitte?« fragte Wostow.

»Nichts«, murmelte Rostnikow und zog eine Schublade auf. Die Kleidungsstücke waren so nachlässig hineingeworfen, wie man das von einem alleinstehenden Mann erwartete. Doch Wassilijewitsch war ein humorloser Patient gewesen, der selbst in seiner Bettwäsche keine Falte geduldet hätte.

Wostow war mittlerweile überzeugt, daß der Klotz von einem Mann an seiner Seite zu jener Kategorie von Patienten gehörte, die wegen Überarbeitung und psychischen Problemen nach Jalta gekommen waren. Leute, die ermordet wurden, Zimmer, die man durchsucht hatte... Hirngespinste!

»Und wonach haben die Ihrer Ansicht nach gesucht?« wollte Wostow beinahe mitleidig wissen.

»Keine Ahnung«, antwortete der Polizist. »Aber das finde ich raus. Eine Autopsie, Dr. Wostow. Bitte!«

»Ich glaube nicht...«, begann Wostow. Rostnikow drehte sich um, und ihre Blicke trafen sich. »Es gibt keinen Grund. Und die Familie könnte...«

»Georgi Wassilijewitsch hatte keine Angehörigen. Seine Frau ist tot. Die Ehe war kinderlos. Sind Sie verheiratet, Doktor?«

»Ja. Aber ich...«

»Haben Sie Kinder?«

»Eins.«

»Mädchen oder Junge?«

»Mädchen... Das heißt, sie ist inzwischen fünfunddreißig.«

»Enkelkinder?«

»Zwei«, antwortete Wostow.

»Haben Sie Fotos?« wollte der Inspektor lächelnd wissen.

»Ja.« Wostow zückte seine Brieftasche.

Ohne den Blick vom Inspektor zu wenden, schlug er die Brieftasche auf und hielt sie Rostnikow hin.

»Darf ich?« Rostnikow griff nach der Brieftasche und fügte hinzu: »Ich heiße übrigens Porfirij Petrowitsch.«

»Iwan«, sagte Wostow und ließ sich die Brieftasche aus der Hand nehmen.

»Kräftiger, athletischer Junge«, kommentierte Rostnikow. »Das Mädchen wirkt sehr zart.«

»Wladim ist zwölf. Er spielt Fußball. Irina ist zehn.«

»Ballettschülerin?« tippte Rostnikow und betrachtete das Bild des Mädchens.

»Ja.« Wostow steckte die Brieftasche wieder ein.

»Ich habe mir Wassilijewitschs Brieftasche angesehen. Da steckten auch zwei Fotos drin. Das eine war sein Dienstausweis vom GRU, das andere zeigte ihn als jungen Mann. Er hatte den Arm um eine Frau gelegt. Meine Frau und ich haben einen Sohn, einen erwachsenen, unverheirateten Sohn«, erklärte Rostnikow, seufzte tief und sah sich noch einmal im Zimmer um, bevor er Wostow zur Tür schob.

»Wie heißt Ihr Sohn?«

»Josef«, antwortete Rostnikow. »Er wurde gerade aus der Armee entlassen. Er will beim Theater arbeiten. Praktizieren Sie gern in Jalta, Genosse Wostow?«

Sie gingen über den Korridor denselben Weg zurück, den sie gekommen waren.

Wostow zuckte mit den Schultern.

»Moskau ist es nicht gerade«, erwiderte er.

Rostnikow nickte verständnisvoll.

»Ich schlafe hier viel... obwohl ich nicht müde bin«, erzählte Rostnikow, als sie das Treppenhaus erreicht hatten. Sie machten zwei gutangezogenen sehr jungen Männern Platz, die ihnen entgegenkamen.

»Das liegt an der Luft«, erklärte Wostow. »Und es ist die Reaktion auf beruflichen Streß.«

»Georgi Wassilijewitsch hat meines Erachtens viele Dinge getan, auf die er alles andere als stolz sein konnte. Er hinterläßt nichts und niemanden, Iwan. Man wird ihn leicht vergessen. Zu leicht. Jemand hat ihn umgebracht und gedacht, daß es niemand kümmern würde. Und genau da, Genosse Iwan Wostow, fühle ich mich an meiner Berufsehre gepackt.«

Sie hatten den untersten Treppenabsatz erreicht.

»Ich ordne eine Autopsie an«, versprach Wostow und seufzte.

Rostnikows rechter Mundwinkel verzog sich zu einem schiefen Grinsen. Er drückte dem Arzt aufmunternd den Arm, vorsichtig darauf bedacht, ihm nicht weh zu tun.

3

Der grinsende Mann mit den schlechten Zähnen in Jon Mandelstems Duschkabine war ein Kriminalpolizist namens Arkadi Selatsch, bei den anderen Inspektoren vom vierten Stock der Petrowka als Selatsch die Niete bekannt. Arkadi Selatsch war ein fetter, formloser Mann, der mit seiner Mutter noch in derselben kleinen Wohnung hauste, in der er einundvierzig Jahre zuvor geboren war. Er war Polizist geworden, weil sein Vater Polizist gewesen war. Einen anderen Beruf hatten er und seine Eltern nie auch nur in Erwägung gezogen. Da Selatsch weder über Intelligenz noch über Phantasie verfügte, war er gezwungen, sich bedingungslos auf das Urteil seiner Vorgesetzten oder das seiner Mutter zu verlassen. Selatschs Problem war, daß er seine Mutter jederzeit verstand, während Porfirij Petrowitsch Rostnikow ein ewiges Rätsel für ihn war. Und er grinste in diesem Augenblick nicht etwa, weil er den nackten Mann vor der Duschkabine – im übrigen nicht der echte Jon

Mandelstem – komisch fand, sondern weil ihm einfach nichts anderes einfiel. Wer Selatsch nicht kannte, hätte das Lächeln möglicherweise als Zeichen von Humor mißverstanden.

»Warum versteckst du dich in der Dusche?« fragte Sascha Tkach und bedeutete Selatsch zu verschwinden. Selatsch machte Sascha Platz. Sascha stellte die Dusche an.

»Sollte doch niemand wissen, daß ich hier bin«, verteidigte sich Selatsch, während Sascha wartete, daß das Wasser kühler wurde.

Tkach antwortete erst gar nicht. Er nickte nur und fuhr sich mit der Hand übers Kinn. Eine Rasur war dringend nötig.

»Bleib an der Tür«, befahl Tkach. »Wenn jemand einzubrechen versucht, schießt du.«

Selatsch hatte verstanden.

Der echte Jon Mandelstem war Programmierer beim Arbeitsministerium in Leningrad. Die Wohnung in Gebäude 2 des Friedrich-Engels-Komplexes war in Mandelstems Namen angemietet worden. Mandelstem war mittlerweile in das Arbeitsministerium nach Moskau versetzt worden. Der echte Mandelstem war dort nie eingetroffen und würde dort auch nie eintreffen. Er hielt sich unter anderem Namen in Saratow auf, wo er eine Woche lang half, junge Männer und Frauen am Computer auszubilden, die die Büros der McDonald-Restaurants leiten sollten, die überall in der Sowjetunion aus dem Boden schossen. Falls eine Kontrolle kam, fand sie Sascha Tkach mit Mandelstems Ausweispapieren an Mandelstems Computer an Mandelstems Schreibtisch. Aber mit einer solchen Kontrolle rechnete niemand. Nach der Woche in Saratow würde Mandelstem die Sowjetunion verlassen und nach Israel auswandern. Die nötigen Dokumente waren schnell und unauffällig bereitgestellt worden. Man hatte Mandelstem eine Frist von drei Stunden gesetzt, um für den Aufenthalt in Sartow und die anschließende Ausreise zu packen. Jon Mandelstem, der Sascha Tkach nicht im mindesten ähnlich sah, hatte sich bereitwillig gefügt, hatte sogar einen Notkoffer bereits gepackt gehabt.

Es ist nicht das erste Mal, daß ich von Maja und dem Baby getrennt bin, sagte sich Sascha, während die Temperatur des Duschwassers von kühl zu kalt überging. Früher hatte er Aufträge dieser Art fast als Erholung empfunden, als Urlaub von seiner Mutter Lydia, die bis vor gut einem Monat die Wohnung mit der jungen Familie geteilt hatte. Lydia war das schlechte Gewissen und die Last seines jungen Lebens.

Mittlerweile lebten Sascha, Maja und ihre fast zweijährige Tochter Pultscharia in ihrer eigenen Wohnung, und das zweite Kind war unterwegs. Es herrschten unsichere Zeiten, und manche hielten ein zweites Kind für puren Leichtsinn. Vielleicht haben sie recht, dachte Sascha. Jedenfalls wäre er jetzt lieber zu Hause gewesen. Er war dreißig, kein Junge mehr, und er wollte nach Hause.

Sascha seifte sich ärgerlich ab. Rostnikow und Karpo waren beide im Urlaub. Er dagegen hatte nicht nur im Dienst bleiben, sondern auch vorübergehend den Kontakt zu seiner Frau abbrechen müssen. Plötzlich mußte er wieder an die Frau namens Tamara denken, der er unten in der Eingangshalle begegnet war. Und er merkte, wie trotz des kalten Wassers sein Glied steif wurde. Das machte ihn noch wütender. Er drehte den Hahn bis zum Anschlag auf. Das Wasser wurde dadurch allerdings weder kälter, noch wurde der Strahl kräftiger.

Denk an die Arbeit, befahl er sich und seifte sich mit der grobkörnigen Seife ab, die er von zu Hause mitgebracht hatte. Er zwang sich, an die anderen Lockvögel zu denken. Er wußte nicht, wie viele es waren. Der Graue Wolf hatte nur gesagt, daß es andere gab, andere aus verschiedenen Abteilungen des MVD, andere, mit einem Kollegen wie Selatsch als Rückendeckung.

Dreißig Fälle von Computerdiebstahl waren inzwischen

aktenkundig... dreißig Fälle von Wohnungseinbrüchen, in deren Verlauf nur Computer gestohlen worden waren. Und die Objekte waren stets Wohnungen, nie Häuser gewesen und die Besitzer stets alleinstehende Männer oder Frauen, die Betroffenen fast immer Juden oder Bürger mit Namen, die eine jüdische Herkunft vermuten ließen. In sieben Fällen war der Einbruch erfolgt, während der Eigentümer des Computers zu Hause gewesen war. In allen sieben Fällen waren Eigentümer oder Eigentümerin brutal niedergeschlagen worden, und nie hatte sich, abgesehen vom jeweiligen Opfer, ein Zeuge gefunden, der trotz des offensichtlichen Lärms etwas gesehen oder gehört hatte. In keinem der sieben Fälle, in denen das Opfer zu Hause gewesen war, war auch nur einer bereit gewesen, eine brauchbare Beschreibung der Täter zu geben. Der Grund: Die Polizei war nicht in der Lage, diese Personen vor Vergeltungsmaßnahmen zu schützen, die die Täter ausnahmslos angedroht hatten.

Deshalb war Sascha zu einem Computerlehrgang geschickt worden. Der Schnellkurs hatte aus ihm zwar keinen Fachmann gemacht, doch seine Kenntnisse reichten aus, um die Stelle im Arbeitsministerium auszufüllen. Zwei Wochen, die er seine Familie nicht gesehen und in denen er nur dreimal mit Maja telefoniert, nur einmal Pultscharias Stimme gehört hatte. Ungewollt dachte er wieder an Tamara und wurde noch wütender. Er rasierte sich mit dem Rasierapparat mit der stumpfen Klinge, die er bereits seit einer Woche benutzte, und begann energisch zu singen. Vielleicht sollte er die Zeit nutzen, um seine Computerkenntnisse zu vervollkommnen. Vielleicht würde er um Entlassung aus dem MVD bitten. Die Arbeit in der Abteilung des Grauen Wolfs hatte vermutlich sowieso keine Zukunft. Als Rostnikow strafversetzt worden war, war Sascha aus Loyalität mit ihm gegangen. Allerdings hatte er letztendlich keine andere Wahl gehabt. Er war einer von Rostnikows Truppe. Daran war nicht zu rütteln.

Sascha schnitt sich in die Wange. Die Wunde blutete. Er achtete nicht darauf. Die Wahrheit allerdings konnte er nicht ignorieren. Er würde den Dienst nicht quittieren. Das machte keinen Sinn. Rostnikow war eine Art Vaterfigur für ihn. Maja behauptete, das käme, weil er seinen leiblichen Vater nie gekannt hatte. Vielleicht, überlegte Sascha, war da was dran.

Er legte den Rasierapparat auf die schmale Chromablage in der Duschkabine, brauste sich ab und verstaute das kostbare Seifenstück anschließend sorgfältig im Regal, wo es trocken lag. Eine dünne Blutspur mischte sich in das Wasser, das in den Abfluß rann. Er hörte abrupt auf zu singen und beobachtete sie träumerisch. Schließlich stellte er das Wasser ab, blieb jedoch bewegungslos stehen. Vor der Duschkabine hing ein Spiegel. Aber er wollte nicht hineinsehen. Er tupfte mit dem Handtuch den blutenden Schnitt an der Wange ab und versuchte, die lähmende Lethargie abzuschütteln, die ihn befallen hatte.

Als er den Duschvorhang zurückschob, stand Selatsch mit sorgenvoller Miene vor ihm.

»Alles in Ordnung?«

Selatsch war eigentlich der dienstälteste Beamte. In der Praxis jedoch hatte Sascha das Kommando. Das wußten beide. Selatsch hatte den abwesenden Blick, die ersten Anzeichen von Lethargie schon häufiger an Kollegen bemerkt. Die Betroffenen waren meistens die intelligenten, sensiblen Polizeibeamten gewesen. Wurde dieses Trauma zum Dauerzustand, schickte man sie in Kur. Einige kehrten danach zurück, andere wurden Büroangestellte oder Barkeeper.

»Mir geht's gut«, erwiderte Tkach und griff nach dem Handtuch, das an einem Haken an der Wand hing.

»Du blutest ja«, sagte Selatsch.

»Weiß ich.« Sascha trat aus der Dusche. »Alles in Ordnung. Geh wieder auf deinen Posten an der Tür. Mit mir ist alles in Ordnung.«

Selatsch wandte sich widerwillig ab und gehorchte.

Sascha trocknete sich langsam ab. Dann wischte er über den beschlagenen Spiegel und betrachtete sich. Oberflächlich besehen hatte er ein unschuldiges Jungengesicht mit einem Blutstropfen auf der linken Wange. Es war nicht das Gesicht des typischen Juden. Aber viele Juden, die er kannte, einschließlich Rostnikows Frau, sahen nicht jüdisch aus. Er setzte die Brille auf. Selbst mit Brille sah er nicht aus wie ein Jude, sondern eher wie ein Bürohengst, ein Beamter. Der Gedanke deprimierte ihn. Er zog sich hastig an. Er war fest entschlossen, eine Telefonzelle aufzusuchen, Maja anzurufen und noch vor der Schlafenszeit Pultscharias Stimme zu hören.

Jakow Kriwonos starrte auf die tote Carla. Ihr rotes Haar lag wie ein Strahlenkranz ausgebreitet auf dem Beton. Das Blut, das aus ihrer Nase quoll, rann in die roten Flechten. Er würde einen Song über diesen Augenblick schreiben. Es war schade, daß die trübe Straßenbeleuchtung der Szene die spektakuläre Farbigkeit raubte.

Plötzlich schien es wichtig, daß er sich an Carlas Nachnamen erinnerte. Sie hatte ihn einmal erwähnt. Er hatte ungefähr wie ›No'weeij god‹, Neujahr, geklungen. Sie war bestimmt tot. Immerhin hatte er sie aus dem Fenster geworfen. Da war nichts mehr zu machen... als sich vielleicht an ihren Nachnamen zu erinnern. Nur auf die tote Carla hinunterzustarren brachte auch nichts. Aus den Lautsprechern des CD-Players hinter ihm kreischte jemand ekstatisch. Der Wind sog sich durch das zerschmetterte Fenster ins Zimmer und schien Jakow sanft zurückzudrängen. Er spielte ernsthaft mit dem Gedanken, aus dem Fenster zu springen. Er war fast sicher, fliegen zu können; nicht richtig fliegen natürlich, aber er war überzeugt, sich durch pure Willensanstrengung in der Luft zu halten, langsam hinabschweben zu können. Er meinte, sich zu erinnern, es schon einmal getan zu haben. Er stieg auf den Sims.

Dann sah er das Antlitz des Todes, das zu ihm heraufstarrte, und er zögerte. Dort unter ihm schwebte es weiß im schwarzen Meer der Dunkelheit über die Straße. Vielleicht würde der Tod ihn auffangen, wenn er sprang.

Er sah sich nach Jerold um, hätte beinahe nach ihm gerufen, damit er sich das Antlitz des Todes ebenfalls ansehen konnte. Doch Jerold hatte Carla abgesetzt und war sofort weitergefahren. Jakow sah erneut in die Tiefe. Der Tod war verschwunden.

Was hatte Carla getan? Es war nur Sekunden her, und doch konnte er sich nicht mehr erinnern, weshalb er sie durch das Fenster gestoßen hatte. Es hatte etwas... Ja, sie hatte ihn beschimpft. Aber wie? Und was änderte das jetzt?

Von fern hörte er eine Polizeisirene. Erstaunlich. Wieso kamen die schon? Woher rührte diese plötzliche Effizienz? Widerwillig trat Jakow vom Fenster zurück und sah sich im Zimmer um. Es war besser, sich aus dem Staub zu machen. Er wollte nicht sterben, bevor er Las Vegas gesehen hatte. Nur, was sollte er mitnehmen?

Er trat an den Tisch und griff nach den restlichen Kapseln, die Jerold ihm dagelassen hatte, und stopfte sie in die Tasche. Diesen Vorgang mußte er zweimal wiederholen, bevor er sie alle verstaut hatte. Dann faltete er die Geldscheine auf dem Tisch zusammen und steckte sie in die Gesäßtasche seiner Jeans. Seine Segeltuchtasche mit den zwei Henkeln und dem schrillen Aufdruck ›MIAMI‹ lag auf dem Bett. Er ging langsam darauf zu, hob sie auf und wandte sich dem CD-Player zu. Jakow warf die CDs in die Tasche. Immer noch spielte Musik. Wie eine Szene aus Miami Vice, schoß es ihm durch den Kopf. Jakow besaß zwei Videokassetten der Fernsehserie. Jerold hatte sie sich zusammen mit ihm angesehen und Jakow alles erklärt. Jakow liebte die Dealer, die verrückten Dealer, die sich nahmen, was sie wollten, töteten, lachten. Sie waren das Leben. Die Polizisten waren Langweiler, die nicht obsiegten, weil sie besser waren, sondern weil jede Episode schließlich ein Ende haben mußte.

Das war es. Jakow hatte, was er brauchte. Die Sirenen kamen immer näher. Er ging zum Fenster und sah erneut hinab. Drei Männer und eine Frau standen um Carlas Leiche herum.

»Laßt sie!« schrie Jakow. »Sie sieht wunderschön aus.«

Sie sahen entsetzt und wie erstarrt zu ihm auf.

Jakow konnte angesichts ihrer Begriffsstutzigkeit nur den Kopf schütteln. Er kramte in den CDs in seiner Tasche. Schließlich fand er eine CD von Sting. Carla hatte sie gemocht. Sie sollte sie haben. Er warf sie hinunter, schleuderte sie aus dem Handgelenk wie ein Diskuswerfer. Die silberne Scheibe segelte an den Fenstern der unteren Stockwerke vorbei, schlitterte über das Autodach, auf das Carla aufgeprallt war, und schoß über den Kopf der knienden Frau hinweg. Die Leute stoben auseinander. Jakow wußte nicht, ob er noch eine CD würde entbehren können, ob er noch eine Kapsel nehmen oder einfach verschwinden sollte. Er zögerte, einfach so fortzugehen. Carla hatte für diesen Augenblick immerhin ihr Leben gegeben.

Da war noch ein Film, den Jerold ihm gezeigt hatte, der andere, den Jerold mochte, der mit James Cagney. Jerold hatte gesagt, Jakow sähe aus wie James Cagney. Zuerst hatte Jakow das gar nicht behagt. Erst allmählich hatte er sich mit dem Gedanken angefreundet.

Jetzt stand er im Fenster, voll auf seinem Trip. Um ihn herum schien alles zu explodieren. »Look mother. On top of the world«, schrie er auf englisch.

Aber Jakow würde nicht mit dem Gebäude untergehen. Er wandte sich vom Fenster ab und lief zur Tür. Noch immer dröhnte Musik aus dem CD-Player. Wie konnte das sein? War sie seit Stunden oder erst seit Minuten tot?

Seine Hand griff nach dem Türknauf, als draußen jemand klopfte.

Jakows Hand zuckte zurück, als habe er glühendheißes Eisen berührt. Er wußte, wer hinter dieser Tür stand. Der Tod stand vor der Tür. Eigentlich konnte der Tod ihm willkommen sein. Besser, er killte den Tod. Dann war allen das ewige Leben beschieden. Gesetze mußten das Kinderkriegen verbieten, damit die Erdbevölkerung nicht ins Unendliche wuchs.

Jakow sah sich im Spiegel neben der Tür an. Carla hatte vor ihm viel Zeit verbracht. Ein Gnom mit orangerotem, zu fünf steifen Spitzen hochgekämmtem Haar grinste ihm entgegen. Das zum Haar passende orangerote Hemd war hochgeknöpft, und die Jeans waren modisch verwaschen.

Der Tod klopfte erneut. »Augenblick!« rief Jakow. »Ich denke nach.«

Was passierte mit jemandem, den man umgebracht hatte, wenn man den Tod killte? Die Antwort darauf war lebenswichtig. Jakow mußte sie finden. Wenn die Sirenen, die Musik verstummte und der Tod geduldig war, konnte es ihm gelingen. Dann würde Jakow das Rätsel des Lebens lösen. Und das noch vor seinem achtzehnten Geburtstag! Jakow Kriwonos würde berühmt werden, vorausgesetzt, er konnte sich entschließen, sein Geheimnis mit dem Rest der Welt zu teilen.

»Scheiß drauf«, sagte er. »Es gehört mir allein.«

»Polizei!« rief die Stimme des Todes. »Öffnen Sie die Tür.«

Jakow griff wie bei einem Zaubertrick in seine Reisetasche und förderte seinen Revolver Marke Ruger Super Blackhawk, Kaliber .44 Magnum, zutage. Jakow mußte die Tasche abstellen, um die gut drei Pfund schwere Waffe mit beiden Händen halten zu können. Er richtete den Lauf auf die Tür und wartete auf das nächste Klopfen des Todes.

Doch es kam kein Klopfen mehr. Und Jakow spürte, daß er nicht viel Zeit hatte. Möglicherweise war der Tod doch nicht so ohne weiteres aufzuhalten. Er legte den Revolver beiseite und holte ein Gewehr aus der Segeltuchtasche. Das Gewehr in die Hüfte gestützt, griff er mit der linken nach dem Revolver.

Er schoß; das Gewehr ruhig in der Hand, wie Jerold es ihn gelehrt hatte. Die Tür hatte plötzlich ein Loch. Das Geschoß sauste durch den Korridor und traf die Tür der gegenüberliegenden Wohnung. Draußen im Korridor schrie eine Frau, und ein Mann brüllte, sie solle den Mund halten.

Jakow trat näher zur Tür und feuerte noch zweimal. Dann machte er die Tür auf und trat über die Schwelle. Der Tod stand nicht rechts von ihm, sondern am Ende des Ganges zur Linken und versperrte den Zugang zum gut zwanzig Meter entfernten Treppenhaus. Er hatte eine kleine Pistole auf Jakow gerichtet, der noch immer das Gewehr in die Hüfte gestützt hielt.

»Lassen Sie die Waffe fallen!« befahl der Tod. Jakow seufzte.

Das war nicht fair. Carla war dreiundzwanzig gewesen. Sie hatte fünf Jahre länger gelebt, als es Jakow vergönnt sein würde. Denn Jakow war klar, daß er die Waffe nicht fallen lassen, daß er erneut zielen und schießen würde und daß der Mann, der sicher der Tod war, ihn töten würde, ohne daß er eine Chance gegen ihn hätte.

Der Schuß fiel, bevor Jakow seine Waffe mit beiden Händen umfassen konnte. Das Krachen übertönte die nahe Polizeisirene, die Musik, die weinende Frau in der Wohnung gegenüber. Jakow hielt inne. Die Kugel war durch ihn durchgegangen oder hatte ihn verfehlt. Der Schmerz blieb aus. Der Tod wirbelte herum und schoß auf sein Ziel zu seiner Rechten, irgendwo unten auf der Treppe. Jakow hob das Gewehr und zielte auf den Tod, der sich von der Treppe entfernte, den Fuß hob und eine Wohnungstür aufstieß. Wie Jakow wußte, waren die Türen aus dünnen Preßspanplatten. Er hatte in den drei Monaten in dieser Wohnung die Tür dreimal eingetreten. Schon deshalb war es keine Überraschung, daß der Tod in der

Wohnung verschwand, als Jakow abdrückte und ein faustgroßes Loch in die Korridorwand schoß.

»Jakow!« schrie Jerold.

»Ja!« schrie Jakow.

Jerold stand oben am Treppenabsatz, die Waffe in der Hand. Jerold, strotzend vor Selbstbewußtsein, ein bärtiger Aristokrat, ein Gangster, ein echter Gangster, wie Jakow einer sein wollte. Jerold war sein Lehrmeister. Er hatte ihn an der Waffe ausgebildet, ihm Organisation und Englisch beigebracht... damit Jakow in den USA, vorzugsweise in Las Vegas, ein neues Leben anfangen konnte, wenn alles vorbei war.

»Komm schon!« schrie Jerold.

»Meine CDs!« protestierte Jakow.

»Dazu ist jetzt keine Zeit«, entgegnete Jerold ruhig. »Komm mit. Wir kriegen neue.«

»Aber nicht die von Madonna«, wehrte Jakow ab und starrte zu seiner Wohnung zurück, während er auf Jerold zuging. Er hatte Tränen in den Augen. Der Verlust von Madonna war kaum zu ertragen. Es war so unfair in Anbetracht der Wunder dieser Nacht.

»Doch, ich schon«, versicherte Jerold ihm und hielt die Waffe auf die Wohnungstür gerichtet, hinter der der Tod verschwunden war. »Gehen wir!«

In der Wohnung rührte sich etwas. Jerold schoß und schob Jakow die Treppe hinunter.

»Mach schon!« befahl Jerold mit bewundernswerter Gelassenheit. Dabei hatte der Wagen mit der Polizeisirene ganz in der Nähe gehalten.

Jerold sicherte ihren Rückzug zum nächsten Treppenabsatz und drängte Jakow von dort den Korridor entlang zu einer Wohnung, die dem jungen Mann unbekannt war. Jerold steckte seine Pistole ein, zog einen Schlüssel heraus, schloß die Tür auf und schob Jakow über die Schwelle. Drinnen war es stockfinster. Jerold machte die Tür zu und schloß ab.

»Bleib hier«, befahl er. Und Jakow hörte Jerolds Schritte auf dem Holzfußboden.

Jakows Magen gab das erste Warnsignal. Er kam allmählich von seinem Trip runter. Aber er wollte nicht runterkommen. Er wollte im Dunkeln bleiben und sich mit dem Kopf nach unten treiben lassen, bis es kein Oben und kein Unten mehr gab. Und dann überkam ihn Panik.

»Lichter«, sagte er. »Lichter.«

Links flammte in einer Küche Licht auf. Er konnte Jerold sehen, und hinter Jerold eine Frau an einem kleinen Tisch. Die Frau war an Händen und Beinen gefesselt und geknebelt. Ihre Augen waren groß vor Angst und voller Tränen.

»Komm«, sagte Jerold und ging zu einem Fenster hinter der Frau.

Jakow gehorchte. Im Vorbeigehen blieb er kurz neben der Frau stehen und starrte ihr in die Augen. Seine Nase berührte fast ihre Nasenspitze. Er wollte ihre Angst riechen und sich in diesen verängstigten Augen spiegeln.

»Carla ist tot«, verkündete Jakow auf englisch. Er folgte Jerold zum Fenster und hängte das Gewehr über die linke Schulter. Zwischen diesem Fenster und einem Fenster des Nachbargebäudes lag eine gut vier Meter lange und schmale Holzplanke.

»Ich weiß«, erwiderte Jerold leise ebenfalls auf englisch. »Ich hab' sie gesehen. Du gehst zuerst.«

»Wär's nicht besser, wir bringen sie um?« Jakow sah auf die wimmernde Frau hinab.

»Weshalb?« entgegnete Jerold. »Der Polizist hat uns beide gesehen.«

»Der war ein Polizist? Ich dachte, es wäre der Tod.«

»Los, auf allen vieren!« wies Jerold ihn an.

Und Jakow kroch durchs Fenster. Über den Lauf des Gewehres hinweg, der an seiner Wange rieb, flüsterte er: »Und du kannst Madonna wirklich besorgen?«

»Ja«, antwortete Jerold. »Wenn der Donnerstag erst vorbei ist, kriegst du viel mehr als CDs von Madonna. Du mußt nur bereit sein.«

»Die Walther und ich werden bereit sein«, versprach Jakow. »Wir werden bereit sein.«

4

Was die Mengen betraf, war das Essen im Lermontow-Hotel in Ordnung. Dafür sorgte Anton, sobald Sarah und Porfirij Petrowitsch den Speisesaal betraten. Er flitzte zwischen den Rostnikows, dem drei Tage zuvor eingetroffenen amerikanischen Ehepaar, den Sabolschews aus Minsk und dem mageren Mann mit dem rumänischen Akzent hin und her.

»Anton rackert sich verdammt hart ab für sein Trinkgeld, Porfirij Petrowitsch«, bemerkte Sarah. »Das sollten wir bei der Abreise nicht vergessen.«

Sie hielt ihren Teller mit beiden Händen fest, auf dem sich ein dunkler Berg aus Kascha mit undefinierbarem Gemüse wölbte. Daneben lag ein schwärzliches Etwas faseriger Konsistenz, das Fleisch sein konnte. Die ganze Kreation war von einer halbgaren Teigkappe gekrönt. Am Fuß des Berges schwammen zwei Tomatenscheiben in einer dünnen weißen Soße. Rostnikows Teller wies – wie die der restlichen sechsundvierzig Essensgäste im Saal – den absolut identischen Inhalt auf.

»Hier rüber«, sagte Rostnikow und deutete auf einen Fenstertisch, an dem die Neuankömmlinge, das amerikanische Ehepaar, Platz genommen hatten. Sie hielten die Gabeln gezückt. Neben ihren Tellern stand je ein Glas mit lauwarmem Bier.

Als Sarah und Rostnikow näher kamen, sah der Mann auf.

»Setzen Sie sich doch zu uns«, sagte der Mann mit dem Doppelkinn und dem schlohweißen Haar.

Rostnikow und Sarah stellten ihre Teller ab.

»Sprechen Sie Englisch?« erkundigte sich der Amerikaner.

»Ja«, erwiderte Rostnikow.

»Was, zum Teufel, soll das hier eigentlich sein?« Der Amerikaner deutete mit der Gabel auf den undefinierbaren Berg auf seinem Teller.

»Lester«, flüsterte seine Frau, eine hagere Amerikanerin mit blond gefärbtem Haar.

»Ich bin nur neugierig«, entgegnete Lester.

»Ich glaube, es ist ›Tschebureki‹, eine Fleischpastete«, klärte Rostnikow ihn auf.

»Appetitlich«, murmelte Lester stirnrunzelnd.

»Lester!« Die Amerikanerin versuchte es mit stummen Lippenbewegungen, als könne sie mit diesem unzulänglichen Versuch der Bauchrednerei ihre Worte ungehört machen. »Man braucht nicht gleich verletzend...«

»Beleidige ich Sie vielleicht?« Lester sah Sarah und Porfirij Petrowitsch an.

»Wir haben's ja nicht gekocht«, erwiderte Rostnikow.

»Na bitte!« seufzte Lester. »Ihnen schmeckt's auch nicht.«

Die gedämpfte Unterhaltung im Raum wurde von den Klängen einer Ziehharmonika unterbrochen.

»Gütiger Himmel! Nicht schon wieder!« stöhnte Lester.

»Lester!« mahnte seine Frau und sah Sarah um Verzeihung bittend an. Sarah war die Verlegenheit der Amerikanerin viel peinlicher als Lesters Offenheit.

»Ist das die typische Volksmusik der Gegend?« erkundigte sich Lester und beugte sich zu Rostnikow hinüber, damit dieser ihn trotz des Krachs hören konnte. Die Ziehharmonikaspielerin intonierte eine besonders schlechte Version eines russischen Volkslieds, dessen Titel Rostnikow entfallen war.

»Keine Ahnung«, sagte Rostnikow.

Sarah stocherte auf ihrem Teller herum. Rostnikow hatte seine Portion bis auf einen kleinen Rest bereits vertilgt.

»Sehen Sie sich die bloß an!« bemerkte Lester angewidert mit einem Blick auf die Ziehharmonikaspielerin.

Rostnikow tupfte sich mit der Serviette den Mund ab und drehte sich dann nach der etwas übergewichtigen Frau in Nationaltracht um. Sie hatte ein rundes, viel zu grell geschminktes Gesicht. Ihr Mund war zu einem breiten Lächeln erstarrt, von dem der schmerzliche Ausdruck der Augen unberührt blieb.

»Sie ist nicht schlecht«, behauptete Lesters Frau und sah hilfesuchend zu Sarah und Rostnikow.

»Sie gibt sich Mühe«, bemerkte Rostnikow.

»Ich find's schrecklich«, erklärte Lester. »Soll das die Abendunterhaltung sein, die der Prospekt verspricht? Jeden Abend taucht diese bedauernswerte Person hier auf und spielt dieselben Melodien. Zum Schluß kommt dann noch die Nationalhymne des Tages dran. Falls sie sich heute abend an ›The Star-Spangled Banner‹ versucht, verlasse ich den Saal. Die Frau deprimiert mich. Seit ich hier bin, gehe ich jeden Abend deprimiert ins Bett.«

»Morgen besuchen wir den Botanischen Garten von Nikita«, versuchte seine Frau das Thema zu wechseln.

Sarah nickte höflich. Sie hatte Mühe, die Amerikanerin zu verstehen.

»Unser Sohn lebt in St. Louis, nur zwei Blocks von einem der größten Botanischen Gärten in den Vereinigten Staaten entfernt«, sagte der Mann. »Wir fahren jedes Jahr nach St. Louis, aber im Botanischen Garten sind wir eine Ewigkeit nicht gewesen. Und jetzt bin ich fünftausend Kilometer weit gefahren, um mir dieselben Pflanzen anzuschauen, die ich zu Hause auch hätte haben können.«

Das Ziehharmonikaspiel endete abrupt. Während die Musikerin wie jeden Abend versuchte, ein paar der verärgerten Tischgäste zum Tanzen zu bewegen, beugte Lester sich über den Tisch und streckte die Hand aus.

»Lester McQuinton«, stellte er sich vor.

»Porfirij Petrowitsch Rostnikow«, erwiderte Rostnikow und nahm die kräftige Hand des Amerikaners.

Rostnikow überraschte die Kraft des Händedrucks des Amerikaners kaum. Der Mann war dick, aber seine Arme waren muskulös, und er hatte einen auffällig breiten Brustkasten. Der Amerikaner allerdings wirkte ziemlich verdutzt. Er hatte Rostnikow wohl unterschätzt.

»Meine Frau heißt Andrea. Wir nennen sie alle Andy«, fuhr Lester fort, ohne Rostnikow aus den Augen zu lassen. Rostnikows Händedruck hatte ihm wohl plötzlich Respekt abgetrotzt.

»Meine Frau heißt Sarah«, stellte Rostnikow seinerseits vor. »Sie spricht kaum Englisch.«

»Schade... Aber Mann, ich kann ja kein Wort Russisch. Hatte nie was damit im Sinn. Es ist auch das erste Mal, daß wir die Vereinigten Staaten verlassen haben.«

»Wir sind nie über die Grenzen der Sowjetunion rausgekommen«, sagte Rostnikow.

»Ich bin Polizist. New York Police Department.«

»Ich bin auch Polizeibeamter«, antwortete Rostnikow. »In Moskau.«

»Habe ich mir gleich gedacht. Sie haben diesen gewissen Blick. Der schaut mir nämlich jeden Morgen aus dem Spiegel entgegen. Was ist? Habt ihr hier eigentlich 'ne Versammlung oder was?« wollte Lester wissen, als die Ziehharmonika erneut zu spielen begann.

»Wie bitte? Ich verstehe nicht.«

»Im Hotelbus gestern morgen bin ich schon einem von euch begegnet«, fuhr Lester fort. »Sah ziemlich einsam aus, der Junge. Ich habe mich und Andy vorgestellt. War überrascht, daß ich in ihm den Polizisten erkannt hatte. Aber wie gesagt, ich erkenne sie... ob sie nun Iwan heißen oder Al. Verstehen Sie das?«

»Wir sind gerade vom Weißen Palast zurückgekommen, wo sich Stalin, Roosevelt und Churchill nach dem Krieg getroffen hatten«, warf Andy ein und sprach damit Sarah direkt an. »Wunderschöne moderne Kunstsammlung dort.«

»Moderne Kunst mag ich nicht«, erklärte McQuinton, machte Anstalten, das Essen doch zu versuchen und ließ es dann bleiben.

»Ich liebe moderne Kunst auch nicht gerade«, gestand Rostnikow in etwas geschraubtem Englisch. »Aber meine Frau ist eine große Bewunderin dieser Kunstrichtung.«

»Vielleicht könnten wir morgen etwas zusammen unternehmen? Zum Beispiel in die Stadt gehen? Hier soll es doch ein Museum für Kunst geben.«

Rostnikow wollte schon für Sarah dolmetschen, aber sie machte ihm ein Zeichen, daß sie verstanden habe. Sarah sah Andy lächelnd an. Andy erwiderte das Lächeln.

»Meine Frau sagt, daß sie gern etwas mit Ihnen unternimmt. Wissen Sie noch seinen Namen? Ich meine den des Polizisten im Bus?« fragte Rostnikow. »Hieß er vielleicht Wassilijewitsch? Georgi Wassilijewitsch?«

Rostnikow war sich nicht sicher, wieviel Sarah von der Unterhaltung verstand, doch bei dem Namen Wassilijewitsch sah sie von ihrem Teller auf.

»An den Namen erinnere ich mich nicht. Du vielleicht, Andy?«

»Nein«, antwortete sie und bearbeitete ihre Tomaten auf dem Teller.

»Also Wasslitsch oder so war's, glaub' ich, nicht«, sagte Lester. »Morgen abend jedenfalls esse ich hier nicht. Es muß doch irgendwo ein besseres Restaurant geben. Ist mir ganz egal, daß ich dafür schon bezahlt habe.«

»Ein fast siebzigjähriger Mann«, versuchte Rostnikow es noch einmal. »Hager, arthritische Hände und ...«

Lester schüttelte den Kopf. Rostnikow verstummte.

»Nehmen Sie's mir nicht übel, aber ihr Burschen hier habt vermutlich nichts Besseres zu tun, als euch gegenseitig zu beobachten. Drüben bei der Säule hinter Ihnen«, sagte Lester unvermittelt. »Der Glatzkopf allein am Tisch. Das ist der Polizist aus dem Bus.«

Rostnikow gelangte in diesem Augenblick zu dem Schluß, daß Lester McQuinton allem Anschein nach ein guter Polizist sein mußte. Er hatte mit keinem Blick verraten, daß er den Glatzkopf wiedererkannt hatte, hatte nicht einmal in dessen Richtung gesehen. Porfirij Petrowitsch war sich wohl bewußt, daß hinter seinem Rücken an einem entlegenen Tisch in der Ecke ein Mann mit birnenförmiger Figur und fast kahlem Schädel saß. Er hatte eine auffällige Nase, eine regelrechte Schnapsnase. Seine Augen waren ungewöhnlich groß. Das hatte Rostnikow sofort bemerkt. Obwohl der Mann sich redlich Mühe gab, Rostnikow nicht direkt zu fixieren, hatte Rostnikow dessen Spiegelbild flüchtig und doch aufmerksam wahrgenommen; und zwar zuerst im staubigen Glas eines verblichenen Gemäldes an der Wand der Eingangshalle und später im fast blinden Spiegel hinter der Tür zum Speisesaal, als er mit Sarah zum Essen gegangen war.

Dieser Mann folgte Rostnikow bereits seit zwei Tagen wie ein Schatten. Es war nicht das erste Mal, daß Rostnikow beobachtet wurde, und es überraschte ihn auch nicht. Er ging davon aus, daß wie immer der KGB dahintersteckte. Schließlich war er öfter mit dem KGB in Konflikt geraten, als es zuträglich war. Um Rostnikow zu erinnern, daß seine Indiskretionen in der Vergangenheit nicht vergessen waren, wurde er gelegentlich von einem KGB-Mann observiert; meistens machte sich der betreffende Agent nicht einmal die Mühe, von Rostnikow unbemerkt zu bleiben.

Rostnikow hatte also angenommen, es handle sich wieder einmal um die übliche Prozedur. Seit Wassilijewitschs Tod und seinen ersten vorsichtigen Ermittlungen jedoch war er nicht mehr so sicher.

»Sie haben die ganze Zeit über gewußt, daß er da ist, was?« fragte Lester McQuinton grinsend. »Sie haben nicht mal mit der Wimper gezuckt, sich nicht umgesehen.«

»Ja, seine Gegenwart ist mir nicht unverborgen geblieben«, gab Rostnikow zu, griff nach seinem Glas Wein und leerte es mit einem Schluck. »Bitte, entschuldigen Sie mich. Ich bin gleich wieder da.«

Er strich Sarah leicht über den Rücken, als er aufstand.

Während Rostnikow sich in Richtung Toilette entfernte und sich die Akkordeonspielerin über einen fetten Amerikaner lustig machte, der sich auf die Tanzfläche gewagt hatte, stocherte McQuinton in seinem Essen herum, knabberte an einer Scheibe Brot und tat so, als höre er Andy und der Frau des Russen bei dem Versuch zu, eine Unterhaltung zustande zu bringen. In Wirklichkeit beobachtete er, wie der russische Polizist sich den Weg durch die Menge bahnte und wie der Glatzkopf vorgab, nichts zu bemerken.

Der russische Polizist interessierte ihn. Er war das einzig Interessante, das ihm seit der Abreise aus New York begegnet war. Die Ärzte hatten ihm nichts vormachen können. Andy hatten sie ebensowenig getäuscht. Lester und Andy hielten nichts von ihren hoffnungsvollen Prognosen. Wie sollten sie auch? Sie glaubten ja selbst nicht daran. Das war deutlich zu spüren gewesen. Einem Polizisten machte man so schnell nichts vor; nicht, wenn dreißig Dienstjahre lang die Lügen anderer sein täglich Brot gewesen war. Andy hatte mehr oder weniger noch ein halbes Jahr zu leben. Sie hatte sich diese Reise gewünscht – nicht unbedingt, weil sie gern reiste; sie brauchte die Ablenkung. Sie hätte es nicht ertragen, in New York zu bleiben und zuzusehen, wie er sie beobachtete. Als er daher die Urlaubsreise vorgeschlagen hatte, hatte sie sofort eingewilligt.

Er hatte von Anfang an an allem etwas auszusetzen gehabt, denn er wollte den perfekten Urlaub, um ihretwillen. Er nörgelte aus Wut. Und er schimpfte, weil es normal war und weil er Andy unbedingt das Gefühl der Normalität geben wollte. Aber es hatte nicht funktioniert; wenigstens vorerst nicht.

McQuinton las in den Augen der Frau des russischen Polizisten, daß sie vage ahnte, was Andy und er durchmachten. Nicht alles vielleicht, aber doch genug. Zum ersten Mal trug McQuinton nicht so schwer an der Last der Verantwortung für das Wohlbefinden seiner Frau. Und das Spielchen des russischen Polizisten mit dem steifen Bein lenkte ihn ein wenig von Andy ab.

Rechts von McQuinton ertönte das heisere Lachen einer Frau. Aus dem Lachen wurde ein Erstickungsanfall. Eine Männerstimme beschimpfte die Frau auf russisch. Sie beruhigte sich allmählich, und die Akkordeonspielerin intonierte die nächste Melodie.

McQuinton bewunderte, wie geschickt sich Rostnikow seinen Weg durch die Menge suchte, dann um die Ecke bog und in Richtung der Toiletten verschwand. Der Glatzkopf rührte sich nicht, machte keine Anstalten, ihm zu folgen. Es gab auch keinen Grund. Der Polizist hatte schließlich seine Frau am Tisch zurückgelassen. Der Polizist mit dem schlimmen Bein hatte offensichtlich ein dringendes Bedürfnis. Der Glatzkopf verstand sein Geschäft. Er ließ sich nichts anmerken. Er aß, trank, hielt den Kopf gesenkt und behielt doch den ganzen Saal im Auge. Aber der Polizist mit dem schlimmen Bein war der Bessere. Er war in Sekundenschnelle wieder zurück; viel zu schnell, als daß er je bis zur Toilette gelangt sein konnte. Jetzt steuerte er direkt auf den Kahlköpfigen zu und hatte ihn trotz seines Handicaps erreicht, bevor dieser aufstehen konnte. Der Polizist legte dem Glatzkopf die Hand auf die Schulter. McQuinton ließ sich durch die scheinbar freundschaftliche Geste nicht täuschen. Rostnikow hatte den Mann auf diese Weise unauffällig gezwungen sitzenzubleiben. Lesters Achtung vor dem Russen stieg. »Das könnten wir doch machen, oder, Lester?« fragte Andy.

»Klar«, antwortete Lester, ohne zu wissen, worum es ging.

Der russische Polizist mit dem steifen Bein hatte inzwischen neben dem Glatzkopf Platz genommen. Die beiden unterhielten sich wie Fremde auf der Heimfahrt in der U-Bahn, die plötzlich Gemeinsamkeiten entdeckt hatten. Lester lächelte.

Lester McQuinton beobachtete, wie hinter den beiden Russen zwei Männer im offenen Durchgang zur Eingangshalle auftauchten. Sie waren ein seltsames Paar ... der eine von hünenhafter Gestalt, der andere ein nervöser kleiner Mann. Letzterer sah zuerst Lester und dann Rostnikow an. Das Lächeln in Lester McQuintons Gesicht war wie weggewischt.

Einen eigenen Telefonanschluß in der Wohnung zu haben, gehörte zu den Privilegien eines Moskauer Polizeibeamten. Daß man selten zu Hause war, um ihn zu benutzen, war einer der Nachteile der Tätigkeit als Polizist.

Maja meldete sich, noch bevor das erste Rufzeichen verklungen war. Sascha hatte schon eine Weile in der einsamen Telefonzelle gegenüber dem Park gestanden und alle drei Minuten seine Nummer gewählt. Es dauerte eine halbe Stunde, bis er durchkam.

»Ich bin's«, sagte Sascha Tkach und versuchte, seinen Ärger zu verbergen.

»Die Kleine ist gerade eingeschlafen«, flüsterte Maja.

»Ich wollte ihr eigentlich gute Nacht sagen«, seufzte Sascha. »Aber es war dauernd besetzt.«

»Deine Mutter hat angerufen«, antwortete Maja. Mehr brauchte sie nicht zu sagen. »Geht es dir gut?«

»Danke«, erwiderte er.

»Hast du was gegessen?«

»Ja.«

Er hatte ihr sagen wollen, wie frustriert er war. Sie hatten nur vier Nächte in der Wohnung miteinander gehabt. Er wollte sie lieben, ohne sich der Anwesenheit seiner Mutter im Nachbarzimmer ständig bewußt zu sein. Er sehnte sich nach ihrem wohligen Gurren, wenn er ihr den Rücken streichelte. Er wünschte sich, ihren großen vollen Mund zu spüren und sich in ihr zu verlieren. Er wollte sie dabei reden hören, denn er liebte ihre Stimme, ihren georgischen Akzent, und er fürchtete sich vor der Rückkehr in die Wohnung und zu Selatsch. Er wollte ihr all das sagen, und er hörte sie fragen: »Sascha? Bist du noch da?«

»Ja.«

»Ich habe morgen Frühschicht.«

Maja arbeitete in der Tageskinderstätte im Kaufhaus TsUM. Sie nahm Pultscharia stets mit und versuchte, so viele Stunden wie möglich zusammenzubekommen. Das zweite Baby war unterwegs. Maja war im dritten Monat. Sascha hatte auf eine unbeschwerte Zeit gehofft, bevor Maja zu beleibt und unbeweglich wurde.

»Ich will dich nicht aufhalten«, bemerkte er sarkastisch. »Geh schlafen. Ich lege auf.«

»Das sollte nicht heißen, daß ich ins Bett gehen will«, widersprach Maja. »Ich wollte... Aber du hast kein Wort gesagt. Und da habe ich dir's erzählt.«

Hinter den Büschen am Fußgängerweg bewegte sich etwas. Es war nur eine kaum wahrnehmbare Veränderung in der Helligkeit des Lichtscheins, der auf den Blättern tanzte. Dafür konnte es zahllose Erklärungen geben. Sascha glaubte nur an eine Möglichkeit: Da war jemand. Sascha hätte es beinahe übersehen. Beinahe hätte er über dem Gespräch mit Maja seine Pflichten vergessen – über einem Gespräch, das er gar nicht hätte führen dürfen. Man hatte ihm jeden Kontakt mit Freunden oder Familie für die Dauer der Operation strikt untersagt.

»Entschuldige«, murmelte er und wandte dem Schatten in den Büschen den Rücken zu. Dabei sah er demonstrativ auf die Uhr, so als langweile ihn das Gespräch. Sascha tat so, als wolle er die Uhr am Handgelenk neu befestigen, und drehte die Uhr um, so daß er in der glänzenden metallenen Rückwand den Busch beobachten konnte, während er sich gegen die Scheibe der Telefonzelle lehnte.

»Versuch, früh zu schlafen«, empfahl Maja.

»Tu' ich«, antwortete er. »Und du auch. Gib Pultscharia einen Kuß von mir.«

Der Mann trat lautlos aus dem Gebüsch. Er war groß, vermutlich jung und trug eine dunkle Hose und einen dunklen Pullover. Dann duckte er sich hinter einen anderen Busch, der noch näher an Saschas Telefonzelle stand. Ein zweiter Mann mit langen blonden Haaren und einem blonden Bart folgte dem ersten. Sascha ließ den Arm sinken.

»Sascha, ich bin nicht müde«, sagte Maja. »Wir können reden, wenn du willst.«

»Morgen, Maja«, vertröstete er sie. »Ich muß jetzt gehen.«

»Gute Nacht«, murmelte sie. »Ich liebe dich.«

»Ich dich auch«, sagte Sascha.

Maja legte auf, doch Sascha redete weiter. Er drehte sich um, während sich die beiden Männer allmählich weiter zu ihm vorarbeiteten. Sascha war unbewaffnet. Eigentlich hätte er eine Waffe tragen müssen. Seit Sascha jedoch drei Jahre zuvor bei einem Einsatz wegen des Überfalls auf einen staatlichen Spirituosenladen einen Jungen erschossen hatte, verzichtete er auf seine Dienstpistole. Die Erinnerung an die Augen des Sechzehnjährigen verfolgte Sascha wie ein Alptraum. Aber das Schlimmste war, daß er sich nicht an das Gesicht des Jungen erinnern konnte.

Fast ein Jahr lang hatte er prüfend in alle Jungengesichter gesehen, die ihm auf der Straße begegneten, und gehofft, eines von ihnen würde in ihm die gewünschte Erinnerung wachrufen. Aber es war nicht geschehen. Tkach trug keine Waffe und wußte, daß die beiden Männer ihn umzingelt hatten.

»Nein«, sagte Tkach jetzt so laut, daß man ihn draußen hören mußte. »Ich muß arbeiten. Warum? Weil ich der einzige bin, der mit dem Programm umgehen kann. Meinst du, jeder Trottel kennt sich mit so einem komplizierten Computer-Programm aus?«

Sascha suchte krampfhaft nach einem typisch jüdischen Ausdruck, einem Ausdruck, der zu Jon Mandelstem paßte. Aber es fiel ihm nichts ein. Schließlich versuchte er es mit einer Geste, einer Bewegung von Schulter und Armen, die er an seinem früheren Nachbarn Eli Hausman beobachtet hatte.

»Dann eben nicht«, fuhr Sascha fort. »Tut mir leid für dich.«

In diesem Augenblick schoben sich kaum drei Meter vom Versteck der beiden Männer vier Frauen durch das Gebüsch am Weg. Sie lachten laut. Zwei hatten sich an den Händen gefaßt. Sascha erkannte unter ihnen jene Tamara, der er erst wenige Stunden zuvor in der Eingangshalle begegnet war.

»Wiedersehen, Eli!« sagte er energisch und hängte ein.

Er drehte sich gespielt ärgerlich um und fing absichtlich den Blick der Frau auf, die ihn unverwandt ansah. Sascha lächelte und trat auf den Weg hinaus, so daß er den vier Frauen plötzlich gegenüberstand.

Tamara breitete die Arme aus, um ihre Begleiterinnen zurückzuhalten. Die eine war sehr jung, höchstens achtzehn, und übertrieben geschminkt, was sie nur noch jünger erscheinen ließ.

»Ah!« rief Tamara. »Da ist er ja. Der, von dem ich euch erzählt habe. Mon petit Juif.«

Tamaras Französisch war noch schlechter als Saschas. Sascha tat jedoch so, als wisse er nicht, daß sie ihn als ›ihren kleinen Juden‹ bezeichnet hatte.

Tamara kicherte und machte einen Schritt auf ihn zu. »Noch spazieren?« erkundigte sie sich.

Sascha sah sie unverwandt an und beobachtete in Wirklichkeit, wie sich die beiden Männer tiefer in den Lichtschatten zurückzogen. »Ja«, antwortete er. »Ich konnte nicht schlafen.«

»Wie wär's denn jetzt mit dem Gläschen, das ich Ihnen versprochen hatte?«

Ihre Freundinnen lachten. Sie warf ihnen einen warnenden Blick zu.

»Warum nicht«, erwiderte Sascha.

Tamara nahm seinen Arm und zog ihn mit sich.

»Wir erwarten deinen Bericht, Tamma!« rief eine der Freundinnen. »Morgen!«

»Da hat's gefunkt!« fügte eine andere hinzu.

Sascha stellte sich taub, als Tamara ihre Freundinnen fortscheuchte und ihn dann in Richtung der Wohnhäuser davonzog. Sascha drehte sich um und sah lächelnd zu dem Trio zurück. In gut fünfzehn Metern Entfernung erkannte er hinter den Mädchen im Licht einer Straßenlaterne die beiden Männer. Sie schienen nur Augen für die Frauen zu haben. Jeder harmlose Passant hätte das angenommen. Sascha jedoch wußte, daß sie sich ausschließlich für ihn interessierten.

Lächelnd ließ er sich von Tamara zum Haus führen. Sie roch nach billigem Make-up, Alkohol und anderen weiblichen Attributen. Sie hielt ihn fest wie einen Preis, den sie gerade im Park gewonnen hatte, ihn, den kleinen Juden, ihre Trophäe. Schuldgefühle, Erleichterung und Erregung mischten sich in Sascha zu einer seltsamen Gemütsverfassung. Als der Jude, der er zu sein vorgab, verachtete er Frauen wie Tamara. Als der Mann, der er zu sein vorgab, brauchte er ihren Schutz. Und als Sascha Tkach fühlte er die weiche Wärme ihrer linken Brust durch den Stoff ihres Kleides an seinem Arm.

»Sie wollten mich umbringen«, sagte Jelena Kusnitsow.

Sie saß auf ihrem Küchenstuhl; auf demselben Stuhl, an den Jerold sie gefesselt und von dem die Polizei sie befreit hatte. Jelena Kusnitsow hatte versucht aufzustehen. Ihr linkes Knie jedoch zitterte so stark, daß sie sich sofort wieder setzte. Das Knie schien sich verselbständigt zu haben. Es zuckte und hüpfte wie bei einem merkwürdigen Tanz. Mit Hilfe beider Hände schließlich gelang es Jelena, zumindest vorerst, das außer Kontrolle geratene Gelenk ruhigzustellen.

Angst zu haben, sich Mördern ausgeliefert zu wissen und dann noch die Gegenwart dieses gespenstischen Polizeibeamten ertragen zu müssen, war schlimm genug; das außer Rand und Band geratene Bein allerdings trieb Jelena die Tränen in die Augen. Jelena wollte nicht weinen – vor allem nicht vor diesem Polizisten, der geduldig neben ihr stand und darauf wartete, daß das Knie seiner Zeugin endlich zu zucken aufhörte.

Jelena war dreiundsechzig. Sie bildete sich jedoch ein, wie vierzig auszusehen, was ein Trugschluß war. Sie färbte ihr Haar, achtete auf ihr Gewicht, trug Kleider, die sie für modisch hielt, und schminkte sich täglich dreimal: morgens, nach dem Mittagessen und wenn sie von ihrem Job im Berioska, dem Devisenladen im Hotel Metropol nach Hause kam. Sie war eine kultivierte Frau, die amerikanische Zigaretten und russischen Wodka in drei Sprachen verkaufen konnte. Sie sprach täglich mit wichtigen ausländischen Gästen. In dem Kleid, das sie in diesem Augenblick anhatte, hatte sie gerade mit Armand Hammer gesprochen, dem reichsten Amerikaner überhaupt. Und ausgerechnet ihr passierte so etwas. Sie starrte auf ihr Knie, und ihre Augen füllten sich mit Tränen.

»Ich mache das nicht absichtlich«, erklärte sie.

»Das weiß ich«, sagte Emil Karpo. »Wir können warten.«

Jelena wollte nicht warten. Sie wollte das furchterregende

Gespenst von einem Polizisten so schnell wie möglich loswerden.

»Wenn Sie gehen, vernagle ich das Fenster… durch die die beiden geklettert sind. Es soll ein für allemal zubleiben. Was Popkinow sagt, ist mir egal. Auch wenn er der Distrikts-Hausmeister und Parteimitglied ist. Ist mir auch Wurscht, wenn Sie Parteimitglied sind.«

»Ich bin Parteimitglied«, sagte Karpo.

»Ist mir doch Wurscht. Boris Jelzin, unser Präsident, ist aus der Partei ausgetreten«, erinnerte ihn Jelena Kusnitsow.

Das Knie. Das verdammte Knie. Wann hörte das endlich auf? Wann verschwand dieser Polizist? Das Geräusch von Krankenwagen, Streifenwagen, den Neugierigen bei der Toten, von der der Polizist ihr erzählt hatte, all der Lärm hatte sich noch nicht gelegt. Er drang durch das offene Fenster und verstärkte noch Jelenas Angst und Trotz.

Karpo beugte sich vor und streckte die linke Hand nach Jelena aus.

Jelena stieß einen kleinen Schrei aus und zuckte vor dieser Berührung zurück.

»Nein«, keuchte sie.

Emil Karpo machte erst gar nicht den Versuch, ihr zu erklären, daß er sie nur hatte beruhigen wollen, um sie endlich dazu zu bewegen, seine Fragen zu beantworten. Rostnikow hätte sie längst so weit gehabt. Aber Rostnikow war nicht hier, und Karpo mußte mit seinen Ermittlungen weiterkommen.

Jelenas Knie beruhigte sich schließlich. Sie sah lächelnd zu Karpo auf. Ihr Make-up war verschmiert, das Haar zerzaust, und jetzt begannen die Tränen zu fließen.

Karpo wartete geduldig, bis sie sich beruhigt hatte.

»Fragen Sie«, seufzte sie schließlich unter Tränen.

»Ich kann warten«, antwortete Karpo.

»Aber ich will jetzt reden. Und dann gehen Sie bitte«, sagte

Jelena unter Schluchzen. »Mein Vater ist Bauleiter beim Freiluftschwimmbad Moskau gewesen. Und ausgerechnet mir passiert so was.«

»Haben die beiden Männer etwas gesagt?« wollte Karpo wissen und zückte sein Notizbuch.

»Ja«, antwortete Jelena und strich sich das Haar zurück. »Ich muß schrecklich aussehen.«

»Und was haben sie gesagt?«

»Sie hatten keine Ahnung, daß ich sie verstehen konnte«, seufzte Jelena. »Ich spreche drei Sprachen... abgesehen von Russisch.«

Sie sah zu Karpo auf, um seine Reaktion zu testen.

»Und in welcher Sprache haben sie sich unterhalten?«

»In Englisch«, erwiderte Jelena. »Der junge Kerl mit dem orangeroten Haar hat miserabel Englisch gesprochen. Der andere, der ältere mit dem Bart... das war ein Amerikaner.«

»Und was haben sie gesagt?«

»Blödsinniges Zeug. Das waren doch Verrückte. Verrückte reden Unsinn. Der mit dem orangeroten Haar wollte mich umbringen. Und dann hat er den anderen gebeten, ihm eine Madonna zu besorgen.«

»Was sonst noch?«

»Der Amerikaner mit dem Bart hieß Jerold.«

Karpo wartete mit gezücktem Bleistift, während sich Jelena mit dem Handrücken über die Augen fuhr und sich umsah.

»Donnerstag«, fuhr sie schließlich fort. »Jerold, dieser Amerikaner, er hat es dem mit dem orangeroten Haar gesagt, er solle sich für Donnerstag bereit halten. Und der Stiftenkopf hat geantwortet, er würde bereit sein – Walther würde bereit sein.«

»Walther?« fragte Karpo.

»Ja. Wissen Sie, wer dieser Walther ist?« erkundigte sich Jelena.

»Eine Walther ist eine Pistole«, klärte Emil Karpo sie auf.

Die Tür zu Jelena Kusnitsows Wohnung flog krachend auf. Sie schrie gellend auf, und ihr Knie begann erneut wild zu zucken. Ein junger Mann in der braunen Uniform der Miliz, die Dienstpistole schußbereit in beiden Händen, stand auf der Schwelle.

»Was soll das?« schrie Jelena. »Das ist meine Wohnung. Vielleicht ist sie nichts Besonderes, aber sie gehört mir. Hier kann doch nicht jeder reinplatzen, nur weil zwei Verrückte bei mir eingebrochen sind.«

Der junge Polizist sah Karpo an. Aber von Karpo war keine Hilfe zu erwarten.

»Entschuldigung«, murmelte er.

»Man hat mich überfallen!« schrie Jelena.

Der junge Beamte trat einen Schritt zurück.

»Was gibt's?« erkundigte sich Karpo.

»Sie sollen sich umgehend bei Oberst Snitkonoi in der Petrowka melden, Genosse Inspektor«, erwiderte der Polizist.

»Überfallen!« wiederholte Jelena.

Der junge Polizist trat hastig den Rückzug an. Karpo riß eine Seite aus seinem Notizbuch und gab sie Jelena Kusnitsow. Jelena nahm sie vorsichtig an sich, als sei sie ein Köder, dem nur eine Berührung durch Karpo folgen konnte.

»Ich habe Ihnen ein Schloß aufgeschrieben, daß Sie an Tür und Fenster anbringen lassen sollten«, klärte Karpo sie auf und steckte sein Notizbuch ein. »Und wo Sie es kaufen können und wer es installieren würde. Es ist absolut einbruchsicher.«

Karpo verschwieg ihr, daß ein wildentschlossener Einbrecher die Tür oder das Fenster einschlagen könnte. Das Schloß allein hielt niemanden davon ab, in die Wohnung einzudringen. Lediglich der unvermeidliche Lärm konnte einen Einbrecher abschrecken.

»Danke«, murmelte Jelena und legte den Zettel in ihren Schoß wie ein kostbares Glas.

»Ein Polizeibeamter bleibt die Nacht über im Haus«, sagte Karpo. »Die beiden Männer kommen bestimmt nicht zurück.«

»Andere vielleicht schon«, fürchtete sie.

»Laut Statistik ist das mehr als unwahrscheinlich«, entgegnete er und ging zur Tür.

»Und doch gibt es solche Fälle«, fügte sie triumphierend hinzu.

»Es gibt sie«, stimmte Karpo ihr zu und trat auf den Korridor hinaus.

5

»Wir können in deine Wohnung gehen, wenn du willst«, hauchte Tamara auf der Treppe dicht an Saschas Ohr. Sie hielt seinen Arm mit festem Griff.

»Nein«, wehrte er ab. Insgeheim fragte er sich, wie Selatsch und Tamara reagieren würden, wenn sie sich plötzlich in der kleinen Wohnung gegenüberstünden.

Sein Plan war simpel. Er würde mit Tamara in ihre Wohnung gehen und sich dort unter dem Vorwand verabschieden, er habe noch zu arbeiten. Ein Glas konnte er ja mit ihr trinken. Da war nichts dabei. Die beiden Männer, die ihm aufgelauert hatten, hatten es vermutlich auf seine Brieftasche abgesehen gehabt, waren nicht die Computer-Diebe, die sie suchten. Auf Moskaus Straßen wimmelte es von kleinen Gelegenheitsdieben; sie alle verließen sich darauf, daß die Polizei durch Gorbatschows Reformen genug mit schwerwiegenderen Verbrechen zu tun hatte, um sich um die kleinen Fische kümmern zu können.

Sascha hatte sich ein Gläschen, ein bißchen Entspannung

verdient. Er trank selten Alkohol. Eine innere Stimme riet ihm, es auch jetzt nicht zu tun. Doch die Vorstellung, ein Glas mit Tamara zu trinken, ihre Nähe zu spüren, war zu verlokkend. Was sollte denn schon passieren? Selatsch hielt während Saschas Abwesenheit Wache hinter der Tür.

Ich könnte sogar behaupten, die Wohnung absichtlich verlassen zu haben, um die Diebe anzulocken, damit Selatsch sie verhaften konnte, schoß es ihm durch den Kopf.

»Hier ist es«, sagte Tamara mit breitem Lächeln. Ihre Zähne blinkten. An einem Schneidezahn haftete Lippenstift.

»Ich muß jetzt in meine Wohnung«, sagte Sascha und versuchte, sich von Tamaras Griff zu lösen. Doch sie ließ nicht locker.

»Auf ein Glas«, drängte sie und kramte mit der freien Hand in ihrer kleinen Tasche nach dem Schlüssel. »Nur einen Moment. Ich habe Angst, allein reinzugehen. Sie kommen mit, ich mache sämtliche Lichter an, und dann können Sie sich verabschieden, wenn Sie wollen.«

»Ich bleibe im Korridor«, sagte Sascha und rückte die Brille zurecht.

»Sie sind vielleicht komisch... mein schüchterner kleiner Jude.«

Tamara öffnete mit einer Hand die Tür. Mit der anderen hielt sie noch immer Saschas Arm. Sie trat über die Schwelle und zog ihn mit sich. Er redete sich ein, keine andere Wahl zu haben, als ihr zu folgen.

»Der Lichtschalter ist dort«, erklärte Tamara und stieß die Tür mit dem Fuß zu.

Sie gab Saschas Arm eine Augenblick frei und ließ ihn allein in der Dunkelheit stehen. Lediglich ein schwacher Lichtschein von der Straßenbeleuchtung drang von unten herauf durch das Fenster. Dann flammte das Licht auf. Das Zimmer war hell, in freundlichen Rot- und Gelbtönen gehalten, die Möbel waren modern, die Polster farbenfroh. Der Teppich, ein großes gelbes Viereck, hatte eine Rose in der Mitte. Sie war so groß wie Majas Lieblingssalatschüssel.

»Ich muß jetzt gehen«, sagte Sascha.

Tamara sah ihn lächelnd an. Sie stand am anderen Ende des Zimmers neben einer Stehlampe.

»Wenn du arbeiten mußt... Da kann man nichts machen.« Sie zuckte mit den Schultern, schleuderte die Schuhe von sich und kam, die rechte Hand ausgestreckt, auf ihn zu. Sascha streckte ebenfalls die Hand aus. Er hatte vor, sich hastig zu verabschieden und zu Selatsch zurückzugehen, der vermutlich schnarchend auf dem Stuhl hinter der Wohnungstür saß.

Tamara ignorierte die ausgestreckte Hand. Sie trat dicht zu Sascha heran, schlang die Arme um seinen Hals und preßte ihren geöffneten Mund auf seine Lippen. Sascha griff nach ihren Handgelenken, um sich aus ihrer Umarmung zu befreien, doch sie hatte die Hände in seinem Nacken verschränkt. Er machte den Mund auf, um ihr zu sagen, daß er wirklich gehen müsse, aber ihre Zunge drang blitzschnell ein und glitt über seine unteren Zähne, bevor er etwas dagegen tun konnte.

Ihr Atem war warm und alkoholisiert. Alles war anders als bei Maja.

»Vielleicht ein anderes Mal«, murmelte er, als sie ihn freigab und einen Schritt zurücktrat. Sie betrachtete ihn mit wissendem Lächeln. »Morgen.«

Ihre rechte Hand schob sich blitzschnell zwischen seine Beine. Er zuckte zurück, aber nur einen halben Schritt in Richtung Tür. Ihre Hand wurde energischer.

»Heute«, seufzte sie, schmiegte sich an ihn und löste seine Gürtelschnalle.

Sascha wollte etwas sagen, machte den Mund auf, doch Tamara brachte ihn mit einem »Schsch...« zum Schweigen und knöpfte seine Hose auf.

Das mußte aufhören. Und zwar jetzt! Doch sein Körper gehorchte ihm bereits nicht mehr. Ihre Fingernägel rieben über die nackte Haut an seiner Taille. Es war keine besonders sanfte, aber eine vielversprechende, gefährliche Berührung. Er sagte nichts mehr, als seine Hose zu Boden fiel und ihre Finger in seine Unterwäsche glitten. Es war zu spät. Sein Körper hatte sich selbständig gemacht. Seine Unterhose rutschte ihm über die Knie. Tamara trat zurück, um ihn anzusehen.

Sie stemmte die Hände in die Hüften und fragte: »Bist du sicher, daß du Jude bist?«

Oberst Snitkonoi hatte das ganze Spektrum an theatralischen Gesten ausgeschöpft, über das er verfügte. Vergeblich. Bei Karpo hatte nichts gewirkt. Karpo saß noch immer unbeweglich allein am Konferenztisch und starrte ihn an. Wäre es Tag gewesen, hätte der Oberst exakt jenen Zeitpunkt für die Unterredung mit Karpo gewählt, da die Sonne hell und gleißend durch das Fenster schien. Im Gegenlicht nahm sich Oberst Snitkonoi besonders imposant aus. Dieser Tatsache war der Graue Wolf sich durchaus bewußt. Seine wohlmodulierte Stimme erfüllte in angenehmer Baritonlage den Raum. Und nur wenige hatten sich bisher für das geradezu konzertante Zusammenspiel von Licht und Klang völlig unempfänglich gezeigt.

Die Unterredung mit Karpo mußte jedoch in den frühen Morgenstunden, kurz vor Sonnenaufgang stattfinden. Vor Karpos Eintreffen hatte der Oberst die beiden Stehlampen an der Frontseite seines Büros und die einzelne Lampe auf seinem Schreibtisch angeknipst. Der Lichtschein, den die spiegelglatte Schreibtischplatte aus polierter Eiche reflektierte, warf geheimnisvolle Schatten auf Augen- und Mundpartie des Grauen Wolfs. Der Oberst war sich jeder Falte, jedes Accessoires seiner tadellos gebügelten Uniform bewußt, während er vor Karpo von einem Lichtkreis zum anderen wanderte. Aufrecht, die Hände auf dem Rücken, fand der Graue Wolf stets das passende Licht für seine wohlgesetzten Worte.

Die Wirkung jedoch war gleich Null. Allerdings war es schwierig, nach Auffassung einiger sogar unmöglich, Oberst Snitkonoi zu entmutigen. Dazu war er zu selbstbewußt. Es gab andere, die fanden, sein Intelligenzgrad rechtfertige ein solches Maß an Selbstbewußtsein nicht.

Aber es war jenes Selbstvertrauen und der Mangel an Intelligenz, der Oberst Snitkonoi dreißig Jahre beim MVD hatte überleben lassen, während andere gestürzt oder einfach überrannt worden waren. Es war die Ausstrahlung seiner theatralischen, imposanten Erscheinung, die ihm seinen gegenwärtigen Posten als Direktor einer Sondereinheit eingebracht hatte. Und bis vor kurzem, darüber war man sich einig, war er auch für niemanden eine Gefahr gewesen.

Die Ironie dieser Blitzkarriere des Oberst Snitkonoi in Parteikreisen war, daß die Arbeit seiner Abteilung, ein Sammelplatz für all jene zum Teil protokollarischen Aufgaben, die sonst niemand übernehmen wollte, von einzigartigem Erfolg gekrönt war. So hatte zum Beispiel Rostnikow im Lauf der Routineermittlung in einer Schuhfabrik die Verstrickung eines hochrangigen KGB-Offiziers in einen Fall von Erpressung aufgedeckt. Dann war es Rostnikow und Tkach bei routinemäßiger Überprüfung der Sicherheitsvorkehrungen für Paraden gelungen, einen Terroranschlag auf das Lenin-Mausoleum zu vereiteln. Oberst Snitkonois Stern war jedenfalls strahlend aufgegangen, und mittlerweile behaupteten sogar einige, er sei ein brillanter Überlebenskünstler, der Jahre darauf verwandt hatte, sich ein exzellentes Team zusammenzustellen, mit dem er im richtigen Moment seine Gefährlichkeit unter Beweis stellen konnte.

Gleichgültig, welche Theorie die richtige sein mochte, Oberst Snitkonois Abteilung war autonomer und wichtiger geworden; und damit hatte er sich auch Feinde gemacht. Oberst Snitkonoi mußte jetzt erfahren, was es bedeutete, verwundbar zu sein. Aber er erntete auch die Früchte des Erfolgs, und in zwei Tagen würde er als Gast Gorbatschows einer feierlichen Veranstaltung auf dem Roten Platz teilnehmen, der ein Bankett zu Ehren all jener folgte, die sich selbstlos für den Erfolg von Perestroika und friedlichem Wandel eingesetzt hatten.

»Inspektor Karpo, Genosse Karpo«, fuhr der Graue Wolf fort, indem er an Karpos Mitgefühl zu appellieren versuchte. »Eine junge Frau mußte sterben. Das bedaure ich zutiefst. Der Verlust eines sowjetischen Bürgers, besonders eines jungen Sowjetbürgers, der ein Hoffnungsträger für unsere Zukunft ist, trifft Oberst Iwan Snitkonoi sehr.«

»In diesem Fall gibt es nichts zu bedauern, Oberst«, entgegnete Karp und sah auf. »Die junge Frau war Carla Wasboniak, eine Drogenabhängige und Drogendealerin, der Mittäterschaft bei mehreren Morden verdächtig, eine Staatsfeindin.«

»Und trotzdem wollen Sie unbedingt den jungen Mann dingfest machen, der sie getötet hat«, erklärte der Oberst nachsichtig. Der Graue Wolf nahm jetzt die Haltung des väterlichen Weisen mit silbergrauem Haar an, der sicher war, daß sein Gegenüber einsehen mußte, wie schwach seine Argumente waren.

»Er heißt Jakow Kriwonos«, sagte Karpo. »Wir haben hinreichend Beweise für die Annahme, daß er mindestens drei Menschen auf dem Gewissen hat. Er ist unberechenbar, er ist gefährlich. Inspektor Rostnikow und ich sind der Ansicht, daß er am Mord an dem deutschen Geschäftsmann im vergangenen Monat beteiligt gewesen ist.«

»Sie meinen Bittermunder?« fragte der Graue Wolf. Der Oberst verbarg seine Überraschung geschickt. Er nickte wissend. »Eine sinnlose, brutale Tat.«

»Richtig«, stimmte Karpo zu.

»Warum?«

»Was meinen Sie? Warum er ermordet wurde oder warum

Inspektor Rostnikow Kriwonos der Mittäterschaft verdächtigt?« fragte Karpo ohne jeden Sarkasmus.

Wie die meisten anderen ging Oberst Snitkonoi möglichst jeder Diskussion mit Karpo aus dem Weg. Trotzdem war er sicher gewesen, zum geeigneten Zeitpunkt und wenn nötig durchaus mit dieser gespenstischen Persönlichkeit fertig zu werden.

Ansonsten hatte er es Rostnikow überlassen, sich mit Karpo auseinanderzusetzen. Schließlich hatte Karpo bereits in der Behörde des Generalstaatsanwalts viele Jahre mit Rostnikow zusammengearbeitet. Und Rostnikow schien gut mit ihm auszukommen, ihn unverständlicherweise sogar zu mögen.

»Beide Fragestellungen interessieren mich«, antwortete der Oberst mit einem überlegenen Lächeln, das nur seine Verwirrung kaschierte.

»Da ist zuerst die Tatwaffe«, begann Karpo. »Bei der Leiche des Deutschen haben wir Patronen der Marke Winchester Magnum vom Kaliber 7,62 mm gefunden. Sie wurden aus einem Schnellfeuergewehr westdeutschen Fabrikats, nämlich einer Walther WA 2000 abgefeuert. Eine solche Waffe war eine Woche zuvor aus der Sammlung eines hohen Regierungsbeamten gestohlen worden. Inspektor Rostnikow hat von einem Informanten erfahren, daß ein junger Mann namens Jakow Kriwonos regelmäßig in Untergrundbars verkehrt, wo amerikanische Musik gespielt wird. Dort hat er sich offenbar gebrüstet, eine solche Waffe zu besitzen und damit einen Deutschen erschossen zu haben. Wir haben alles getan, um Kriwonos zu finden, bisher erfolglos. Er war untergetaucht. Aber ich hatte den Barkeeper im Billy Joel überredet...«

»Billy Joel?« wiederholte der Oberst kopfschüttelnd.

»Eine amerikanische Rockmusik-Bar«, klärte Karpo ihn auf. »Sie wurde nach dem amerikanischen Sänger benannt, der vergangenes Jahr auf Tournee hier war.«

»Aha«, sagte der Oberst. »Fahren Sie fort.«

»Ich konnte den Mann hinter dem Tresen überreden, mir zu erzählen, daß Jakow Kriwonos eine Freundin namens Carla hat. Ich habe gewartet, bis sie heute abend in der Bar aufgetaucht ist, und bin ihr dann zu der Wohnung gefolgt, aus deren Fenster sie schließlich gestoßen wurde.«

»Oder gefallen ist«, verbesserte Snitkonoi.

»Jedenfalls ist sie auf dem hinteren Kotflügel eines parkenden Wagens gut fünfzehn Meter vom Haus entfernt gelandet«, sagte Karpo. »Ich habe alles gesehen...«

»Das weiß ich bereits«, fiel der Oberst ihm ins Wort und sah in der stillen Hoffnung, die Sonne würde endlich aufgehen, zum Fenster. Ein Wunsch aus seiner Kindheit fiel ihm ein. Vielleicht würde dieses Gespenst in Schwarz mit dem ersten Sonnenstrahl verschwinden. Der Oberst war todmüde.

»Das Gewehr, aus dem Kriwonos heute nacht auf mich geschossen hat, war eine Walther 2000. Dasselbe Modell, das als gestohlen gemeldet wurde«, fuhr Karpo fort. »Möglicherweise stellt sich heraus, daß die Patronen, die ich dem Labor übergeben habe, aus derselben Waffe stammen, mit der Bittermunder ermordet worden ist.«

»Ich verstehe.« Der Graue Wolf nahm seine Wanderungen wieder auf. Sein Versuch, dem Gespräch eine persönlichere Note zu geben, war mißlungen.

»Wir wissen es nicht«, fuhr Karpo fort.

»Was wissen Sie nicht?«

»Die Antwort auf Ihre zweite Frage. Warum Jakow Kriwonos Bittermunder ermordet haben könnte.«

»Hmmm«, murmelte der Oberst. »Aber das spielt eigentlich keine Rolle. Wir haben es mit einem Mord an einem ausländischen Gast zu tun. Das ist ein Fall fürs Morddezernat und nicht für uns.«

»Am Donnerstag wird Jakow Kriwonos erneut zuschlagen«, behauptete Karpo ungerührt. »Eine Zeugin hat gehört, wie er darüber mit seinem Komplizen, einem bärtigen Mann namens Jerold, gesprochen hat. Ich habe diesen Jerold kurz gesehen. Er hat auf mich geschossen.«

Snitkonoi fühlte sich überfordert. Er hatte die Lust verloren.

»Ich will versuchen, Jakow Kriwonos noch vor Donnerstag zu finden, um einen weiteren Mord zu verhindern«, erklärte Karpo.

»Sie haben wohl vergessen, daß Sie ab morgen in Urlaub sind«, sagte der Graue Wolf mit dezent warnendem Unterton.

»Ich bin der einzige Polizist, der Jakow Kriwonos identifizieren kann«, hielt Karpo dagegen.

»Ein junger Mann mit karottenrotem Stiftenkopf und verrückter Kleidung ist nicht schwer zu identifizieren«, entgegnete der Oberst.

»Er wird sein Äußeres verändern«, sagte Karpo.

»Er wird sein Äußeres verändern?« wiederholte Snitkonoi in beinahe mitleidigem Ton. »Woher wollen Sie das wissen?«

»Ich habe das Gesicht des Bärtigen gesehen«, seufzte Karpo. »Der Mann namens Jerold wird ihm raten, genau das zu tun. Und Jakow wird ihm gehorchen.«

»Es ist spät geworden, Genosse Karpo.« Snitkonoi zückte die altmodische Taschenuhr, die ihm die Arbeiter des Lokomotiven-Kombinats in Kirow 1972 nach einer besonders gelungenen Ansprache über Sicherheitsmaßnahmen verehrt hatten. »Nachdem die Kriminalität seit... seit gewissen politischen Ereignissen Hochkonjunktur feiert, haben alle Abteilungen viel zu viele Überstunden gemacht. Wir brauchen unsere Energie, um jederzeit den Frieden erhalten und das Verbrechen eindämmen zu können. Von morgen an sind Sie im Urlaub. Das ist ein Befehl von oben. Sobald Sie und Porfirij Petrowitsch wieder im Dienst sind, gehen Tkach und Selatsch in Urlaub. Sie besuchen Ihre Verwandten in Kiew. Und vor

Ablauf von drei Wochen will ich Sie hier nicht sehen. Dann allerdings erwarte ich Sie frisch und erholt im Dienst. Haben wir uns verstanden?«

»Ja, Genosse Oberst«, antwortete Karpo, dem auffiel, daß das Angebot, die Datscha des Obersten zu benutzen, nicht wiederholt worden war.

»Schreiben Sie einen ausführlichen Bericht über die Ergebnisse Ihrer Ermittlungen mit einer detaillierten Beschreibung dieses Kriwonos und seines Komplizen. Hinterlegen Sie ihn bei Pankow. Ich leite ihn dann an die entsprechenden Stellen weiter«, erklärte der Oberst und verschränkte die Hände vor der Brust. Das war das Zeichen, daß die Unterredung endgültig beendet war.

Karpo hatte verstanden. Er stand auf.

Der Oberst trat hinter seinen Schreibtisch und setzte sich. Er schlug eine in Leder gebundene Mappe auf, griff nach seinem Füller, warf einen Blick auf den Inhalt der Akte und sagte: »Genießen Sie Ihren Urlaub. Der Kampf gegen das Verbrechen fordert den ganzen Mann.«

Emil Karpo ging hinaus und machte die Tür hinter sich zu.

Es war kurz nach fünf Uhr morgens. Der Oberst hatte ihn vom morgigen Tag an in den Urlaub geschickt. Einem solchen Befehl würde Karpo sich nicht widersetzen. Aber Karpo blieb noch dieser und der folgende Tag bis Mitternacht, um seine Ermittlungen fortzusetzen. Wenn er durcharbeitete, hatte er genau dreiundvierzig Stunden, um Kriwonos und den Bärtigen zu finden. Und in dreiundvierzig Stunden war Donnerstag.

Karpo verlor keine Zeit. Er ging zum Lift. Wie immer war er sich durchaus bewußt, daß die anderen seinen Blicken auswichen, plötzlich umkehrten und in eine andere Richtung davongingen. Karpo berührte das alles nicht negativ; im Gegenteil. Es war ihm nicht einmal unangenehm. Privilegien und Autorität der Polizei standen in diesen Zeiten nicht mehr hoch im Kurs. Karpo war froh, sich auf seine besondere Art Respekt verschaffen zu können, ohne zu Mitteln wie Drohungen oder Tätlichkeiten greifen zu müssen.

Er fuhr mit dem Lift in die Kellergeschosse der Petrowka, wo Boris Kostnitsow über zahllose Laboratorien herrschte. Kostnitsow war zwar nur der stellvertretende Direktor, in der Praxis jedoch der uneingeschränkte Chef. Boris Kostnitsow arbeitete am liebsten allein. Man hatte ihm einmal einen Assistenten zugeteilt, der nach vier Tagen bereits unter dem Vorwand den Dienst quittierte, Boris Kostnitsow sei reif für die Irrenanstalt. Mit dieser Ansicht hatte der Mann zwar offene Türen eingerannt, doch Boris Kostnitsows Ruf als brillanter Analytiker hatte er damit nicht schaden können.

Karpo klopfte energisch gegen die graue Metalltür des Laborraums und wartete. Noch bevor die Tür aufging, ertönte Kostnitsows Fistelstimme: »Inspektor Karpo! Das Klopfen kenne ich doch.«

Dann wurde die Tür geöffnet. Vor Karpo stand Kostnitsow, ein mittelgroßer unauffälliger Mann in den Fünfzigern mit Bauchansatz, glattem weißen, aus der Stirn gekämmtem Haar, schlechten Zähnen und feistem Gesicht. Mit der linken Hand hielt er die Türklinke und in der rechten etwas fleischiges Weißes von der Größe eines menschlichen Fingers.

Kostnitsow stieß die Tür hinter Karpo zu und hielt Karpo den seltsamen Gegenstand triumphierend unter die Nase.

»Was könnte das sein?« fragte er mit wissendem Lächeln, den Kopf leicht zur Seite geneigt.

»Ich tippe auf Darm... Dünndarm. Den menschlichen Dünndarm. Erst kürzlich operativ entfernt«, antwortete Karpo.

Kostnitsow strahlte.

»Ah, Magen und Darm, das sind die aufschlußreichsten Organe – sie zeichnen das klarste Bild. Mein Lieblingsorgan bleibt allerdings die Milz. Aber der Magen ist der Freund des

Pathologen. Sein Inhalt kann sehr viel erzählen. Noch entscheidender allerdings ist oft, was er nicht enthält. Wissen Sie eigentlich, daß jeder von uns jährlich mindestens ein Pfund Insekten verspeist? Mit Getränken, Konserven, Fleisch und Fisch, versteht sich. Und komischerweise ist dieses Kontingent an Insekten das Nahrhafteste von allem, Genosse. Sehen Sie sich dieses Darmstück an. Ist es krank?«

»Schwer zu sagen. Dazu müßte ich es mir schon genauer ansehen«, erwiderte Karpo.

Kostnitsow reichte ihm das fleischige Stück Darm. Karpo drehte und wendete es in seiner Handfläche hin und her.

»Die Verfärbung läßt auf Durchblutungsmangel schließen«, entschied er. »Die Ursache können Krankheit, Gift, möglicherweise...«

»Drogen«, fiel Kostnitsow ihm ins Wort, nahm sein Beweisstück und legte es sanft in eine Teetasse, die auf einem wackeligen Bücherstapel auf dem Fußboden stand.

Gefährlich nahe loderte die Flamme des Bunsenbrenners.

»Stammt das Darmstück von Clara Wasboniak?«

Kostnitsow ging zwischen seinen chaotischen Labortischen hindurch zu seinem nicht minder chaotischen Schreibtisch, nahm ein Blatt Papier zur Hand, warf einen Blick darauf, legte es weg und kehrte zu Karpo zurück.

»Kaffee oder Tee?« erkundigte er sich.

»Nichts. Danke, Genosse«, wehrte Karpo ab.

»Warum schicken die Sie nicht immer zu mir runter?« klagte Kostnitsow und griff nach der Teetasse mit Carlas Darmstück und merkte erst im letzten Augenblick, daß die Tasse keinen Tee enthielt.

Er stellte die Tasse zurück und fuhr fort: »Tkach ist ein dummer Junge. Dieser Selatsch ist eine Niete. Rostnikow... also Rostnikow ist nicht schlecht. Aber er hat für das Faßbare nichts übrig. Fakten sind Mittel und nicht wie für uns beide Zweck. Verstehen Sie?«

»Ich glaube schon«, sagte Karpo, den das Pochen in seinen Schläfen daran erinnerte, daß wertvolle Zeit verstrich. Trotzdem mußte er Kostnitsows Spiel mitspielen, wollte er sein Wohlwollen nicht verlieren. Nicht einmal im Angesicht des Todes würde sich dieser Mann zu irgend etwas zwingen lassen. Kostnitsow fand schließlich die Tasse Tee und hielt die rußgeschwärzte Unterseite über den Bunsenbrenner.

»Reden wir zuerst über die Projektile«, begann Kostnitsow mit einem Blick auf Karpo. »Über die, die Sie mir gebracht haben.«

Karpo schwieg.

»Die Projektile stammen aus einer interessanten Waffe. Westdeutsche Produktion. Schnellfeuergewehr. Kann von Dauerfeuer auf Einzelfeuer umgeschaltet werden«, erklärte Kostnitsow, nippte an seinem Tee und entschied, daß er jetzt heiß genug war. »Der deutsche Geschäftsmann letzte Woche ist mit derselben Waffe getötet worden. Der Waffentyp ist eigentlich nicht auf dem freien Markt erhältlich. Aber irgendwie schaffen sie's doch immer. Eine Walther RA 2000. Das wissen Sie längst, stimmt's?«

»Ja«, gestand Karpo. »Stammen meine Projektile aus derselben Waffe, die Bittermunder getötet hat?«

»Ja. Aber das interessiert mich weniger. Todesursache bei der jungen Frau war ein Gehirntrauma, ausgelöst durch den Aufprall auf den blaulackierten Wagen. Brauchen Sie noch mehr Details?«

»Falls sie für meine Ermittlungen relevant sein können, schon«, antwortete Karpo. Seine Befürchtung hatte sich bewahrheitet. Er spürte die ersten Anzeichen eines Migräneanfalls. Und er hatte keine Zeit, sich in das kühle Dunkel seines Zimmers zurückzuziehen.

»Glaube ich nicht«, wehrte Kostnitsow nachdenklich ab. Er musterte Karpo aufmerksam. »Relevant ist vielleicht nur, daß die Frau in ein paar Wochen sowieso gestorben wäre...

selbst wenn man sie nicht aus dem Fenster gestoßen hätte. Und daß sie gestoßen wurde, steht fest. Wer springt schon rückwärts aus dem Fenster?«

Der Tee in Kostnitsows Tasse schwappte beinahe über, als er die Drehung demonstrierte.

»Wir haben Glassplitter in den Schultern, in Nacken und Hinterkopf gefunden.«

»Was heißt das: Sie wäre in ein paar Wochen sowieso gestorben?« wollte Karpo wissen.

»Tja...« Kostnitsow trank seinen Tee aus, stellte die Tasse beiseite und griff nach jener Tasse, die das Stück Dünndarm enthielt. »Kokain mit Strychnin. Nach den Rückständen dieser Stoffe im Darm zu schließen, muß sie über längere Zeit höhere Dosen mit Strychnin versetztem Kokain zu sich genommen haben. Die Menge reichte aus, um sie innerhalb der nächsten drei Wochen zu töten. Im vergangenen Jahr gab es in Paris ähnliche Fälle. Beide Opfer waren hochrangige Geheimdienstoffiziere. Im französischen Fachmagazin für Pathologie erschien ein Artikel darüber.«

»Ist das eine Vermutung?« Das Pochen in Karpos rechter Schläfe wurde heftiger. In der letzten Zeit hatten sich die Migräneanfälle gehäuft. Dabei waren die sonst üblichen ersten Warnsignale wie Geruchsüberempfindlichkeit oder Sehstörungen ausgeblieben. Mittlerweile stellten sich die rasenden Kopfschmerzen innerhalb weniger Minuten ein; beinahe so, als habe sich sein Gehirn für ein Eigenleben entschieden und spiele ein neues Spiel mit ihm.

»...eine amerikanische Organisation aufgrund der Waffen und der Droge«, sagte Kostnitsow, während er in der Schublade seines Schreibtischs kramte.

»Bitte wiederholen Sie das«, forderte Karpo.

Kostnitsow kehrte mit einem Glasfläschchen zurück, in dem sich sechs blau-gelb getupfte Kapseln befanden. Sie lagen auf einem kleinen Wattebett auf dem Boden des Röhrchens.

»Nehmen Sie eine davon«, sagte er. »Das ist im Augenblick mein ganzer Vorrat. Ich will versuchen, mehr zu bekommen. Sie steckten in der Tasche eines kanadischen Urlaubers, der von einem betrunkenen Taxifahrer überfahren wurde. Hat drei dieser Kapseln gebraucht, bis ich wußte, wozu sie gut sind.«

»Und wozu sind sie gut?«

»Gegen Ihre Migräne – damit Sie tun können, woran Ihre Kopfschmerzen Sie hindern wollen.«

Karpo starrte auf das Röhrchen.

Eine Welle der Übelkeit überkam ihn. Er öffnete das Röhrchen, schüttete zwei Kapseln in die Handfläche und schluckte sie hinunter. Kostnitsow beobachtete Karpo aufmerksam. Die beiden standen sich einige Minuten schweigend gegenüber. Aber die Schmerzen verschwanden nicht sofort. Zuerst entspannte sich Karpos Magen. Dann wurde das Pochen in den Schläfen schwächer, bis es endlich verebbte.

»Meine Zeit ist kostbar, Inspektor«, sagte Kostnitsow, kehrte zu seinem Schreibtisch zurück und wühlte in Zeitschriften und Papieren.

Karpo ging zur Tür. Plötzlich hatte er eine Eingebung, die er selbst nicht ganz verstand.

»Ich habe Urlaub. Morgen nacht verlasse ich Moskau«, erklärte Karpo, die Hand auf der Türklinke. »Wenn ich zurück bin – würden Sie dann mal mit mir zu Mittag essen?«

»Mittagessen? Wann? An welchem Tag?« Kostnitsow sah nicht auf.

»Das liegt ganz bei Ihnen«, antwortete Karpo. Er war zweiundvierzig. Noch nie hatte er jemanden zum Essen eingeladen.

»Dienstags paßt's mir am besten«, erwiderte Kostnitsow beiläufig. Kostnitsows Mutter war zweiundzwanzig Jahre tot. Und seither hatte ihn niemand mehr zum Essen eingeladen.

Karpo ging.

6

Der KGB-Agent mit der birnenförmigen Figur und der Glatze hieß Mischa Iwanow.

Nachdem einmal klargeworden war, daß seine Tarnung als Schreiner auf Urlaub aufgeflogen war, hatte er Rostnikow gegenüber freiwillig seine Identität preisgegeben.

Rostnikow beobachtete die Akkordeonspielerin und ihr Opfer, einen ausländischen Touristen, auf der Tanzfläche. Gelegentlich wanderten seine Blicke weiter zu Sarah und den beiden Amerikanern. Der Polizist aus New York mit dem irischen oder schottischen Namen schien ganz in die Unterhaltung der beiden Frauen vertieft zu sein. Rostnikow jedoch wußte, daß er ihn und den Glatzkopf beobachtete.

»Sind Sie aus Moskau?« erkundigte sich Rostnikow.

»Ja.« Mischa Iwanow attackierte widerwillig ein wabbeliges Tortenstück mit undefinierbarer Fruchtfüllung.

»Komisch. Sie sind mir nie begegnet.«

»Ich bin erst vor einem Monat von Odessa nach Moskau versetzt worden«, erklärte der KGB-Mann.

»Sie beobachten mich«, sagte Rostnikow.

»Was erwarten Sie von mir? Daß ich jetzt ja sage? Das wäre gegen die Vorschrift.«

»Das Essen ist hier miserabel«, bemerkte Rostnikow mit einem Blick auf die Torte.

Mischa Iwanow zuckte mit den Schultern und aß weiter.

»Haben Sie Georgi Wassilijewitsch gekannt?«

»Dem Namen nach schon«, gestand Iwanow. »Ich habe ihn in der vergangenen Woche mehrfach in Ihrer Gesellschaft gesehen und Informationen über ihn eingeholt.«

»Wissen Sie, daß er tot ist?« fragte Rostnikow.

»Ja«, erwiderte Iwanow und kaute ungerührt weiter.

»Haben Sie ihn umgebracht?«

»Nein.«

Der Mann war keine eindrucksvolle Erscheinung. Trotzdem stufte Rostnikow ihn als gefährlich professionell ein. Es war ihm nicht anzusehen, wann er log.

»Wassilijewitsch wurde ermordet«, fuhr Rostnikow fort, als Iwanow das letzte Tortenstück aß und sich den Mund abwischte.

»Sieht so aus«, sagte Iwanow kopfschüttelnd. Letztere Geste galt jedoch nicht Wassilijewitsch, sondern der Torte, in die er offenbar große Erwartungen gesetzt hatte. Dann wandte sich Iwanow zu Rostnikow um und sah ihn an. Es war das erste Mal, seit Rostnikow sich zu ihm gesetzt hatte. Das bleiche Gesicht des Glatzkopfs mit den hochroten Wangen erinnerte an einen Clown. Rostnikow ließ sich dadurch nicht täuschen. Rostnikow hatte gelernt, daß Fehler dieser Art in seinem Beruf tödlich sein konnten.

»Die Akkordeonspielerin ist schlecht. Treffen wir uns morgen zum Frühstück?« schlug Iwanow vor. »An einem der Tische im Freien. Nur bei gutem Wetter natürlich.«

»Sind Sie sicher? Wollen Sie sich wirklich in aller Öffentlichkeit mit mir treffen? Es wäre immerhin möglich, daß Sie ebenfalls überwacht werden, Genosse Iwanow.«

»Möglich, wenn nicht sogar wahrscheinlich«, entgegnete Iwanow. »Sollte dem so sein, bin ich bereits kompromittiert. Schließlich sitzen Sie jetzt an meinem Tisch. Aber damit sage ich Ihnen doch nichts Neues, oder? Darf ich jetzt aufstehen?«

Rostnikow legte die Hände auf die Tischplatte. Iwanow erhob sich.

»Also morgen«, schlug Iwanow vor. »Neun Uhr?«

»Morgen.« Rostnikow stand auf. »Neun Uhr.«

Die beiden Männer schüttelten sich nicht die Hand. Zum wehmütigen Klang des Akkordeons verließ Mischa Iwanow den Speisesaal. Rostnikow kehrte hinkend zu seinem Tisch zurück. Er faßte den Entschluß, sich gleich am nächsten Morgen mit Karpo in Verbindung zu setzen.

Sascha Tkach erwachte kurz nach drei Uhr morgens in Tamaras Bett. Er wußte nicht recht, was ihn geweckt hatte: Tamaras Schnarchen, Schuldgefühle oder die unbequeme Matratze. Jedenfalls war er plötzlich wach und stand auf. Tamara bewegte sich und hörte auf zu schnarchen.

»Mein kleiner Jude«, seufzte sie schläfrig mit geschlossenen Augen.

»Ich muß gehen«, sagte er und griff nach Unterwäsche und Hose.

»Nein«, stöhnte sie und drehte sich auf die Seite. »Später. Heute abend.«

»Ja«, sagte er. »Heute abend.« In Wirklichkeit meinte er: Nein. Nie mehr.

Tamara schnarchte schon wieder. Er zog sich an und ging zur Tür. Der süßliche Geruch in der kleinen Wohnung war unerträglich. Er hatte Angst, sich übergeben zu müssen. Möglicherweise war er deshalb aufgewacht. Dieser Geruch erinnerte ihn an jemand aus seiner Kindheit. Er verdrängte den Gedanken. Sascha war nicht der Typ, der sich mit Rätseln herumquälte.

Lautlos trat er in den Korridor hinaus, atmete tief die abgestandene Luft ein und mußte sich unwillkürlich gegen die Tür lehnen. Seine Knie zitterten. Er hatte sich wie ein Idiot benommen. Sobald er sich besser fühlte, machte er ein paar Schritte vorwärts und fuhr sich mit der Hand übers Gesicht. Er brauchte dringend eine Rasur und ein frisches Hemd, bevor er den Computer einpackte, zur U-Bahn ging und an Jon Mandelstems Arbeitsplatz zurückkehrte. Er haßte diese Maskerade als Computerfachmann und Jude. Und jetzt mußte er sich auch noch vor Selatsch verstellen. Aber bei Selatsch dürfte das kein Problem sein.

Schritte hallten durch das dunkle Treppenhaus. Sascha ging vorsichtig die Stufen hinauf und wäre fast mit einem jungen Mann im Anzug mit Aktenkoffer und prüfendem Blick in den dunklen Augen zusammengeprallt. Der Mann tat einen überraschten Ausruf.

»Entschuldigung«, sagte er, preßte den Aktenkoffer gegen die Brust und versuchte, sich hastig an Tkach vorbeizudrängen. Eines jener unfreiwilligen Spielchen begann. Sascha versuchte, ihm nach links auszuweichen, doch der Mann ging nach rechts. Sascha versperrte ihm erneut den Weg. Sascha wich ihm aus, und Panik blitzte in den Augen des Mannes auf.

Sascha sah trotz seiner Bartstoppeln und knittrigen Kleidung kaum furchterregend aus. Trotzdem konnte der besorgte Ausdruck in Saschas Miene mißverstanden werden.

»Ich habe nichts«, keuchte der Mann ängstlich. »Sehen Sie in meiner Tasche nach. Nichts. Nur Papiere.«

»Ich will doch gar nichts von Ihnen«, sagte Sascha und legte seinem Gegenüber beruhigend die Hand auf den Arm. Er war nahe daran, sich als Polizist zu erkennen zu geben.

Der Mann öffnete seine Aktentasche und hielt sie ihm hin. Sein Atem ging stoßweise.

»Sehen Sie! Da ist nichts!« jammerte er.

»Ich bin kein Dieb«, versicherte Tkach. »Ich wohne hier. Ich will nur in meine Wohnung.«

Ohne ein weiteres Wort ließ der Mann seine Tasche zuschnappen, eilte an Tkach vorbei und die Treppe hinunter.

Sascha freute sich auf eine Dusche. Es war früh am Morgen, noch vor Sonnenaufgang. Möglicherweise war noch warmes Wasser im Tank. Selatsch war schnell mit einer Lüge abzufertigen.

Er hatte die Tür schon fast erreicht, als ihm Tamaras süßlicher Geruch in die Nase stieg. Vermutlich hing er in seinen Kleidern. Er mußte sie reinigen lassen. So konnte er auf keinen Fall zu Maja und dem Baby nach Hause kommen. Eigentlich hätte er sie wegwerfen müssen, doch das konnte er sich nicht leisten. Er griff nach der Türklinke. Falls Tamara auf einer Fortsetzung des Verhältnisses bestand, mußte er die Rolle des vertrottelten Juden aufgeben und ihr gegenüber härtere Seiten aufziehen.

Sascha griff in seine Jackettasche, doch der Schlüssel war nicht da. Er stöhnte unterdrückt. Er mußte ihm bei Tamara herausgerutscht sein. Dabei fiel ihm plötzlich die Brille ein. Sie fehlte ebenfalls. Was, wenn Tamara merkte, daß sie nur aus Fensterglas war? Er würde sich Brille und Schlüssel zurückholen müssen. Sascha hatte vorgehabt, leise zu klopfen, Selatsch das verabredete Zeichen zu geben und dann aufzuschließen. Jetzt blieb ihm nichts anderes übrig, als Selatsch zu bitten, ihn reinzulassen. Er hob die Hand und merkte, daß die Tür nur angelehnt war.

Die Gedanken überstürzten sich. Hatte er vergessen, die Tür zu schließen? Unmöglich. Selatsch mußte die Wohnung verlassen haben... vielleicht, um ihn zu suchen? Vermutlich hatte er sie offengelassen. Aber das klang alles sehr unwahrscheinlich. Sascha bedauerte es in diesem Moment sehr, nicht bewaffnet zu sein. Er stieß die Tür auf.

Drinnen brannte Licht.

»Selatsch!« rief Sascha leise und ließ die Tür vorsichtshalber auf.

Als erstes stach ihm der leere Tisch am anderen Ende des Zimmers ins Auge. Der Computer war fort. Behutsam ging er einen Schritt weiter, vergewisserte sich, daß niemand hinter der Tür lauerte, und sah dann die Blutspur auf dem Linoleum. Er folgte der Spur mit den Augen bis zu der leblosen Gestalt von Selatsch, auf halbem Weg zum Schlafzimmer auf dem Fußboden. Selatsch lag auf dem Bauch. Sein Hemdrücken war schwarz vor Blut.

Sascha reagierte wie ein Automat. Nur dunkel war er sich bewußt, daß er Geräusche machte, vielleicht sogar etwas sagte. Er war mit wenigen Schritten bei Selatsch, kniete nieder und drehte ihn auf den Rücken. Selatschs rechtes Auge war nahezu geschlossen und zu einem purpurroten Tennisball angeschwollen, aus dem Blut über Wange und Kinn lief. Das Kinn war gespalten, der klaffende Schnitt, wie ein zweiter Mund an falscher Stelle, blutete noch leicht. Ein dicklicher, fast kreisrunder Blutschwamm ragte über der Stirn aus Selatschs Haar. Er sah beinahe aus wie eine frische Amöbenkolonie. Saschas Hände glitten hastig über Selatschs Rücken und Brust. Er suchte nach Schußwunden, fand jedoch nichts. Das allerdings bedeutete nicht, daß Selatsch keine Schußverletzung hatte, sondern nur, daß sie sich nicht an den offensichtlichsten und gefährlichsten Stellen befanden.

Tkach beugte sich über den Kollegen und legte ihm die Hand auf die Brust. Sein Herz schlug noch. Dann hielt er ihm den Handrücken dicht an die Nase. Er war fast sicher, hoffte inständig, daß sich die feinen Haare auf seiner Haut im flachen Rhythmus des Atems des Schwerverletzten bewegt hätten.

»Arkadi«, flüsterte Sascha. »Bitte verzeih mir.«

Tkach stand auf, ging in den Korridor hinaus und zu der Tür, die gegenüber der Wohnung lag, die er so kurz als Jon Mandelstem bewohnt hatte. Er klopfte.

»Was gibt's?« meldete sich eine ängstliche Männerstimme.

»Polizei! Haben Sie ein Telefon?«

»Ja, nein«, ertönte die Männerstimme.

»Machen Sie auf!« Tkachs Stimme versagte ihm beinahe. »Sonst ist das Widerstand gegen die Polizei.«

»Sind Sie von der Polizei?« fragte der Mann hinter der Tür und kam näher.

»Ja!« brüllte Tkach.

»Ich bin ein alter Kämpfer«, sagte der Mann und machte auf.

Sascha drängte sich an ihm vorbei. Er registrierte nur flüchtig einen alten gebrechlichen Mann. Er entdeckte das Telefon und lief darauf zu. Er mußte sich beeilen, um so schnell wie möglich wieder bei Selatsch sein zu können.

Mit einer Ruhe, die ihn selbst überraschte und erschreckte, wählte Sascha die Nummer der Petrowka und forderte einen Krankenwagen und Verstärkung an. Dann bat er, Inspektor Karpo mitzuteilen, daß er ihn an der angegebenen Adresse erwarte. Der Beamte in der Funkzentrale gab die Anweisungen weiter.

»Der Krankenwagen ist unterwegs«, meldete er kurz darauf. »Zwei Kollegen sind unterwegs. Inspektor Karpo hat Urlaub.«

»Ja«, murmelte Sascha, legte auf und lief an dem alten Mann vorbei zur Tür. Rostnikow war ebenfalls in Urlaub. Er mußte die Geschichte allein durchstehen. Geschah ihm recht!

Selatsch gab einen Laut von sich, definitiv einen Laut, als Tkach das Zimmer betrat und sich hastig neben ihm niederkniete.

»Lieg still, Arkadi. Der Krankenwagen ist schon unterwegs.«

»Meine Pistole«, sagte Selatsch wie in Panik. Mit dem unversehrten Auge musterte er Sascha und die Zimmerdecke.

Tkach griff in Selatschs Schulterhalfter. Es war leer.

»Ich finde sie schon«, versprach Tkach. »Nicht bewegen.«

Selatsch war plötzlich völlig außer sich. Er versuchte, sich mit einer Hand aufzustützen, sein Arm begann zu zucken, und Selatsch stieß einen stummen Schrei aus. Er öffnete den Mund, Tränen rannen aus dem unverletzten Auge, und er sank auf den Boden zurück. Sascha hielt seinen Kopf fest, bevor er unsanft auf den Linoleumbelag aufschlagen konnte. Bei der plötzlichen Bewegung begann Selatschs Kopfwunde erneut stärker zu bluten.

»Computer«, brachte Selatsch mühsam heraus und versuchte, den Kopf in Richtung Schreibtisch zu wenden. Es gelang ihm nicht. Statt dessen begann er zu husten, und Husten verursachte ihm Schmerzen.

»Er ist futsch«, sagte Tkach.

Selatschs gesundes Auge schweifte zu Sascha.

»Du weinst?«

Tkach schwieg.

»Wegen mir?«

»Wer war das?« wollte Tkach wissen. Aber er ahnte es bereits. Noch bevor Selatsch antwortete, wußte er es.

»Zwei Männer ... groß ... der eine mit blondem Bart, langem Haar. Einer rothaarig. Wasser. Kann ich Wasser haben?«

»Jetzt nicht«, wehrte Sascha ab. »Vielleicht hast du innere Verletzungen.«

»Mund ... so trocken. Durst«, murmelte Selatsch und wandte den Kopf von einer Seite zur anderen.

»Bald«, versprach Tkach. »Wann sind sie gekommen?«

»Wasser wäre gut«, beharrte er. »Mein Kopf tut so weh.«

»Wasser kann dir sehr schaden.«

»Bevor ich ...«

»Wir unterhalten uns später, Arkadi«, unterbrach Tkach ihn, als er in der Ferne die Sirene des Krankenwagens hörte.

»Später«, stimmte Selatsch zu. »Ja. Hast du einen Krankenwagen gerufen?«

»Ja.«

»Ich muß also ins Krankenhaus. Sag meiner Mutter Bescheid. Aber bitte mach ihr keine Angst. Sag ihr, daß es mir gutgeht, auch wenn's nicht stimmt.«

»In Ordnung. Ich muß dir noch erzählen, weshalb ich nachts nicht hier war ... warum ich nicht bei dir war.«

Aber die Lüge kam ihm nicht über die Lippen. Der Krankenwagen war schon ganz nah. Die Lüge wollte nicht heraus.

»Ich war bei einer Frau. Ich hätte hierbleiben müssen ...«

»Kennst du meine Adresse? Weißt du meine Telefonnummer?« fragte Selatsch und schloß das unversehrte Auge.

»Die kriege ich schon raus«, beruhigte Tkach ihn. »Letzte Nacht...«

»Seh' ich schlimm aus, Sascha?« Selatschs Stimme war so leise, daß Tkach ihn kaum verstand. In diesem Augenblick kam ein Mann durch die Tür. Und dahinter tauchten noch ein Mann und eine Frau mit einem MVD-Offizier auf, den Tkach kannte. Es war Dolnezin, der Chef des Einbruchdezernats, der für die Computerdiebstähle zuständig war.

»Du siehst nicht gut aus, Arkadi«, gestand Tkach.

»Dann sorg dafür, daß meine Mutter mich so nicht sieht. Denk dir irgendeine Ausrede aus«, bat Selatsch. »Ich glaube, das Auge ist das schlimmste. Es tut teuflisch weh.«

Dolnezin sah auf Selatsch herab und seufzte tief. Mit leiser Stimme gab er der Frau und dem Mann in seiner Begleitung Anweisungen. Die beiden verließen den Raum.

Sascha war völlig verunsichert. Hatte Selatsch sein Geständnis gehört und begriffen? Es war dumm und selbstsüchtig gewesen, sich zu offenbaren. Selatsch war nicht in der Verfassung, Tkach zu vergeben. Dazu war später noch Zeit genug.

»Tkach«, sagte Dolnezin. Er war ein großgewachsener junger Mann. Sein Schnurrbart verlieh ihm auch kein reiferes Aussehen. Er war nicht einmal ein Jahr älter als Tkach und bereits Chef eines Dezernats. »Was ist passiert?«

»Später«, vertröstete Tkach ihn. Er hielt Selatschs Hand und sah Dolnezin nicht an, als zwei Sanitäter mit einer Trage hereinkamen.

Vorerst war es Tkach unmöglich zu duschen. Er würde die nach Tamara riechenden Kleidungsstücke noch Stunden auf dem Leib tragen müssen. Das erschien ihm als gerechte Strafe. Tkach stand auf. Während er mit Tamara im Bett gewesen war, hatten zwei Männer Selatsch zu der bedauernswerten Kreatur gemacht, die jetzt so hilflos vor ihm lag.

Die beiden Sanitäter hoben Selatsch langsam auf die Trage.

Auch die geringste Bewegung schien ihm heftige Schmerzen zu bereiten. Sascha drehte sich zu Dolnezin um, der mit verschränkten Händen wartete. Dolnezin trug ein Tweedjackett über weißem Hemd und kariertem Pullover.

»Ich begleite Selatsch ins Krankenhaus«, verkündete Sascha.

»Was ist passiert?« wiederholte Dolnezin energischer als beim ersten Mal.

»Es ist meine Schuld«, erwiderte Tkach und starrte besorgt zur Tür. Dort ragte der Knauf von Selatschs Dienstwaffe knapp unter einem Bild hervor, das im Lauf des Kampfes offenbar von der Wand gefallen war.

»Das genügt mir nicht, Tkach«, entgegnete Dolnezin.

»Viel mehr ist dazu nicht zu sagen«, beharrte Sascha, trat vor das Bild, hob die Waffe auf und steckte sie in die Tasche. »Ich muß jetzt gehen.«

Sascha rannte durch die Tür und der Trage hinterher.

Dolnezin hatte schon zweimal erlebt, wie Polizisten, die sich für den Tod eines Kollegen verantwortlich fühlten, ausgerastet waren. Das übereinstimmende Symptom war ein beinahe irrer Ausdruck in ihren Augen gewesen. Man konnte entweder versuchen, die Leute zur Vernunft zu bringen, oder dem Schicksal seinen Lauf lassen. Dolnezin entschied sich für letzteres. Das war unter anderem der Grund, weshalb er schon in so jungen Jahren Abteilungsleiter geworden war und eine so blendende Zukunft vor sich hatte.

Jakow Kriwonos war verschwunden. Jakow Schetschedrin hatte ihn ersetzt. Jakow betrachtete im Spiegel den jungen Mann, der ihm dort entgegenblickte. Er verkörperte einen Typ, den er haßte: kurzes, zurückgekämmtes Haar, glattrasiertes Gesicht, Anzug und Krawatte.

»Hier, setz die auf«, sagte Jerold und reichte ihm eine Hornbrille.

»Nein«, wehrte Jakow ab.

»Setz sie auf!« wiederholte Jerold. »Sie ist genau das Richtige.«

Jakow setzte die Brille auf und betrachtete erneut sein Spiegelbild. Perfekt. Wäre er diesem Mann am Vortag begegnet, hätte er nur den Wunsch gehabt, ihn niederzuschlagen, ihm Geld und Uhr abzunehmen und ihm in die Visage zu treten.

»Gefällt mir nicht«, maulte Jakow.

»Ist ja nur für einen Tag«, beruhigte Jerold ihn. »Dann sitzt du schon im Flugzeug nach Paris. Geld, Paris und schließlich Las Vegas warten auf dich.«

»Gefällt mir trotzdem nicht«, beharrte Jakow und musterte angewidert sein Spiegelbild. Carla würde ihn in diesem Aufzug auslachen. Sie würde ihn ungeachtet dessen auslachen, was er zu tun bereit war. Sie würde lachen, und er würde sie wieder aus dem Fenster werfen. Dann fiel es ihm ein. Wie hatte er es nur vergessen können? Carla war tot. Sie lachte ihn nicht mehr aus.

Jerold sah Jakow lächelnd über die Schulter. »Du siehst prima aus. Du fällst niemandem auf. Gehen wir alles noch mal durch.«

»Ich weiß es in- und auswendig«, entgegnete Jakow. »Ich brauch's nicht noch mal durchzukauen.«

»Wir gehen es noch einmal... vielleicht auch noch zweimal durch«, sagte Jerold ruhig und vernünftig. »Und dann kriegst du zwei Kapseln. Nein, warte. Ich gebe dir vier.«

Jakow gab sich widerwillig geschlagen.

Jerold legte einen Aktenkoffer auf den Tisch und schlug den Deckel zurück. Er enthielt die sorgfältig gesicherten Einzelteile eines zerlegbaren Gewehrs: Schaft aus poliertem Ahornholz mit Pistolengriff, Laufteile aus blindem Metall und ein schwarzlackiertes Zielfernrohr.

Jakow stand vor dem geöffneten Koffer und sah Jerold an, der eine Stoppuhr aus der Tasche zog.

»Das letzte Mal waren wir bei zwanzig Sekunden«, sagte Jerold. »Du solltest es diesmal in achtzehn Sekunden schaffen. Bei fünfzehn Sekunden gibt's zwei Kapseln extra. Los!«

Jakow bewegte sich schnell. Seine Finger waren zum Gitarre Spielen zu kurz. Und das war eigentlich sein Wunschtraum gewesen: Gitarre spielen und eine Rockband in Las Vegas gründen. Aber Jakow fehlte sowieso die Selbstdisziplin, um ein Instrument beherrschen zu lernen. Jerold half ihm, trainierte mit ihm, sagte ihm, daß er begabt sei, versicherte ihm, daß er es schaffen könnte, daß eine sowjetische Rockband in Las Vegas die Sensation werden würde. Er erzählte Jakow von amerikanischen Mädchen, und Jakow hörte zu und nahm die Kapseln.

»Ich habe da noch eine wichtige Frage«, begann Jakow auf englisch, während seine Finger über die Einzelteile der Walther WA 2000 im Aktenkoffer glitten. »Ich habe viel darüber nachgedacht.«

»Schieß los!«

»Hat Madonna wirklich gelbes Haar?«

»Es ist echt«, versicherte Jerold ernsthaft.

»Hast du's gesehen?«

»Ja.«

»Fertig«, verkündete Jakow und hielt das zusammengesetzte Gewehr in der Hand. Es war dieselbe Waffe, mit der er durch die Tür auf Emil Karpo geschossen hatte.

»Achtzehn Sekunden«, verkündete Jerold lächelnd und legte die Uhr beiseite.

Jakow nickte. Er wußte, daß er immer besser wurde.

Das allerdings war ein Irrtum. Jerold hatte gelogen. Er brauchte lediglich einen Vorwand, Jakow die Sonderration Speed geben zu können, die ihn schneller in den Tod treiben sollte, nachdem er die ihm zugedachte Aufgabe mit der Waffe erlegt hatte, die er jetzt liebevoll wie ein Plüschtier in der Armbeuge hielt.

Nicht lange nachdem Sascha Tkach die Tür zu der Wohnung geöffnet hatte, begannen zwei Frauen auf einer Parkbank in Jalta zu lachen.

Die beiden Frauen hatten den Tag mit einer Tasse Tee in der Empfangshalle des Lermontow-Hotels begonnen. Hätten Sarah Rostnikow und Andy McQuinton die Muttersprache der jeweils anderen besser beherrscht, sie hätten auf den Ausflug vielleicht verzichtet. Als sie das Hotel verließen, war der Himmel grau gewesen, und das Wetter drohte noch schlechter zu werden. Ein Wind kam auf, es war erheblich kühler geworden, doch sie waren entsprechend gekleidet und zu allem entschlossen.

Sie hatten sich in der Hotelhalle lächelnd angesehen und mit den Achseln gezuckt. Sie hatten sich am Vorabend in diese Situation manövriert, und jetzt waren sie verlegen. Trotz dieser Verlegenheit war klar, daß sie die Gesellschaft der jeweils anderen genossen. Weiter war klar, daß Sarah die Führung übernehmen würde. Sie sprach etwas Englisch. Andy konnte kein Wort Russisch. Und Sarah war in Rußland zu Hause.

Schließlich mußte Sarah feststellen, daß sie die physisch Belastbarere war. Das war um so verwunderlicher, als Sarah eine schwere Operation hinter sich hatte. Aber trotz Andys Entschlossenheit, mit dem Bus in die Stadt zu fahren, wurde bald klar, daß sie damit beinahe überfordert war.

Der eiserne Willen der beiden Frauen half jedoch über vieles hinweg. Sarah und Andy verließen den Bus am Ende des Roosevelt-Prospekt in der Altstadt von Jalta. Mittlerweile hatte sich der graue Himmel aufgehellt, und die Sonne kam heraus. Vom Roosevelt-Prospekt spazierten sie zum Lenin-Kai, der Hauptstraße Jaltas, die am Hafen entlangführte. Auf der Brücke über den Fluß Wodopatnaja wurden Andys Schritte immer schleppender.

Als sie den Gagarin-Park erreichten, schien Andy völlig

außer Atem zu sein. Sarah steuerte auf eine Bank in der Nähe des Gorki-Denkmals am Parkeingang zu.

Es war mittlerweile ausgesprochen warm geworden, und von überall her eilten Badelustige durch den Park in Richtung Strand.

Andy atmete schwer. Sie deutete mit fragendem Blick auf das Denkmal.

»Maxim Gorki«, sagte Sarah prompt. »Kennen Sie ihn?«

»Gorki? Der Schriftsteller. Ja«, antwortete Andy.

Andy war bleich, und ihr sonst so sorgfältig frisiertes Haar war zerzaust.

»Gorki...« Sarah suchte nach Vokabeln. »Er leben...« Sie deutete in Richtung auf die Wiokow-Straße, wo Gorki um die Jahrhundertwende nur zwei Häuser neben Anton Tschechows Schule gewohnt hatte. Sarah hatte eigentlich vorgehabt, bis zum Strand weiterzugehen. Als sie jedoch merkte, wie erschöpft Andy war, ließ sie davon ab.

Die Frauen sahen sich lächelnd an und betrachteten die Badelustigen aller Altersklassen, die zielstrebig auf die kühlen Fluten des Schwarzen Meeres zusteuerten. Ein junger Mann mit schickem Kurzhaarschnitt und eine hübsche junge Frau mit langem dunklen Haar kamen lachend vorüber.

»Er sieht ein bißchen wie mein Sohn James aus«, bemerkte Andy.

»Bitte sprechen Sie etwas langsamer«, sagte Sarah mühsam auf englisch.

»Entschuldigen Sie«, murmelte Andy. »Warten Sie.«

Sie öffnete ihre Tasche, holte ein Lederetui mit Fotografien heraus und schlug es auf. Sie gab Sarah die Fotos und deutete auf das Bild eines jungen Paars.

»Jim«, sagte sie. »Mein Sohn.«

»›Sin‹«, erwiderte Sarah auf russisch, griff in ihre Tasche und zog die Brieftasche hervor. Sie reichte Andy ein Foto von Josef, das ihn noch in Uniform zeigte.

»Sieht gut aus«, kommentierte Andy.

Sarah deutete auf Jims Foto und erwiderte: »Jim auch.«

Sie lachten beide und wollten gar nicht mehr aufhören zu lachen. Ihr Gelächter war der Situation gar nicht angemessen, aber sie genossen dieses Lachen, lachten, bis die Tränen kamen. Passanten lächelten verwundert.

Sie hatten die Sprachbarriere nicht irgendwie überbrückt. Sie hatten sie einfach ignoriert. Das Gefühl für die Herzlichkeit und Klugheit der anderen bedurfte keiner Worte. Ihr Lachen hieß Freundschaft; und ihr Lachen war Niedergeschlagenheit.

Am Parkeingang stand ein kleiner Mann mit Glasauge. Er horchte auf jedes Wort der Frauen, während er ständig auf die Uhr sah und sich den Anschein gab, auf jemanden zu warten. Er war den Frauen vom Hotel aus gefolgt, hatte seine Aufgabe mit Würde wahrgenommen, und darauf war er stolz. Er ließ sich nicht dadurch aus dem Konzept bringen, daß er wieder einmal den unwichtigsten Part in diesem Spiel erhalten hatte. Pato, sein Kollege, der für ihn kein echter Partner war, hatte Rostnikows Beschattung übertragen bekommen. Gut so. Es gab immer noch Gelegenheit für Juri, seine Entschlossenheit zu demonstrieren und zu zeigen, was in ihm steckte. Immerhin war er es gewesen, der Wassilijewitsch beinahe zum Reden gebracht hatte, nicht Pato, dieser Idiot. Nicht Juri hatte die Beherrschung verloren, den alten Mann geschlagen, ihm auf die Finger getreten, ihn getötet. Das bedeutete allerdings nicht, daß Juri auch nur einen Moment gezögert hätte, daß er nicht bereit gewesen wäre zu töten, daß er nicht richtig… Die beiden Frauen hörten gar nicht auf zu lachen.

Er mußte näher an sie herankommen. Juri seufzte ostentativ, sah erneut auf die Uhr und tat so, als sei seine Verabredung geplatzt. Während er mit dem gesunden Auge verstohlen die beiden Frauen beobachtete und das Glasauge starr geradeaus blickte, schlenderte er den Parkweg entlang, am

Tschechow-Denkmal und schließlich am Gorki-Denkmal vorbei, unter dem die beiden Frauen saßen. Ohne Zögern spazierte er weiter, als habe er sich ein anderes Ziel vorgenommen. Sein Plan war, hinter Bäumen oder Büschen Dekkung zu suchen, diskret Abstand zu halten. Die beiden Frauen waren geradezu aufreizend langsam.

»Ich werde den Augenblick nie vergessen«, sagte die magere Amerikanerin, als er an der Bank vorbeikam, und lachte noch immer. Juri hatte das Gefühl, ihr Lachen gelte ihm, seiner mickrigen Statur, seinen Kleidern, seinem komischen Glasauge, seinem Gesicht.

Er verstand kein Wort Englisch, hatte keine Ahnung, was die beiden redeten. Das war frustrierend und machte ihn wütend. Er steuerte auf die Wegbiegung hinter einer größeren Gebüschgruppe zu und fragte sich, ob Pato bei Rostnikow wohl erfolgreicher war. Er hoffte, daß das nicht der Fall war.

Exakt in dem Augenblick, als der Einäugige namens Juri an den beiden Frauen unter dem Gorki-Denkmal im Gagarin-Park vorbeispazierte, biß Porfirij Petrowitsch Rostnikow in ein Tomatenbrot. Es schmeckte ihm recht gut.

Anton hatte ihm und Mischa Iwanow die belegten Brote auf der etwas erhöhten Terrasse vor dem Hotel serviert, auf der Sarah und er bei gutem Wetter zu essen pflegten. Sarah war mit der Amerikanerin in die Stadt gefahren, während McQuinton auf dem Zimmer geblieben war, um, wie er sagte, endlich einmal auszuschlafen. Rostnikow hatte sich mit dem KGB-Mann getroffen, der in dickem Mantel mit Pelzkragen erschienen war, was für die schnell wechselnden Wetterlagen der Krim deutlich zu warm war.

Rostnikow hatte den Tag schon früh mit zwei Telefonaten begonnen; eines hatte er mit Moskau geführt, das andere war von Moskau aus mit ihm geführt worden.

Der erste Anruf war von Sascha Tkach gewesen, der vor

Rostnikow ein stammelndes Geständnis abgelegt hatte, von dem dieser nur die Hälfte verstanden hatte, nachdem man ihn aus dem Bett und in die Hotelhalle geholt hatte.

»Sascha«, hatte Rostnikow ihn unterbrochen. »Kennen Sie Alice in Wonderland?«

»Alice in...? Nein«, erwiderte Sascha.

»Sie sollten die Geschichte mal lesen«, fuhr Rostnikow fort. »Sie handelt von der Sowjetunion. Und an einer Stelle sagte ein verrückter Hutmacher, was ich jetzt zu Ihnen sage: Fangen Sie mit dem Anfang an und hören Sie am Ende auf.«

Rostnikow hatte sich einen Stuhl herangezogen, das Hemd in die Hose gestopft, das er sich hastig übergezogen hatte, und setzte sich, während Sascha seine Geschichte erzählte. Als er geendet hatte, sagte Rostnikow: »Und?«

»Ich bin schuld, daß Selatsch das passiert ist«, antwortete er verzweifelt. »Ich hätte in der Wohnung sein sollen, anstatt meine Frau mit einer zu betrügen, die...«

»Und was wollen Sie jetzt machen?« erkundigte sich Rostnikow. Von der Küche her stieg ihm so etwas wie Kaffeeduft in die Nase. Er würde vermutlich nach gar nichts schmecken. Aber der Geruch weckte Hoffnungen.

»Was ich tun will? Deshalb rufe ich ja an«, entgegnete Tkach. »Sie müssen entscheiden, was mit mir passieren soll.«

»Aha. Sie wollen die Verantwortung also auf mich abwälzen«, bemerkte Rostnikow.

»Nein«, widersprach Tkach verwirrt. »Ich trage die Verantwortung. Aber Sie sind für meine Bestrafung verantwortlich.«

»Und was erwarten Sie jetzt von mir?« wollte Rostnikow wissen.

»Keine Ahnung. Das ist nicht meine...«

»Soll ich Oberst Snitkonoi Meldung machen? Soll ich eine Untersuchung veranlassen? Sie vom Dienst suspendieren? Ihre Frau, Ihre Mutter anrufen? Sind dann alle glücklicher?

Fühlen Sie sich besser, wenn es den anderen schlechtgeht? Sind Sie dann die Verantwortung los? Nein, Sascha. Ich fürchte, Sie müssen selbst entscheiden, was zu tun ist. Wenn ich Sie bestrafe, nützt das nur Ihnen... sonst niemandem. Selatsch wird dadurch nicht plötzlich wieder gesund. Die Diebe werden dadurch nicht geschnappt und bestraft. Möchten Sie meinen Rat hören? Fahren Sie zu Selatsch. Rufen Sie mich an, sobald Sie wissen, wie es um ihn bestellt ist.«

»Ich bin schon im Krankenhaus«, erwiderte Sascha. »Die Ärzte sagen, daß er's vielleicht überleben wird. Aber das Auge wird er vermutlich verlieren.«

»Welches Auge?« fragte Rostnikow.

»Wieso welches... Was für einen Unterschied...? Das linke«, antwortete Sascha.

»Dann braucht er vermutlich eine Brille«, entschied Rostnikow. »Mit einer Brille sieht er bestimmt besser... intelligenter aus.«

»Was soll ich tun?« erkundigte sich Tkach.

»Sie sollen leiden«, erklärte Rostnikow. »Sie sind Russe. Sie werden leiden. Und Sie fassen die Diebe, während Sie leiden. Wissen Sie, wo Sie anfangen sollen?«

»Nein«, seufzte Tkach. »Halt. Warten Sie. Da kommt eine alte Frau den Korridor entlang. Sie muß Selatschs Mutter sein. Die Ähnlichkeit ist erstaunlich. Ich muß jetzt Schluß machen.«

»In Ordnung. Und rufen Sie mich heute vor Mitternacht oder morgen nach acht Uhr früh wieder an«, bat Rostnikow. »Ich bin gern rasiert, bevor ich zum Telefon gerufen werde. Und Sascha...«

»Ja.«

»Machen Sie's gut.«

Kaum hatte Rostnikow aufgelegt, war Anton mit einer Tasse Tee und einem Brötchen erschienen. Rostnikow war aus Angst stehen geblieben, sein Bein könne ihm Schwierigkeiten machen. Er nahm die Tasse Tee in die eine und das Brötchen in die andere Hand.

»Es ist ein Mürbeteigbrötchen«, sagte Anton stolz. »Englische Art.«

Rostnikow biß hinein und trank einen Schluck Tee.

»Lecker«, schwindelte Rostnikow. Das Gebäckstück war staubtrocken.

Anton verschwand mit zufriedenem Lächeln in der Küche. Rostnikow wählte eine Moskauer Nummer und bekam die Telefonvermittlung der Petrowka. Er bat, zu Karpos Apparat durchgestellt zu werden, und erfuhr, daß Karpo nicht im Haus war, jedoch eine Telefonnummer hinterlassen hatte. Rostnikow erkannte die Nummer sofort.

Er legte auf und wählte erneut. Am anderen Ende meldete sich die schläfrige, ärgerliche Stimme von Mathilde Verson.

»Ja? Was ist?«

»Rostnikow hier. Haben Sie je ein englisches Mürbeteigbrötchen gegessen?«

»Nein«, kam die Antwort. Abgesehen von Rostnikow war Mathilde der einzige Mensch, zu dem Karpo so etwas wie eine freundschaftliche Beziehung unterhielt. Karpos Verhältnis mit Mathilde währte mittlerweile drei Jahre. Zuerst hatten sie sich einmal pro Monat gesehen, dann jeden zweiten Mittwoch und schließlich, das war der letzte Stand der Dinge, jeden Donnerstag. Rostnikow wußte, daß Emil Karpo Mathilde für jedes Zusammensein entlohnte. Und er wußte auch, daß dieses Geld verhinderte, daß aus ihrer Beziehung etwas wurde, mit dem Karpo nicht umgehen konnte oder wollte.

Mathilde war fast vierzig, lebte jedoch mit Tante und Cousine in einer Wohnung in der Herzon-Straße. Sie verließ diese Wohnung am späten Nachmittag oder frühen Abend, um ihrem Gewerbe nachzugehen.

»Das Zeug schmeckt verdächtig nach Muschelkalk«, klärte Rostnikow sie auf und starrte auf den Brocken in seiner

Hand. »Aber vielleicht habe ich nur ein besonders schlechtes erwischt.«

»Und um mir das zu sagen, wecken Sie mich?« fragte sie amüsiert.

Rostnikow stellte sich vor, wie sie jetzt im Bett saß, das dunkelbraune Haar offen über den Schultern. Mathilde war keine schöne Frau im herkömmlichen Sinn. Aber sie war groß, attraktiv, stark und selbstbewußt; eine Russin mit Charakter.

»Ich brauche Karpo«, gestand Rostnikow.

»Geben Sie mir Ihre Telefonnummer. Ich weiß, wo ich ihn erreichen kann. Er ruft gleich zurück.«

Rostnikow saß in der Halle, beobachtete die verschlafenen Frühaufsteher unter den Gästen, trank seinen Tee und aß das trockene englische Gebäck. Emil Karpo war ein vorsichtiger Mann. Bei jedem anderen hätte Mathilde lediglich versprochen, die Nachricht weiterzugeben. Karpo war offenbar untergetaucht.

»Anruf für Sie«, rief der Mann am Empfang. Rostnikow hob den Hörer ab.

»Emil Karpo«, begann Rostnikow, noch bevor der Anrufer etwas sagen konnte. »Was macht Moskau so ganz ohne mich?«

Karpo kannte Rostnikow seit vielen Jahren und hatte doch solchen häufig nichts entgegenzusetzen. An Karpo war jede Art von Humor verschwendet. Er flüchtete sich in Sachlichkeit.

»Moskau lebt noch«, antwortete er. »Können Sie reden?«

Darauf mußte Rostnikow die Antwort schuldig bleiben. Er wußte nicht, ob die Leitung abgehört wurde. Allerdings war es sehr wahrscheinlich, daß der KGB die Hotelleitungen überwachte. Rostnikow hatte nur zwei Möglichkeiten: Entweder er kehrte nach Moskau zurück, oder er riskierte diesen Anruf. Er entschied sich für letzteres.

»Georgi Wassilijewitsch ist tot«, sagte Rostnikow. »Er ist gestern in den frühen Morgenstunden hier ermordet worden. Sollte wie ein natürlicher Tod aussehen. Ein stümperhafter Versuch.«

Karpo sagte nichts. Rostnikow hatte auch keinen Kommentar erwartet.

»Kennen Sie einen Mischa Iwanow?« fuhr Rostnikow fort.

»KGB. Wurde erst kürzlich von Odessa nach Moskau versetzt«, antwortete Karpo.

»Emil, ich möchte bezweifeln, daß irgendein anderer Beamter vom MVD in Moskau das gewußt hätte«, seufzte Rostnikow.

»Möglich«, erwiderte Karpo.

»Er ist hier in Jalta«, erklärte Rostnikow. »Möchte wissen, wie viele andere Herren vom KGB, MVD und GRU noch hier sind. Vielleicht könnten wir einen bunten Abend veranstalten.«

»Soll ich mich umhören?«

»Haben Sie Zeit?«

»Die Zeit nehme ich mir«, sagte Karpo. »Ich habe Order, ab morgen früh Urlaub zu nehmen.«

»In Jalta?«

»Nein. In Kiew.«

»Das ist interessant, Emil Karpo. Was geht da vor? Woran arbeiten Sie?«

Und Emil Karpo begann zu erzählen. Sachlich und ausführlich berichtete er von Carlas Tod, Jakow Kriwonos und dem Amerikaner Jerold.

»Irgendwelche Rückschlüsse, Emil?«

»*Sie* sind in Urlaub gegangen, als wir an dem Bittermund-Mord gearbeitet haben«, antwortete Karpo. »Jetzt, da ich den Mörder schon fast habe, werde *ich* in Urlaub geschickt.«

»Was meinen Sie? Wird dieser Killer mit dem Stiftenkopf von einer einflußreichen Persönlichkeit protegiert?«

»Ja.«

»Möglich, daß Sie recht haben«, stimmte Rostnikow zu. »Möglich, daß es sich um eine kriminelle Verschwörung handelt. Ermittlungsbeamte aus der ganzen Sowjetunion werden in Urlaub geschickt, damit Kriminelle verschont bleiben?«

»Das ergibt irgendwie keinen Sinn«, sagte Karpo.

»Nein, tut es auch nicht«, seufzte Rostnikow. »Wo sind Sie jetzt?«

»In einer Telefonzelle, in der Nähe einer Bar – dem Billy Joel in der Gorkistraße. Sie gehört einem Mann namens Juri Blin: Schwarzmarktgeschäfte, Drogenhandel. Carla Wasboniak hat häufig dort verkehrt. Genau wie Jakow.«

»Gestern abend hat mir ein Ober erzählt, daß die Gorkistraße umbenannt werden soll.«

»Ja, das habe ich auch gehört«, antwortete Karpo.

»Die Dinge sind im Fluß. Seien Sie vorsichtig, Emil Karpo. Wir bewegen uns auf dünnem Eis. Rufen Sie mich an, wenn Sie können.«

»Das mache ich.«

Rostnikow hatte aufgelegt. Das war mittlerweile über zwei Stunden her.

Jetzt beobachtete Rostnikow, wie Iwanow wortlos, doch mit solch geräuschvoll kräftigen Kinnbewegungen kaute, daß selbst die Besitzer der weniger feinen Cafés auf der Straße, die vielleicht noch ein oder zwei Tage die Gorkistraße hieß, entsetzt gewesen wären.

Anton stellte zwei Gläser mit je einem Löffel auf den Tisch. Dann schenkte er aus dem dampfenden grauen Topf, den er mit einem Handtuch hielt, heißes Wasser über den Löffel in die Gläser, damit sie nicht zerbrachen. Die beiden Männer am Tisch beobachteten ihn schweigend und aßen weiter. Anton stellte die Kanne ab, holte mit schwungvoller Bewegung ein Tee-Ei aus Edelstahl hervor und tauchte dieses so lange ins heiße Wasser, bis sich der Inhalt der Gläser braun färbte.

Erst als Anton außer Hörweite war, sagte Rostnikow: »Lesen Sie gern, Iwanow?« Er griff nach seinem Teeglas.

»Ich mag englische Liebesromane«, antwortete Iwanow mit vollem Mund. »Und Gruselgeschichten. Kennen Sie Monk Lewis?«

Iwanow sah Rostnikow an. Die Antwort fiel enttäuschend aus.

»Nein«, murmelte Rostnikow.

»Alpträume für die Seele«, sagte Iwanow und verzog die Mundwinkel zur Andeutung eines Lächelns.

»Vielleicht entdecke ich ja mal Buch von Monk Lewis«, bemerkte Rostnikow.

»Ich kann Ihnen eines leihen«, erbot sich Iwanow. »In Englisch.«

Rostnikow nickte. Es überraschte ihn nicht, daß der KGB-Mann von seiner Vorliebe für englische Bücher wußte.

»Und ich würde gern mal einen Ihrer amerikanischen Krimis lesen, wenn Sie mir einen leihen. Nur für eine Nacht. Ich verschlinge Bücher – ist eine Schwäche von mir.«

Auf der Straße unterhalb der Terrasse fuhr langsam ein Wagen vorbei. Beide Männer sahen ihm nach, bis er auf dem Weg zur Stadt außer Sichtweite war.

»Der KGB hat viele Gründe, mich zu überwachen«, sagte Rostnikow schließlich.

Iwanow grunzte und aß weiter. Von seinem belegten Brot war kaum noch etwas übrig. Er hatte es offenbar mit derselben Gier verschlungen, die er auch bei Büchern an den Tag legte.

»Aber sie sind längst verjährt«, fuhr Rostnikow fort. »Mögen Sie Sport, Iwanow?«

Mischa Iwanows Teller war leer. Er fuhr sich mit der linken Hand über den Mund und faltete die Hände auf dem Tisch.

»Gelegentlich. Vor allem Hockey. Aber ich komme auch ohne aus.«

»Wissen Sie, weshalb Sie mich observieren?« fragte Rostnikow.

»Um Bericht zu erstatten«, lautete die Antwort. Er nahm einen Krümel vom Tisch und steckte ihn in den Mund. »Allerdings soll ich heute abgelöst werden. Eigentlich dürften wir hier gar nicht miteinander reden.«

»Und doch...?« drängte Rostnikow sanft.

»Wie sagen die Amerikaner? Fuck-shit?« fragte Iwanow, der den letzten Krümel erobert hatte. Er lehnte sich auf seinem Stuhl zurück. »Wissen Sie, weshalb ich Sie beschatte?«

»Nein«, antwortete Porfirij Petrowitsch. Er rollte das rasch abgekühlte Glas Tee zwischen seinen kräftigen Handflächen.

»Es ist verrückt«, seufzte Iwanow und sah sich hilflos um, als erwarte er von irgendwoher eine Erklärung. »Ein lokaler Agent hätte die Sache erledigen können. Unter uns gesagt, wir rennen uns hier fast über den Haufen. Ich sollte eigentlich für die Sicherheit einer ausländischen Delegation sorgen, aber von einer Minute auf die andere hat man mich...«

Mischa Iwanow sah sich erneut um und fuhr fort: »Seeluft bekommt mir nicht, Rostnikow. Ich kapiere nicht, weshalb man einen ranghohen Offizier tausend Kilometer weit schickt, um das zu tun, was jeder Dorftrottel erledigen kann. *Glasnost* scheint alle verrückt zu machen.«

»Ist es nicht ein bißchen gefährlich, mir das alles zu sagen, Iwanow?« fragte Rostnikow, dem allmählich der Schimmer eines Verdachts kam.

Mischa Iwanow lachte. Es war kein angenehmes Geräusch.

»Selbst beim KGB herrscht eine neue Offenheit«, antwortete er, beugte sich über den Tisch und flüsterte laut: »Haben Sie einen Verdacht?«

»Was wäre, wenn man Sie gar nicht hergeschickt hätte, um mich zu beschatten?« erwiderte Rostnikow.

»Aber deshalb bin ich hier.«

»Möglich«, sagte Rostnikow. Mischa Iwanow war einen

Moment lang versucht zu glauben, daß man ihn einen Verrückten beschatten ließ.

»Und was hat das alles mit... mit Georgi Wassilijewitschs Tod zu tun?«

»Sie meinen Mord«, verbesserte Rostnikow.

»Also gut, Mord«, lenkte Iwanow ein.

Rostnikow stand auf. Sein Bein hatte die ersten Warnzeichen ausgesandt. Er hatte es in der Euphorie über diesen schwachen Schimmer eines Verdachts völlig vergessen.

Iwanow sah zu dem kräftigen, untersetzten Kriminalbeamten auf, der im Kreis herumging.

»Wir sind zu dritt hier gewesen«, bemerkte Rostnikow.

»Zu dritt?« wiederholte Iwanow.

»Sie, ich, Georgi«, sagte er leise. »Möchte wissen, ob's noch mehr sind.«

Iwanow erhob sich. Er hatte keine Lust mehr.

»Ich gehe jetzt auf mein Zimmer und packe. Egal, ob ich überwacht werde, ich muß unsere Gespräche von gestern abend und heute morgen in meinem Bericht erwähnen.«

»Was verstehen Sie vom Klempnerhandwerk, Iwanow?«

»Wenig... Weniger als von der menschlichen Psyche. Gibt es einen Grund für Ihre Frage, Rostnikow?«

»Klempnern ist simpel«, behauptete Rostnikow. »Ich hab' mich eingehend damit befaßt. Klempnerarbeiten sind immer sinnvoll, folgen den Gesetzen der Logik und sind, bei richtiger Ausführung, ein Erfolgserlebnis. Und der Erfolg stellt sich umgehend ein. Funktion folgt Form, und es gibt ein Ende. Wenn sie ordentlich ausgeführt werden...«

»...fließt Wasser durch die Rohre«, ergänzte Iwanow. »Ich könnte mich stundenlang mit Ihnen über Abflußrohre unterhalten. Einfach faszinierend, Rostnikow.«

Anton steuerte mit einem Tablett ihren Tisch an. Iwanow war hin und her gerissen. Einerseits war er neugierig zu sehen, was Anton Eßbares auf seinem Tablett hatte, andererseits wollte er Rostnikow endlich loswerden. Er hatte viel von dem Inspektor gehört und war mächtig enttäuscht.

»Man wird Sie nicht ablösen«, sagte Rostnikow. »Sie kriegen den Auftrag, hierzubleiben und mich anzuheuern.«

»Warten wir's ab.«

Anton brachte einen Teller Kekse. Mischa Iwanow nahm sich eine Handvoll und wandte sich zum Gehen.

»Danke, Anton«, murmelte Rostnikow und griff nach einem Keks.

»Telefon für Sie. Aus Moskau«, meldete Anton und stellte den mittlerweile fast leeren Teller auf den Tisch. »Ein Inspektor Karpo.«

Auf dem Weg zum Telefon entdeckte Rostnikow in der Hotelhalle den hünenhaften Mann vom Vortag. Er saß allein auf einem unbequem aussehenden Sofa mit wackeligen Füßen und nahm Platz für zwei ein. Auf seinem Schoß lag eine aufgeschlagene Zeitung. Rostnikow fragte sich, wo wohl der kleine Mann mit dem Glasauge geblieben sein mochte. Aus einem unerfindlichen Grund fühlte sich Rostnikow durch seine Abwesenheit beunruhigt.

7

Sascha haßte Krankenhausgeruch. Er hatte viele Stunden, ja Nächte in Krankenhauskorridoren verbracht und auf Überleben oder Sterben von Opfern oder Tätern gewartet. Noch immer war jene Nacht präsent, in der er mit seiner Mutter in einem ebenso übelriechenden Krankenhaus gesessen hatte, während sein Vater mit dem Tode rang.

Warten war nicht das Schlimmste. Die Geräusche von Menschen mit Schmerzen waren zu ertragen. Nicht auszuhalten waren nur die Gerüche seiner Erinnerungen. Er hatte nie begriffen, warum andere nicht ähnlich auf diesen beißend süßlichen Gestank reagierten, der sich sogar auf seine Geschmacksnerven legte und schmeckte, als habe man auf Metall gebissen.

Diesmal jedoch empfand Tkach den Krankenhausgeruch als Erleichterung. Er übertönte den Geruch nach Tamara, der noch immer in seinen Kleidern hing. Sascha nahm diesen Geruch als erste Strafe. Rostnikow hatte prophezeit, daß er leiden würde, und er wollte leiden. Außerdem brauchte er etwas, daß ihm die Sinne betäubte, während er mit Selatschs Mutter sprach.

Sie saßen auf einer Bank im Korridor. Es war eine lange, rosa lackierte Holzbank, mit der man wohl etwas Farbe in das eintönige Grau hatte bringen wollen. Es war nicht gelungen.

Sascha hatte versucht, Maja anzurufen. Er wünschte nichts sehnlicher, als sie und Pultscharia wiederzusehen, hatte jedoch Angst, Maja könnte ihm ansehen, was er getan hatte, und ihm nicht verzeihen. Mit jedem Rufzeichen hatte er gehofft, sie würde nicht abheben. Sie war bereits zur Arbeit gegangen. Nachdem er das Telefon zwanzigmal hatte klingeln lassen, hatte er aufgelegt, tief enttäuscht darüber, daß sie nicht dagewesen war, mit wild klopfendem Herzen. Dann hatte er Rostnikow angerufen. Selatschs Mutter sagte etwas. Sascha entschuldigte sich und bat sie, es zu wiederholen.

»Er wird doch nicht sterben?« fragte Selatschs Mutter zum elften Mal in einer Stunde.

»Er wird nicht sterben«, versicherte Sascha ihr erneut, obwohl er selbst nicht ganz überzeugt war.

»Er ist mein einziges Kind«, murmelte sie leise. »Wußten Sie das?«

»Ja.«

Die große Nase und die Augen der älteren Frau waren vom ständigen Weinen und Naseputzen gerötet. Das Kopftuch, das sie zuerst getragen hatte, hatte sie inzwischen abgenommen. Ihr Haar hatte sich in alle Richtungen aufgestellt. Sie sah lächerlich aus – wie ein Clown. Aber Tkach brachte es weder über sich, sie darauf hinzuweisen, noch konnte er darüber hinwegsehen.

»Arkadi ist nicht der Klügste«, fuhr sie fort. »Das weiß ich. Ich bin ja nicht blöd. Aber er arbeitet hart. Er tut, was man ihm sagt.«

»Ich weiß«, seufzte Tkach.

»Er tut, was man ihm sagt«, wiederholte sie und sah einem Mann in Weiß nach, der eine Trage durch den Korridor rollte.

»Er ist ein guter Mensch«, bemerkte Tkach.

»Er spricht immer sehr nett von Ihnen.« Sie lächelte gequält.

»Ich ...«, begann Sascha und ahnte, daß ihm das Geständnis unfreiwillig herauszurutschen drohte. Er biß sich ärgerlich auf die Lippe. Ein Geständnis war selbstsüchtig. Er durfte es sich nicht leichter machen.

Selatschs Mutter musterte ihn aufmerksam, wartete mit ihrem Clowngesicht, daß er seinen Satz vollendete. Eine Frau in Weiß rettete ihn. Sie trat aus dem Operationssaal, nahm den weißen Mundschutz ab und kam auf sie zu. Tkach stand auf und half Selatschs Mutter auf die Beine.

»Er ist über den Berg«, sagte die Ärztin mit einem müden Lächeln. »Gehen Sie nach Hause. Ruhen Sie sich aus. Kommen Sie morgen wieder. Dann können Sie mit ihm reden.«

»Danke«, murmelte Selatschs Mutter und griff nach der Hand der Ärztin.

»Wie geht es ihm?« wollte Tkach wissen.

»Er hat drei gebrochene Rippen... eine davon zweimal«, erwiderte die Ärztin und nickte zwei Herren in Anzügen zu, die durch den Korridor hasteten. »Gehirnerschütterung, tiefe Platzwunde am Kinn. Das linke Auge war ein Problem. Seine Sehkraft wird vermutlich nicht wiederherzustellen sein.«

»Nein...?« begann Selatschs Mutter.

»Nie mehr?« fragte Tkach.

»Nie mehr«, erwiderte die Ärztin.

»Hat er etwas gesagt?« wollte Tkach wissen.

»Ja. Aber nur einen Satz«, sagte die Ärztin und massierte sich die Nasenwurzel. »Er sagte: ›Sie hatten einen Schlüssel.‹ «

Obwohl Sascha jetzt wußte, wohin er fahren mußte, hatte er darauf bestanden, Selatschs Mutter nach Hause zu bringen. Dort angelangt, hatte Selatschs Mutter ihn gedrängt, eine dünne Fischsuppe mit Brot bei ihr zu essen. Allein der Gedanke an Essen hatte Sascha Übelkeit verursacht, und der Geruch von Fisch war ihm gefährlicher erschienen als Krankenhausgestank. Trotzdem aß er die Suppe – langsam, schweigend, höflich – und versuchte zu ignorieren, wie winzig die Wohnung war. Er verschloß die Augen vor den zahllosen Fotografien von Selatsch in jedem Alter, vor den vielen Erinnerungsstücken aus dem Leben des Mannes bis hin zu einer kindlich eingerahmten Zeichnung des Borowitski-Turms mit pyramidenförmigem Aufbau und einer Spitze, die an eine auf dem Kopf stehende Eiswaffel erinnerte.

»Das hat Arkadi gemalt, da war er vierzehn«, hatte seine Mutter stolz erklärt, als Tkach das Zimmer betreten und den ungelenk gemalten, aber durchaus erkennbaren Kremlturm betrachtet hatte.

Er aß die ganze Suppe, hörte ihr aufmerksam zu, nahm ihr Angebot an, sich mit dem Rasierer ihres Sohnes zu rasieren, beruhigte sie und beantwortete geflissentlich jede ihrer Fragen. Sicher war es bald vorüber, vermutlich schon gleich morgen früh. Dann würde Selatsch aufwachen und den Ermittlern erzählen, was passiert war. Tkach hatte zwar gegenüber den Kollegen, die in die Wohnung gekommen waren, nicht gelogen, aber die Wahrheit hatte er auch nicht gesagt. Er war zu niedergeschlagen gewesen, und es hatte ihn gedrängt, so schnell wie möglich zu Selatsch ins Krankenhaus zu kommen.

Bis zum Abend mußte er einen kompletten Bericht geschrieben haben.

»Ich muß jetzt gehen«, sagte er. Er wandte sich vom Waschbecken in der Ecke ab und reichte der alten Frau den Rasierer, den er gerade abgespült hatte.

Die alte Frau nahm ihn.

»Er hat meinem Mann, Arkadis Vater, gehört«, seufzte sie und legte ihn in ein mit weißem Papier ausgelegtes Regal neben dem Waschbecken. »Er hatte ihn bei Kriegsende von seinem Offizier bekommen.«

»Gute Qualität«, lobte Sascha.

Sie betrachtete den frischrasierten Sascha. »Sie sind ja noch ein Junge.«

Sascha fiel nichts darauf ein. Er brachte nicht einmal ein Lächeln zustande. Er legte die Hand auf ihren Arm. »Er kommt wieder auf die Beine«, murmelte er und ging hastig hinaus.

Es war später Vormittag, warm, und es herrschte ein reger Betrieb in den Straßen, als Sascha auf dem Bürgersteig stand. Plötzlich war er von Tatendrang erfüllt. Und er begriff selbst nicht, weshalb er den Vormittag bisher vertrödelt hatte, obwohl es klar war, was er tun mußte und sollte. Vielleicht war es bereits zu spät. Er machte sich hastig zu Fuß auf den Weg in Richtung Engels-Komplex. Passanten machten ihm Platz oder fluchten, als er, ohne stehenzubleiben, seinem Ziel entgegeneilte. Erst drei Blocks weiter machte er einen Augenblick halt und ging dann zur nächsten Metro-Station.

Zwanzig Minuten später stand er in der Lichtung hinter dem Park. Er konnte die Telefonzelle sehen, von der aus er Maja am Vorabend angerufen hatte. Er lief an den Büschen vorbei, in deren Deckung die beiden Männer ihn beobachtet hatten, und den Weg entlang, den Tamara mit ihren lachenden Freundinnen gekommen war.

Sascha war wütend. Er überquerte den asphaltierten Vorplatz und betrat das Wohnhaus. Eine Frau mit einem Karton in der Hand drückte sich an die Wand, um ihm auf der Treppe Platz zu machen. Dann lief sie aus dem Haus, ohne sich noch einmal umzusehen.

Sascha rannte die Stufen hinauf, stieß die Tür zum Treppenhaus auf und stand kurz darauf vor der Wohnungstür. Er klopfte. Niemand öffnete. Aber er hörte drinnen ein Geräusch.

»Aufmachen!« rief er.

»Wer ist da?« fragte eine Männerstimme.

»Polizei!« antwortete Sascha. »Machen Sie auf, oder ich trete die Tür ein!«

Die Tür ging auf. Vor Sascha stand ein hagerer verängstigter Mann, der ihm knapp bis an die Brust reichte. Er hielt einen knittrigen blauen Bademantel krampfhaft über der Brust zusammen.

»Wo ist sie?«

Sascha stieß die Tür auf. Der Mann stolperte rückwärts.

»Wer denn?« blökte er wie ein Schaf.

Sascha sagte nichts. In wenigen Stunden hatte sich das Zimmer vollkommen verändert. Saschas Wut richtete sich jetzt gegen den kleinen Mann, der aufschrie und abwehrend die Hände hob.

»Wer?« wiederholte er.

»Tamara«, antwortete Sascha und ging auf ihn zu.

»Tamara? Hier ist keine Tamara. Ach so! Sie meinen die Frau, die laute Frau«, keuchte der Mann. »Die wohnt unten. Einen Stock tiefer.«

Sascha blieb abrupt stehen. Das Blut pochte in seinen Schläfen. Er war im falschen Stockwerk.

»Entschuldigung«, murmelte er und rannte den Korridor entlang.

Die Tür schlug hinter ihm zu, noch bevor er zwei Schritte weit gekommen war. Er lief die Treppe hinunter. Vielleicht war er zu spät dran. Möglicherweise war sie schon zur Arbeit gegangen oder geflohen. Diesmal stand er vor der richtigen Wohnung. Drinnen war jemand. Drinnen war sie. Er klopfte.

»Ja«, sagte sie. »Wer ist da?«

Sascha machte den Mund auf, doch plötzlich fiel ihm der Name nicht mehr ein, unter dem sie ihn kannte.

»Ich bin's«, antwortete er gepreßt. »Jon Mandelstem. Dein kleiner Jude.«

»Ich muß zur Arbeit«, entgegnete sie. »Bin schon spät dran. Komm gegen acht Uhr wieder.«

Er hörte, wie sie sich von der Tür entfernte.

»Nur auf einen Augenblick«, sagte er. »Ich habe was für dich. Ich bin auch schon zu spät dran.«

Er hörte, wie sie zurückkam. Die Tür ging auf.

Sie trug ein schwarzes Kleid mit buntem Gürtel. Sie hatte das Haar zurückgekämmt und war offensichtlich dabei, sich zurechtzumachen. Lippenstift hatte sie bereits aufgetragen. Ansonsten wirkte das Gesicht irgendwie leer und unfertig. Sie sah ihn nicht an, sondern starrte in den großen Spiegel in ihrer Hand.

»Ich sehe schrecklich aus«, jammerte sie. »Aber ich muß jetzt gehen, Schätzchen. Was hast du mir denn mitgebracht?«

Sascha grinste furchterregend, drängte sich an ihr vorbei und machte die Tür zu.

»Vielleicht den Tod«, sagte er und richtete Selatschs Dienstwaffe auf sie.

Sie wich vor ihm zurück, mit starrem Blick, der rote Mund in ihrem unfertig geschminkten Gesicht angstvoll geöffnet.

»Was ist los?« fragte sie. »Was ist los mit dir?«

Er ging auf sie zu, und sie wich weiter zurück, bis sie das Bett erreichte, in dem sie noch wenige Stunden zuvor zusammen gelegen hatten. Sie war gezwungen stehenzubleiben.

»Wo sind sie?«

»Sie? Wer?«

»Die beiden Männer«, erklärte er. »Die beiden Männer, die

Selatsch in meiner Wohnung niedergeschlagen haben. Die beiden Männer, mit denen du zusammenarbeitest. Die beiden, denen du meinen Schlüssel gegeben hast.«

»Zwei Männer?« sagte sie. »Wovon redest du? Ich komme zu spät zur Arbeit. Ich habe keine Zeit für verrückte Juden.«

Sie versuchte, sich an ihm vorbeizudrängen und ihm zu zeigen, daß sie trotz oder wegen ihrer Angst wütend war und die Faxen dick hatte, daß ihr die Waffe in seiner Hand gleichgültig war. Er packte sie am Arm und hielt sie zurück. Sie hatte den Spiegel in der anderen Hand. Sie schwang ihn wie eine Bratpfanne und traf Sascha an der Stirn. Er lockerte seinen Griff nicht.

»Die beiden Männer«, erinnerte er sie und tippte mit dem Pistolenlauf gegen den Handspiegel.

Tamara sah ihn an, bemerkte die wilde Entschlossenheit in seinen Augen und bekam wirklich Angst. Sie faßte den Handspiegel fester und wollte schon zum zweiten Mal zuschlagen, als er leise sagte: »Wenn du das noch mal versuchst, bringe ich dich um.«

Es war ihm bitterernst. Tamara wußte das. Sie drehte den Spiegel um, so daß er sich darin sehen konnte. Blut rann aus einer häßlichen Platzwunde über dem rechten Auge, und Sascha sah jenen Ausdruck, der Tamara so erschreckt hatte.

»Also, wo sind die beiden«, wiederholte er. »Ich bin Polizist.«

»Ich...«, begann sie.

»Keine Lügen«, flüsterte er dicht vor ihrem Gesicht.

»Jetzt weiß ich, warum dieser Mann gestern nacht in deiner Wohnung war. Sie haben's mir erzählt. Wenn du Polizist bist, kriegst du Schwierigkeiten wegen der Nacht mit mir«, sagte sie. »Du verlierst vielleicht deinen Job – oder kommst ins Gefängnis. Du kannst mir gar nichts tun. Geh mir aus dem Weg!«

Tamara versuchte sich loszureißen, doch er hielt sie fest.

»Wenn du's mir nicht sagst, erschieß' ich zuerst dich und dann mich.«

Er ließ es zu, daß sie einen Schritt zurücktrat und sein Gesicht erneut sehen konnte. Dann nahm er ihr den Spiegel aus der Hand und hob ihn hoch, so daß sie ihr verängstigtes Gesicht betrachten konnte, an dem jetzt Blut von seiner Wunde klebte.

»Ich kann nicht!« schluchzte sie. »Du hast ja keine Ahnung.«

»Du sagst mir jetzt, wo sie sind«, beharrte er eisern und zwang sie, ihm in die Augen zu sehen. »Ich krieg' sie schon. Du hast Zeit, um zu packen und aus Moskau zu verschwinden. Und du kommst nie zurück, kapiert?«

Mit einem Verrückten war nicht zu reden.

Sie nickte.

»Im nächsten Block«, verriet sie. »Engels 1. Wohnung 304.«

Sascha ließ sie los.

»Wenn du ihnen Bescheid sagst, komm' ich wieder zurück, und dann wird's ernst«, drohte er und ging zur Tür.

»Ich sage nichts.« Sie wischte sich sein Blut von der Wange. »Ich habe gar kein Telefon.«

Sascha verließ die Wohnung.

Das Treppenhaus war leer. Draußen im betonierten Hof wichen vier alte Männer vor ihm zurück, als er auf den Nachbarblock zuging. Die alten Männer sahen Saschas blutiges Gesicht, die Waffe in seiner Hand und machten sich schleunigst aus dem Staub.

Emil Karpo war schlecht fürs Geschäft. Nicht, daß im Billy Joel am Nachmittag viel los gewesen wäre, im Gegenteil – die meisten Tische waren leer. Die musikalische Unterhaltung bestritt eine Amateurband, die auf ein Abendengagement hoffte.

Juri Blin, der mit richtigem Namen Juri Tripanskoski hieß, versuchte, die gespenstische Gestalt in Schwarz zu ignorieren, die an einem kleinen Tisch an der Wand saß, keine Miene verzog und ihn beobachtete. Juri war erst achtundzwanzig, ein ausgesprochenes Schwergewicht und wirkte dadurch wesentlich älter. Er sah den Busted Revolution zu, die gerade auf der leicht erhöhten Bretterbühne des Billy Joel spielten.

Juri arbeitete an seinem Image als übergewichtiger Rock-Impresario mit Dreifachkinn. Haltung und Gestik hatte er amerikanischen und britischen Gangsterfilmen entlehnt. Die entsprechenden Videokassetten waren Kopien des finnischen Fernsehens, die pro Stück 150 Rubel, fast 100 Dollar, brachten. Noch vor zwei Jahren war Juri Tripanskoski ein drittklassiger Schwarzmarkthändler, ein *fartsowschtschiki* gewesen, der alles verschoben hatte, was ihm unter die Finger gekommen war: von Feuerzeugen bis zu billigen Schallplattenraubpressungen. Er war immer knapp über die Runden gekommen und hatte härter gearbeitet, als es bei einem Kriminellen der Fall sein sollte. Welchen Sinn hatte es schon, das Risiko auf sich zu nehmen und den Hungerlohn eines Bauern einzufahren? Aber Juri konnte einfach nicht anders.

Er war aus der bjelorussischen Stadt Gantsewitschi, wo sein Vater in einer Kolchose gearbeitet hatte, nach Moskau gekommen. Das aufregendste Erlebnis während der ersten vierundzwanzig Jahre seines Lebens war eine Fahrt nach Minsk gewesen. Dort fand ein Fest statt, auf dem die Kolchose des Vaters für ihre Arbeitserfolge geehrt werden sollte. Angesichts der Mahlzeit, die dort serviert wurde und die sich in nichts von dem unterschied, was er von zu Hause her kannte, reifte in Juri der Entschluß, nach Moskau zu gehen. Er nahm seine gesamten Ersparnisse und die vierhundert Rubel, die er seinen Eltern gestohlen hatte, um die Bestechungsgelder bezahlen zu können, die man brauchte, um die nötigen Dokumente von der örtlichen Parteizentrale zu bekommen.

Innerhalb von vier Jahren hatte sich Juri Blin vom kleinen Schwarzmarkthändler zum Eigentümer eines der populärsten Rock-Lokale in Moskau hochgedient. Er war so erfolgreich, daß er gelegentlich sogar daran dachte, das Geld zurückzugeben, das er seinen Eltern weggenommen hatte.

Juri trug stets dunkle Anzüge mit konservativen Imitationen britischer Public-School-Krawatten. Er gefiel sich in der Vorstellung, wie ein französischer Geschäftsmann auszusehen.

Dann kam ihm ein Gedanke. Vielleicht war die bleiche Figur in der Ecke auf Schmiergelder aus? Diese Gefahr bestand, und Juri mußte eine Entscheidung treffen. Er zahlte bereits an zwei unterschiedliche Gruppen Schutzgelder; die einen trugen Jeans und nannten sich Mafia, die anderen tauchten gelegentlich in ihren grauen Uniformen und rotverbrämten Mützen auf und ließen ihre Gummiknüppel tanzen.

Juri wurde mit allen fertig. Er hatte schließlich gesehen, wie Sidney Greenstreet, Francis L. Sullivan, Dan Seymour, Thomas Gomez, Peter Lorre – besonders Peter Lorre – mit diesen Typen umsprangen.

Juri saß an seinem Tisch, dem Ehrentisch, flankiert von Buster und Buddy und sah der Busted Revolution zu. Ihre richtigen Namen taten nichts zur Sache. Sie waren wegen ihres Aussehens und nicht wegen ihrer Talente engagiert worden. Juri hatte sie sorgfältig ausstaffiert. Beide Männer waren Anfang Dreißig, und beide sahen gefährlich aus. Buster war riesig, dunkelhaarig, hatte eine gebrochene Nase und pomadig glänzendes Haar. Buddy war schlank und sehnig, ein Albino mit nervösem Blick. Buster und Buddy trugen dieselben Anzüge wie Juri, aber ihre Krawatten waren gelb mit kleinen blauen Punkten. Buster, Buddy und Juri waren ein eindrucksvolles Trio. Die Busted Revolution dagegen bot eine jämmerliche Vorstellung.

Juri hatte sie bereits zu lange gewähren lassen. Die vier oder fünf übrigen Gäste beachteten die Band kaum. Sie nahmen sie gar nicht ernst. Juri hatte ihre Musik nur geduldet, um sich nicht mit dem Bleichgesicht in der Ecke auseinandersetzen zu müssen. Aber er wußte, daß er das nicht mehr länger würde aufschieben können. Der Mann war kein Stammgast. Er war auch kein Laufkunde. Der Mann hatte ein Anliegen. Juri hatte es nicht eilig herauszufinden, was das war – ob Schutzgeldforderung oder Geschäft.

Schließlich war seine Geduld zu Ende. Das Gekreische des Leadsängers wurde unerträglich. Juri nahm die Zigarette aus dem Mund und beugte sich zu Buddy hinüber; letzterer nickte und überbrüllte die Musik: »Aufhören!«

Der Schlagzeuger und der Gitarrist hörten sofort auf. Das Spiel war aus. Soviel war klar. Der Leadsänger allerdings, der sich sowieso nicht um die anderen gekümmert hatte, mußte erst von Buddy niedergebrüllt werden.

Der Leadsänger sah zu Juri Blin. Juri schloß die Augen und schüttelte den Kopf. Er fühlte sein Kinn vibrieren und hoffte, wie Francis L. Sullivan in ›Night in the City‹ auszusehen. Juri schlug die Augen wieder auf. Die Busted Revolution verließ die Bühne. Die Bandmitglieder stritten heftig darüber, wer für die Katastrophe verantwortlich war. Und dann sah Juri, wie der Mann in Schwarz aufstand und auf ihn zukam.

Buster starrte auf den sitzenden Blin hinunter und wartete auf ein Zeichen, wie er mit dem Fremden verfahren sollte. Juri steckte die Zigarette in den Mundwinkel, hielt eine feiste Hand hoch und signalisierte Buster abzuwarten. Buddy kannte seine Rolle.

Emil Karpo machte vor dem Tisch halt und musterte Juris feistes Gesicht. Buster oder Buddy würdigte er keines Blickes.

»Ich suche Jakow Kriwonos«, begann Karpo und hielt Blin das aufgeklappte Lederetui mit seinem Dienstausweis hin.

Juri Blin warf einen flüchtigen Blick darauf. Er zahlte Schutzgelder. Und er zahlte gut. Ihm konnte nichts passieren.

»Mir nicht geläufig der Name«, antwortete Blin. »Buster, Buddy, kennt ihr einen gewissen ... Wie hieß er doch gleich?«

»Jakow Kriwonos«, wiederholte Karpo bereitwillig.

Buster und Buddy schüttelten die Köpfe. Karpo ignorierte sie. Er fixierte unverwandt Blin, der sich seufzend im Lokal umsah.

»Tut mir leid, Inspektor«, sagte Blin. »Aber ...«

»Er hat karottenrotes Haar, eine Art Stiftenkopf«, erklärte Karpo geduldig. »Sein Mädchen hieß Carla Wasboniak.«

»Kenne ich leider auch nicht«, erwiderte Blin lächelnd.

»Eine hübsche Blondine. Sie war hier Stammgast. Gestern abend saß sie an diesem Tisch. Und Sie saßen hier.«

»Da muß ich passen«, entgegnete Blin. »Ich erinnere mich nicht. Schade, daß ich nicht helfen kann.«

Blin zuckte mit den Schultern. Buddy grinste und stieß einen gurrenden Laut aus, der ein Lachen hätte sein können.

Karpo verzog keine Miene.

»Für Scherze dieser Art habe ich keine Zeit«, sagte er. »Ich glaube, Sie lügen.«

»Jetzt bin ich aber beleidigt«, empörte sich Blin.

»Sie sagen mir jetzt, was Sie über Jakow Kriwonos und einen Mann namens Jerold wissen. Er ist möglicherweise Amerikaner.«

»Ich weiß gar nichts«, sagte Blin.

Karpo wandte sich ab und sah zu den Gästen an den anderen Tischen hinüber. Es waren nicht viele, und alle starrten ihn an. Die Mitglieder der Busted Revolution packten an der Tür ihre Instrumente ein. Sie stritten noch immer.

»Alle verlassen das Lokal. Polizei!«

Am nächsten Tisch saßen zwei Teenager mit einem hageren dunklen Typ mit graumelierten Schläfen. Der Mann sah Blin fragend an. Blin reagierte nicht. Der Gast stand auf und baute sich vor Karpo auf. Ihre Blicke trafen sich. »Alle verlassen das Lokal!« wiederholte Karpo.

Der Hagere lachte und entblößte zwei Reihen schlechter Zähne. Er sagte etwas, achtete jedoch darauf, daß Karpo es nicht hören konnte, und schob die Mädchen zur Tür hinaus. Von den übrigen stand keiner unter dem Zwang, bei Teenagern Eindruck zu machen. Sie verließen das Lokal. Der Leadsänger der Busted Revolution sah Karpo lächelnd an und zog mit seiner Band ab.

Im Billy Joel waren nur noch vier Personen: Karpo, Juri Blin, Buster und Buddy.

»Es gibt keine Zeugen«, begann Blin und sah von Buster zu Buddy. »Und das Wort eines Polizisten wiegt in solchen Situationen längst nicht mehr so schwer wie früher. So bedauerlich das auch sein mag. Ganz besonders übrigens, wenn der Polizist es mit Leuten mit Beziehungen zu tun hat. Haben wir uns verstanden?«

Statt einer Antwort griff Emil Karpo in sein Jackett. Im nächsten Augenblick hatte er seine Dienstpistole in der Hand. Der massige Buster stieß hörbar Luft aus. Buddy ignorierte die Waffe. Er verschränkte die Arme vor der Brust und lehnte sich zurück. Er war offenbar gespannt, wie sich der Polizist aus der Klemme herausmanövrieren wollte, in die er sich gebracht hatte. Karpo legte die Waffe auf den Tisch, wo nur er sie erreichen konnte, und sagte: »Jakow Kriwonos und der Mann namens Jerold.«

Es kam keine Antwort. Karpo hatte zu diesem Zeitpunkt auch keine erwartet.

»Legen Sie Ihre linke Hand auf den Tisch, Juri Tripanskoski.«

Juri verging schlagartig das Lachen, als sein richtiger Name ausgesprochen wurde, den er vier Jahre lang nicht mehr gehört hatte. Einen Augenblick fühlte er sich verletzbar, doch er erholte sich schnell, wenn auch nicht hundertprozentig.

»Was?« sagte er und sah Buster und Buddy an.

»Ich verstoße nicht gegen das Gesetz, Genosse«, erklärte

Karpo im Flüsterton und beugte sich vor. »Ich würde nie etwas von Ihnen verlangen, das ich im Kampf gegen das Verbrechen in der Sowjetunion nicht selbst tun würde. Aber ich verlange, daß jeder Bürger nicht mehr und nicht weniger tut als ich.«

Juri wußte nicht, wohin das führen sollte. Die Sache gefiel ihm immer weniger.

»Juri?« fragte Buster. Er erwartete offenbar Anweisungen.

»Sollte jemand versuchen, einen Polizeibeamten bei Ermittlungen zu behindern, habe ich das Recht, ihn zur Ordnung zu rufen«, fuhr Karpo fort. »Mit welchen Mitteln auch immer.«

»Schon gut, Buster«, sagte Juri äußerlich gelassen. Er warf Buddy einen wissenden Blick zu. Buddy beschränkte sich weiter auf seine Zuschauerrolle.

»Linke Hand auf den Tisch!« wiederholte Karpo.

Juri Blin legte seine feiste Pranke auf den Tisch. Er fühlte, wie ihm die ersten Schweißperlen auf die Stirn traten.

Karpos Bewegungen waren sicher und ohne Hast. Mit der rechten Hand nahm er den kleinen Finger seiner linken. Sein Blick war dabei unverwandt auf Juri Blin gerichtet, der ihn wachsam beobachtete. Der Kneipenwirt war jederzeit bereit, Buster ein Zeichen zu geben, falls Karpo ein Messer ziehen sollte. Doch Karpo hielt weiter seinen kleinen Finger fest. Blin starrte ihn an, als erwarte er einen Zaubertrick.

Karpo bog den kleinen Finger zurück, bog ihn so weit zurück, bis er sich nicht mehr weiter biegen ließ, drückte, und ein schreckliches Knacken hallte durch das fast leere Billy Joel. Buster wurde bleich. Er sah aus, als würde er ohnmächtig werden. Buddy sanken die Arme herab. Juri Blin war übel, und er versuchte, den Blick von dem leblos herabhängenden Finger zu wenden. Es war totenstill, und Juris Atem ging keuchend.

»Sie sind ja verrückt«, sagte Blin und starrte Karpo an, der ihn noch immer unverwandt musterte. Karpo verzog keine Miene.

»Wo kann ich Jakow Kriwonos und diesen Jerold finden?« fragte er gelassen.

Juri Blin zitterte. Er fühlte sich in eine Rolle gedrängt, die er nie hatte spielen wollen. Er hatte keine Lust wie Dan Seymour zu jammern und zu flehen, aber die Regie war ihm entglitten. Er schwieg, weil er viel zuviel Angst hatte, um noch zu antworten. Wie magisch angezogen richtete sich sein Blick auf den herunterhängenden kleinen Finger.

Wenn er mich mit dieser Hand anfaßt, wenn der Finger abfällt, schoß es Juri durch den Kopf. Und am meisten beunruhigte es ihn, daß der Mann keine Schmerzen zeigte.

Karpo griff mit seiner Rechten nach Juri Blins Hand. Juri zuckte zurück, doch Karpo war zu schnell. Er packte sein Handgelenk und hielt ihn fest.

»Buddy, Buster! Er gehört euch«, sagte Juri mit trockenem Mund.

»Keine Bewegung! Oder ich schieße!« drohte Karpo.

Weder Buster noch Buddy rührten sich, als Karpos Finger sich zu Juri Blins kleinem Finger vortasteten und ihn packten.

Juri verlor die Beherrschung. Sein Schluchzen war durch nichts mehr aufzuhalten. Seine Brust hob und senkte sich. Er verdrehte die Augen. Er fühlte, wie Karpos Griff fester wurde. Juri versuchte, ihm seine Hand zu entziehen, doch Karpo hatte bereits damit begonnen, den kleinen Finger zurückzubiegen, und Juris Bewegung löste einen stechenden Schmerz aus.

Juri wußte, daß er mehr nicht ertragen konnte.

»Kennen Sie den Wohnblock am Kalanin-Prospekt? Den großen hinter dem Café Metelista?« stieß Blin hervor und hielt den Atem an. Er wartete auf das furchtbare Knacken, den ohnmächtigen Schmerz.

»Ja«, antwortete Karpo.

»Dort haben sie eine Wohnung. Ich weiß nicht genau, wo. Auch nicht, unter welchem Namen... Ich... Ich habe gehört, wie sie sich unterhalten haben«, flüsterte Blin. »Und ich habe diesen Jerold dort gesehen – im Straßencafé, an einem der Tische unter den Sonnenschirmen.«

»Sie haben ihn gesehen?« wiederholte Karpo.

»Zweimal«, erwiderte Blin eilfertig. »Ich fahre jeden Tag auf dem Weg hierher dort vorbei. Buddy, du hast ihn doch auch gesehen.«

»Kann mich nicht entsinnen«, kam es von Buddy.

»Buster?« fragte Juri beinahe flehentlich.

»Ja, schon möglich«, antwortete Buster.

Karpo ließ Juri Blins Finger los. Der fette Kneipenbesitzer sank auf seinem Stuhl zurück. Große Schweißflecken hatten sich auf seinem Anzug gebildet. Sein Blick schweifte zu Buddy, der enttäuscht schien.

Er hätte es gern gesehen, dachte Juri Blin. Er wollte, daß dieser Verrückte mir das Rückgrat bricht. Blin hatte das dringende Bedürfnis, Buddy in die Augen zu sehen, ihm eine deutliche Drohung zukommen zu lassen. Aber er brachte es nicht fertig. Buddy und Buster waren Zeugen seiner Schmach geworden. Ihr Verhältnis würde nie wieder so sein wie früher. Zum ersten Mal in seinem Leben dachte Juri Blin ernsthaft an Mord; nicht an die Ermordung dieses gespenstischen Polizisten, der mittlerweile seine Dienstwaffe eingesteckt und rückwärts zur Tür gegangen war; vielmehr an den Tod der beiden Männer Buster und Buddy, Juri Blins Schöpfung, die den unverzeihlichen Fehler gemacht hatten, Zeugen von Juri Blins totaler Erniedrigung zu werden, eine Erniedrigung, die zu vermeiden Blin einst seine Familie verlassen hatte.

»Versuchen Sie ja nicht, Kriwonos zu warnen«, sagte Karpo, die rechte Hand an der Türklinke. »Sonst komme ich wieder.«

Juri Blin schwieg. Er hatte nicht die Absicht, Kriwonos oder dem Amerikaner mitzuteilen, daß er sie aus Angst vor einem gebrochenen kleinen Finger verraten hatte. Juri zweifelte keinen Augenblick, daß Kriwonos oder der Amerikaner zu wesentlich drastischeren Maßnahmen greifen würden, sollten sie erfahren, was er diesem wahnsinnigen Polizisten erzählt hatte.

Karpo verließ das Billy Joel durch den Vordereingang und trat auf die Straße. Er widerstand dem Schmerz, der einem scharfen Messer gleich durch seinen Finger über den Arm und in den Ellbogen fuhr, wo er sich schließlich, tausend Nadelstichen gleich, festgesetzt hatte. Er ging langsam zur nächsten Ecke, vergewisserte sich, daß niemand ihm folgte und bog ab.

Es waren Passanten unterwegs, doch sie sahen den bleichen Mann nicht an, der den kleinen Finger seiner linken Hand faßte, und nur ein kleines Mädchen an der Hand einer verhärmt wirkenden Frau, die seine Mutter oder Großmutter hätte sein können, beobachtete, wie Karpo den Finger bewegte und die Zähne zusammenbiß. Das kleine Mädchen war beinahe enttäuscht, daß er dabei nicht die langen Eckzähne eines Vampirs entblößte.

Als das Mädchen vorbeigegangen war, hörte es ein Knakken. Es versuchte, sich umzusehen, doch die Frau zerrte es weiter.

Emil Karpo hatte den Finger wieder eingerenkt. Die Schmerzen ließen augenblicklich nach, und er konnte sich auf das konzentrieren, was jetzt vor ihm lag. Ein Rest an Schmerzen würde zwar bleiben, aber damit konnte er leben.

Karpo hatte sich schon öfter den kleinen Finger ausgerenkt, aber das war immer ein Unfall gewesen. Angefangen hatte es mit einem Sturz außerhalb des Türkischen Bads neben dem Hotel Metropole während der Verfolgung einer Lehrerin namens Wikowswizka. Das war mittlerweile sechs Jahre her. Er hatte die Wikowswizka verhaftet und sich dann von einem der Polizeiärzte in der Behörde des Generalstaatsanwalts behandeln lassen. Karpo hatte die geschickten Handgriffe des Arztes aufmerksam und interessiert beobachtet. Seither hatte er sich den Finger noch zweimal ausgerenkt. Einmal während des Beischlafs mit Mathilde Verson in der Wohnung von deren Tante, ein anderes Mal bei einem Polizeieinsatz mit Rostnikow. In beiden Fällen hatte Karpo wie auch jetzt den Finger selbst wieder eingerenkt. Zehn Minuten später stand Karpo auf dem Kalinin-Prospekt.

Karpo ging durch die Fußgängerunterführung vor dem Restaurant Arbat und schlenderte an der Buchhandlung ›Haus des Buches‹ und dem Kino Oktober-Palast vorbei, in das er Carla am Vorabend gefolgt war.

Fünf Minuten später hatte er den Wohnblock erreicht und versuchte festzustellen, wo unter über tausend Wohnungen jene liegen mochte, die von Jerold und Jakow Kriwonos benutzt wurde.

Karpo wußte, daß möglicherweise weder Kriwonos noch Jerold die Wohnung angemietet hatten. Ebensogut konnte sie einem Bekannten gehören, den sie für die Nutzung der Unterkunft bezahlten. Letzteres war nicht nur möglich, sondern sogar wahrscheinlich. Trotzdem wandte Karpo sich als erstes an den Hausverwalter, einen untersetzten kleinen Mann, der sogar hinter seinem Schreibtisch eine Arbeitermütze trug. Er war Karpo keine Hilfe, beklagte nur das schwindende Ansehen der Partei und den Anstieg von Beschwerden und Drohungen.

»Sind Sie Parteimitglied?« fragte der Verwalter, obwohl er die Antwort bereits kennen mußte. Schließlich hatte er Karpos Mitgliedskarte in dessen Brieftasche gesehen.

»Heutzutage ist doch Parteimitgliedschaft nicht mehr als ein Witz«, jammerte der Mann. »Bald tritt auch Gorbatschow aus, und dann treiben sie uns alle, die wir loyal geblieben sind, zusammen und erschießen uns.«

Karpo ging, während der Verwalter unaufhörlich weiter zeterte. Draußen auf dem Kalinin-Prospekt überdachte er seinen nächsten Schritt. Karpo konnte Oberst Snitkonoi um Hilfe bitten und ihn überreden, zwanzig bis dreißig Beamte freizustellen, um den Wohnblock gründlich nach Jakow und Jerold durchzukämmen. Damit allerdings wußte der Graue Wolf, daß Karpo weiter in dem Fall ermittelte. Zweifellos würde man ihn umgehend anweisen, Moskau zu verlassen. Dabei war längst nicht sicher, ob eine solche Aktion Erfolg haben würde. Vielleicht hatten die beiden Männer die Wohnung längst verlassen.

Karpo sah auf die Uhr. Er hatte noch den Nachmittag, die Nacht und bis Mitternacht des folgenden Tages Zeit. Zwei Stunden konnte er also opfern, um den Eingang des Wohnblocks im Auge zu behalten, bevor er mit seiner Klingeltour begann.

Der pochende Schmerz in seinem kleinen Finger war noch immer nicht vollständig verebbt. Er ging zwischen Passanten den Bürgersteig entlang und stellte sich, die Arme vor der Brust verschränkt, unter einen Lampenpfosten. Weder kaufte er eine Zeitung, noch schenkte er den Vorbeieilenden Beachtung. Unbeeindruckt von der herrschenden Hitze und hohen Luftfeuchtigkeit wartete er nicht ein oder zwei, sondern vier Stunden und beobachtete das Kommen und Gehen vor dem Eingang des Mietshauses. Gegen Ende der vierten Stunde sah er Jerold herauskommen. Jerold wandte sich nach links und ging davon.

Aber Jerold ging nicht weit. Er fand im Café Metelista unter einem verblichenen Sonnenschirm einen Tisch im Freien. Direkt an der Straße wäre noch ein Tisch frei gewesen, doch Jerold wählte einen abseits gelegenen Platz, von dem aus er die Straße überblicken konnte.

Karpo näherte sich unauffällig, wartete, bis Jerold bestellt hatte und ging dann um einen der flachen Tontöpfe mit Sommerblumen herum, die vor dem Café aufgestellt waren. Karpo wollte so nahe wie möglich an den Mann herankommen. Er hatte nicht vor, auf ihn zu schießen. Im Gegenteil; er brauchte ihn, um Kriwonos zu finden. Falls er jedoch schießen mußte, sollte es aus nächster Nähe geschehen, um keine Unschuldigen auf der belebten Straße zu gefährden.

Karpo schlenderte unauffällig an der Tischreihe am Straßenrand entlang, hielt sich im Schatten der Sonnenschirme und schenkte den übrigen Gästen keine Beachtung. Er brauchte zwei Minuten, um zu dem Tisch zu gelangen, der dem Mann namens Jerold am nächsten stand.

Hinter dem Sonnenschirm überdachte Karpo kurz die Möglichkeit, daß Jerold auf Kriwonos wartete, und entschied, daß das unwahrscheinlich war. Weshalb hätten sie das Wohnhaus getrennt verlassen und damit Umsicht an den Tag legen sollen, nur um in der Öffentlichkeit des Cafés jede Vorsicht außer acht zu lassen? Kriwonos war gezwungen, im Hintergrund zu bleiben. Die rechte Hand am Jackett, um jederzeit die Waffe ziehen zu können, nahm Karpo die fünf Schritte über den Asphalt und setzte sich Jerold direkt gegenüber. Letzterer führte gerade eine Tasse Kaffee an die Lippen und las in der *Prawda*, die er aus der Tasche gezogen hatte.

»Ich habe mir erlaubt, Tee und eine griechische Süßigkeit für Sie zu bestellen«, sagte Jerold in nahezu akzentfreiem Russisch, stellte die Tasse ab und faltete die Zeitung zusammen. »Ich war nicht sicher, wer zuerst kommen würde – Sie oder der Ober. Ich habe Sie schon seit über zwei Stunden vom Fenster aus beobachtet.«

»Ich bin hier, um Sie zu verhaften«, entgegnete Karpo. »Und zwar wegen Beihilfe zum Mord. Sie haben Jakow Kriwonos bei der Flucht vom Tatort geholfen. Außerdem haben Sie versucht, einen Polizeibeamten der Sowjetunion zu töten, sind widerrechtlich in die Wohnung einer sowjetischen Bürgerin eingedrungen und haben diese tätlich angegriffen. Dem

Gesetz nach müßte ich Sie zu diesem Zeitpunkt noch darüber informieren, was Ihnen zur Last gelegt wird. Sie sollen allerdings wissen, daß das sehr schwerwiegende Anschuldigungen sind und daß das sowjetische Gesetz auch vor ausländischen Staatsbürgern nicht haltmacht.«

»Kurz gesagt«, erwiderte Jerold und rieb sich mit den langen Fingern seiner linken Hand über den Bart, »Sie wollen etwas von mir. Und Sie hoffen es zu bekommen, indem Sie mich vor den Konsequenzen meines Tuns warnen?«

»Exakt«, sagte Karpo.

»Ah, da kommt Ihr Tee und Gebäck«, bemerkte Jerold. »Seit der Wirtschaftsreform ist der Service hier besser geworden. Daran ist wohl der kapitalistische Anreiz, Geld zu verdienen, schuld, was, Genosse?«

Die Frage war an den jungen Ober gerichtet, der eine kleine Tasse Tee und einen Teller mit einem vor Honig triefenden Gebäckstück vor Karpo hinstellte.

»Ja, mein Herr«, antwortete der Ober lächelnd.

»Mit dem Eigentum steigen die Profite, vorausgesetzt, man besitzt ein Unternehmen, das etwas abwirft«, fuhr Jerold fort. »Aber mit Profit und Eigentum fallen auch Kontrollen weg. Erpressung heißt das neue Schlagwort. Die Preise steigen. Die Sowjetunion durchlebt die Geburtswehen wirtschaftlicher Reformen. Und da herrscht plötzlich Korruption wie in einer Bananenrepublik. Es macht Ihnen doch nichts aus, daß ich über Wirtschaftsfragen spreche, Inspektor?«

»Mich interessiert Kriwonos«, sagte Karpo, die rechte Hand auf dem Schoß, um jederzeit die Waffe ziehen zu können.

Der Ober entfernte sich.

»Tja, bevor eure neuen Führer das kapitalistische Eigentumsprinzip eingeführt haben, hatten die Leute hier ein festes Einkommen. Es war vielleicht niedrig, aber man bekam es in guten und in schlechten Zeiten. Sicher, es gab kaum Anreize, viel zu arbeiten, Kunden zufriedenzustellen, und so hat man eben gelernt, nichts voneinander zu erwarten. Was passiert nun aber mit dem Ladenbesitzer, dem Bauern, der plötzlich Kapitalist ist? An wen verkauft er seine Waren? Früher hat ihm die Regierung alles abgenommen. Jetzt ist er auf Gedeih und Verderb dem freien Markt ausgeliefert. Und wie im Falle der Bauern gibt es häufig keinen anderen Käufer als die Regierung. Das ist das Problem. Verstehen Sie?«

»Ich sehe viele Probleme«, bemerkte Karpo und führte die Tasse mit der linken Hand an die Lippen, ohne Jerold aus den Augen zu lassen.

»Jetzt können Regierung, der Konsument, dem neuen Kapitalisten die Bedingungen diktieren«, fuhr Jerold fort. »Was ein Leben lang Sicherheit bedeutet hat, ist plötzlich nicht mehr da. Freiheit und Kapitalismus haben Unsicherheit mit sich gebracht, und unsere Leute hier haben ihr ganzes Leben unter dem sicheren, wenn auch oft ärmlichen Schutz von Mütterchen Rußland gelebt.«

»Unsere Leute?« wiederholte Karpo. »Sie sind ein Sowjetbürger?«

»Ich bin...« Jerold sah ernst auf. »Ich bin ein Rätsel.«

»Blin hat Sie angerufen«, stellte Karpo fest.

»Nein«, widersprach Jerold. »Sein junger Adlatus, Buddy. Buddy heißt eigentlich Serge. Er will nicht mehr Buddy genannt werden. Buddy ist ein sowjetischer Kapitalist der neuen Generation. Er verkauft seine Dienste dem Meistbietenden. Er hofft, daß ihm seine Treulosigkeit wirtschaftliche Sicherheit einbringt.«

»Kriwonos«, sagte Karpo, trank den Tee aus und setzte vorsichtig die Tasse ab, als ein Junge und ein Mädchen laut jauchzend vorbeirannten.

»Und wenn ich es Ihnen nicht sage? Brechen Sie mir dann den kleinen Finger?« Jerold hielt seine linke Hand hoch.

Karpos Blick schweifte nur den Bruchteil einer Sekunde

zu der erhobenen Hand und dem ausgestreckten Finger. Und er wußte, daß er einen Fehler gemacht hatte. Jerolds linke Hand lag auf dem Tisch. Karpos rechte Hand war unter dem Tisch.

»Ich habe eine Waffe auf dem Schoß«, erklärte Jerold leichthin. »Eine Webley, Kaliber 9 mm. Ziemlich laute Angelegenheit. Und ich bin sicher, daß Sie mittlerweile Ihre Dienstpistole in der Hand haben. Sollen wir uns gegenseitig erschießen? Soll ich's riskieren und schießen und hoffen, Sie zuerst zu erledigen? Haben Sie dasselbe vor? Natürlich können wir uns hier gegenübersitzen, bis zufällig ein Polizist vorbeikommt, der Ihnen Beistand leistet. Dann muß ich Sie erschießen und, falls ich dann noch lebe, auch den Polizisten töten. Kriwonos kommen Sie dadurch nicht näher. Sagen Sie, Inspektor... wäre es Ihnen Ihr Leben wert, ihn zu kriegen?«

»Es ist meine Pflicht«, entgegnete Karpo. »Wenn es mein Leben kostet, dann sterbe ich in Erfüllung meiner Pflicht. Mein Leben höher einzuschätzen als den Sinn meines Lebens bedeutet, daß mein Leben keinen Sinn hat.«

»Faszinierend«, murmelte Jerold. »Und was ist, wenn Ihr Tod keinen Sinn hat? Wenn Überleben bedeutet, daß Sie eine andere Chance oder Chancen haben würden, dem Staat zu dienen, Kriwonos zu finden und zu verhaften?«

»Der Mensch ist fähig, in allem Tun einen Sinn zu sehen... auch im Nichtstun.«

»Sie kennen wohl Ihren Karl Marx?« sagte Jerold.

»Ich glaube meinem Karl Marx«, sagte Karpo.

»Emil Karpo«, begann Jerold ernst. »Stecken Sie Ihre Waffe ein, stehen Sie auf und gehen Sie nach Hause. Packen Sie Ihre Sachen und fahren Sie endlich in Urlaub.«

Bevor Karpo noch etwas sagen konnte, seufzte Jerold und fuhr fort: »Aber natürlich können Sie nicht einfach aufstehen, davonlaufen und sich um den Sinn Ihres Lebens betrügen. Ich bewundere Ihre Hingabe. Aber in dieser seltsamen neuen

Welt sind Sie ein Saurier. Ohne ein gewisses Maß an Pragmatismus können Sie nicht überleben. Aber da Sie sich nicht ändern wollen, werden Sie auch nicht überleben.«

Karpo hatte den Augenblick präzise vorausberechnet. Er warf sich nach links, als Jerold schoß. Der weiße Metallstuhl schlug klappernd auf den Asphalt. Jerold war aufgesprungen. Er schoß erneut. Die Kugel schlug in die Tischplatte. Um sie herum schrien Menschen. Karpo, der noch mit dem Stuhl kämpfte, schoß vage in Jerolds Richtung, der geduckt den Rückzug in Richtung Straße angetreten hatte.

Einen Moment lang fiel kein Schuß mehr. Karpo wußte, daß er auf diese Entfernung nicht schießen konnte, daß die Gefahr, einen der Passanten zu treffen, die hinter Jerold auseinanderstoben, zu groß war. Dann hob Jerold die Waffe und zielte erneut auf Karpo. Karpo rollte nach rechts ab und stieß noch in der Bewegung den Tisch samt Sonnenschirm um, an dem sie gesessen hatten. Jerold war verunsichert. Er drehte sich um und rannte den Kalinin-Prospekt hinunter und zur anderen Straßenseite. Karpo sprang hinter dem umgekippten Tisch vor und stieß den Sonnenschirm aus dem Weg, als Jerold in einen dunklen Wagen sprang, der am Straßenrand gehalten hatte.

Karpo konnte den Fahrer nicht deutlich erkennen, sah jedoch, daß es sich um einen jungen Mann mit kurzem Haar und Brille handelte. Jakow Kriwonos, da war Karpo sich sicher.

Als der Wagen davonschoß und einen weißen, geparkten Wolga rammte, rannte Karpo los. Als er die Straße erreichte, schlängelte sich der dunkle Wagen bereits durch den Verkehr. Karpo lief auf den parkenden weißen Wolga zu, den Kriwonos angefahren hatte, als etwas an der Bordkante seine Aufmerksamkeit erregte. Er blieb kurz stehen, um sich zu vergewissern. Es war ein Blutfleck. Er hatte Jerold getroffen.

Der Fahrer des Wolga, ein magerer Mann mit Glatze in

dunklem Anzug, stand am Straßenrand, die Autoschlüssel in der Hand, und starrte die bewaffnete gespenstische Erscheinung an, die da auf ihn zukam. Im nächsten Moment warf der Mann mit Glatze seine Schlüssel fort, sank in die Knie und schlug die Hände vors Gesicht.

Es war zu spät. Der abendliche Berufsverkehr hatte eingesetzt und den schwarzen Wagen in sich aufgesogen.

»Stehen Sie auf!« sagte Karpo. »Ich bin von der Polizei.«

Er steckte die Waffe ins Schulterhalfter unter dem Jackett und versetzte den Autoschlüsseln einen Fußtritt, daß sie vor dem Wolga-Fahrer landeten. Hinter seinem Rücken hörte er bereits das unangenehme Sirenengeräusch eines Einsatzwagens. Davonzulaufen hatte keinen Sinn. Er wußte genau, daß man ihn problemlos identifizieren würde und daß innerhalb der nächsten Stunde ein Bericht über die Schießerei auf dem Schreibtisch des Grauen Wolfs landete. Der Oberst allerdings war ein vielbeschäftigter Mann. Wenn er Glück hatte, dauerte es Stunden, bis er ihn zur Kenntnis nahm.

Nein, entschied Karpo. Es war das beste, zur Petrowka zurückzukehren, einen Bericht zu schreiben, die von Inspektor Rostnikow gewünschte Information am Computer abzurufen und sich aus dem Staub zu machen, bevor er erneut zum Oberst bestellt werden konnte.

An diesem Tag hatten sich die Vorzeichen verändert. Jerold war verletzt. Kriwonos hatte sich ein anderes Aussehen gegeben, und Jerold hatte genug gesagt, um Karpo eine Unterredung mit Profirij Petrowitsch Rostnikow als sehr dringend erscheinen zu lassen.

8

»Und was jetzt?« Jakow Kriwonos sah zu, wie die magere Frau mit strähnigem Haar Jerold die Hose von den Beinen streifte.

»Es ändert sich nichts«, sagte Jerold. Er lag auf dem Bauch, wie die Frau mit dem strähnigen Haar ihn angewiesen hatte.

»Es ändert sich nichts«, stimmte Jakow zu und sah sich im Zimmer um.

Es roch nach Medikamenten und Tabak, und die Frau im formlosen schwarzen Kleid mit den roten Tupfen tat nichts, um die Atmosphäre aufzulockern. Sie sprach kaum ein Wort, tat so, als sei Jakow Luft.

Jakow war über dreißig Kilometer auf der Kaschiraer Chaussee nach Gorki Leninskyje und zu dem Häuschen gefahren, in dem sich jetzt die Frau mit Jerolds Hose abmühte. Sie hatte die Tür geöffnet und sie wortlos ins Haus gezogen.

»Ich brauche meine Waffe«, sagte Jakow und ging in dem kleinen Zimmer auf und ab, das zu einem Behandlungszimmer umfunktioniert worden war. »Und ich brauche meine Musik. Wann bringst du mir eine andere Madonna-CD?«

»Im Augenblick brauchst du mich«, entgegnete Jerold, als die Frau die Hose schließlich an den Beinen aufschnitt. »Später kriegst du deine Madonna.«

Jakow unterbrach seine unruhigen Wanderungen und starrte auf die Schußwunde an Jerolds rechter Hüfte. Der Beifahrersitz des gestohlenen Wagens war blutgetränkt, und obwohl Jerold weder gestöhnt noch geklagt hatte, war seine Stimme während der Fahrt doch merklich leiser geworden, und sein Atem ging seither schwerer. Als sie das Haus erreicht hatten, war Jerold bleich geworden.

Jerolds Wunde war dunkel und kreisrund, groß genug, um

einen Finger hineinzulegen. Jakow fragte sich, ob Jerold schreien würde, wenn er plötzlich mit einem Finger in die Wunde stieß. Würde die Ärztin, die keinerlei Emotionen zeigte, ebenfalls kreischen, wenn er sich anschließend Jerolds Blut vom Finger leckte? Keine unerheblichen Fragen, fand Jakow. Fragen, die in einem Song vorkommen sollten, in einem Song, den Jakow schreiben sollte, schreiben würde. Carla hatte die Idee, Songs zu schreiben, für lächerlich gehalten. Sie hatte das zwar nie ausgesprochen, doch er wußte, was sie dachte. Er hatte wundervolle Ideen für Songs. Vielleicht stellte er schnell eine Band zusammen und trat im Billy Joel auf, nachdem er Juri Blin umgebracht hatte. Unsinn, dann war er ja längst in Las Vegas. Jetzt war sie ihm entfallen – die Frage, über die er einen Song schreiben wollte, war ihm entfallen. Carla hatte ihm geraten, seine Ideen in einem Notizbuch festzuhalten. Vielleicht tat er das wirklich. Sobald er das Geld von Jerold hatte, würde er Songs schreiben, Gitarre spielen lernen, den besten Lehrer engagieren.

»Der Knochen ist unverletzt«, stellte die Ärztin fest. Sie hatte Gummihandschuhe übergestreift und untersuchte die Wunde. Jerold ließ es stumm über sich ergehen.

»Ich kann die Kugel entfernen.«

»Worauf warten Sie dann noch?« Jerold drehte sich auf die Seite und sah sie an.

»Sie brauchen Blutkonserven«, sagte die Frau, ging zum Waschbecken in der Ecke und warf die blutigen Handschuhe hinein.

»Dann beschaffen Sie sie«, forderte Jerold.

Die Ärztin sah ihn an und nickte. Dann schweifte ihr Blick zu Jakow.

»Ich geh' raus in den Wald und spiele ein bißchen mit der Walther und der Super Blackhawk.«

Die Frau sah Jakow an. Ihre Blicke trafen sich. Jakow wandte sich als erster ab.

»Die Blackhawk ist im Wagen«, murmelte Jakow und suchte im Zimmer nach etwas, womit er spielen konnte.

Jakow spielte mit dem Gedanken, die Ärztin umzubringen, sobald sie Jerold verarztet hatte. Doch es gab viele Gründe, weshalb er es nicht tun würde. Die Vorstellung, dieses emotionslose Wesen zu berühren, gefiel ihm nicht. Er hatte Angst, daß sie keine Reaktion zeigen und ihn nur geringschätzig mustern würde. Und vielleicht verhöhnte sie ihn, wie Carla es getan hatte. Das war es gewesen! Jetzt fiel ihm ein, weshalb er Carla aus dem Fenster geworfen hatte. Sie hatte ihn ausgelacht, weil er keinen hochgekriegt hatte. Carla hatte Jerolds Pillen die Schuld gegeben und dabei gelächelt. Jetzt lächelte Carla nie mehr.

»Der dich angeschossen hat«, begann Jakow und betrachtete sich im Spiegel über dem Waschbecken. Er versuchte in diesem Beamtengesicht den Jakow wiederzuentdecken, den er kannte. »Der, der versucht hat, mich umzubringen. Ich kann zurückfahren und ihm ein paar Kugeln verpassen, während sie sich um dich kümmert.«

»Du bleibst hier«, erklärte Jerold in seinem Rücken.

»Du brauchst Tage, eine Woche bis...«, begann Jakow, als die Frau aus dem Zimmer ging.

»In zwei Stunden bin ich wieder fit. Es ändert sich nichts. Den Polizisten müssen wir nicht umbringen. Er ist völlig unwichtig.«

»Er hat dich angeschossen«, erinnerte Jakow ihn und wandte sich vom Spiegel ab. Die Instrumente, vor allem die Skalpelle interessierten ihn. Es juckte ihn in den Fingern, eines in die Hand zu nehmen, es zwischen den Fingern spielerisch zu drehen, das Licht damit einzufangen. Er hatte es früher schon einmal getan. Das war gar nicht so lange her.

»Rache ist sinnlos«, entgegnete Jerold, dem es Mühe machte, den Kopf hochzuhalten.

»Wenn mir jemand was tut, dann sitzt der Stachel tief«,

sagte Jakow und tippte sich an die Brust. »Und dann muß ich ihn rausziehen.«

»Denk an was anderes. Denk an Las Vegas.«

Jakow brummte Unverständliches. Er konnte kein Skalpell entdecken.

Vielleicht lebe ich lieber in Hollywood statt in Las Vegas, überlegte er. Das konnte auch recht hübsch sein. In den Staaten reich zu sein war immer ein Fest. Madonna kennenzulernen wäre ein Fest... aber es saß ein Stachel in Jakow Kriwonos Brust, und dieser Stachel nahm allmählich die Gestalt des Polizisten an, der aussah wie der leibhaftige Tod. Er wollte ihm nicht ins Gesicht sehen und wußte doch, daß ihm nichts anderes übrigblieb.

Jerold hatte die Augen geschlossen, als er sich auf dem Operationstisch zurücklegte, doch die Ärztin sah Jakow an. Er wich ihrem Blick aus.

»Ich gebe dir etwas«, sagte sie, ging zu einem Eckschrank und öffnete ihn.

»Er muß einen klaren Kopf behalten«, murmelte Jerold mit geschlossenen Augen.

Die Frau antwortete nicht. Sie nahm ein Fläschchen heraus und öffnete es. Rot-weiße Kapseln glitten in ihre Hand. Sie gab sie Jakow. Jakow schluckte sie ohne Flüssigkeit hinunter.

Unfreiwillig rutschte Jakow ein »Danke« heraus.

Aber seine Mutter sagte nichts.

Emil Karpos Anruf kam am Nachmittag, als Rostnikow und der Amerikaner McQuinton mit ihrer Lektüre in der Halle des Lermontow saßen. Rostnikow hatte sich in das reichlich abgegriffene Exemplar von Ed McBains ›Ax‹ vertieft, das er bereits zum siebten Mal las. Lester McQuinton hatte sich ›When the Sacred Ginmill Closes‹ von Lawrence Block vorgenommen, das Porfirij Petrowitsch ihm geliehen hatte.

Rostnikow hatte zwei Stunden damit verbracht, zum Fitneßraum im Sanatorium zu kommen, an den Gewichten zu trainieren und zurückzufahren. In der Hotelhalle war er McQuinton in die Arme gelaufen, der auf den Aufruf zum Mittagessen wartete.

»Ich kann mich einfach nicht daran gewöhnen, erst um zwei zu essen«, gestand der Amerikaner. »Die Frauen sind noch nicht zurück. Essen Sie mit mir?«

Rostnikow war einverstanden. Sie hatten den genossenschaftlichen Berg einer undefinierbaren Reisspeise mit Fleischstückchen und okraähnlicher Gemüsedekoration verspeist.

Beim Essen sprachen sie Englisch, und Rostnikow hatte vorgeschlagen, am Nachmittag zu lesen und auf die Frauen zu warten. McQuinton war sofort einverstanden gewesen.

»Andy will die ganze Zeit was unternehmen«, seufzte er. »Sie möchte am liebsten alles abhaken – sie findet, es sei Verschwendung, sich hier zu erholen und meint, das könnten wir auch zu Hause haben. Ihr Freund von gestern abend beobachtet Sie übrigens wieder.«

Rostnikow hatte genickt. Er saß in einem Sessel am Fenster. Obwohl Rostnikow nicht kalt war, hatte er eine dicke Jacke aus dem Zimmer mitgebracht und trug sie bis oben zugeknöpft. Gleichzeitig hatte er das Buch für McQuinton geholt und festgestellt, daß seine Habseligkeiten sehr unauffällig und professionell durchsucht worden waren. Jetzt saß Mischa Iwanow auf der gegenüberliegenden Seite der Halle, hatte eine Zeitung aufgeschlagen und gab sich ganz ungeniert der Erfüllung seiner Pflicht hin. Rostnikow hatte recht gehabt. Iwanow war trotz seines direkten Kontakts mit Rostnikow nicht abgelöst worden.

Für Rostnikow war es ein Nachmittag des Wartens. Er konnte nichts tun, solange Iwanow sich nicht an ihn wandte, solange Karpo nicht anrief und Sarah und die Amerikanerin nicht zurückkamen. Und wie immer war das Nichtstun die größte Prüfung für einen Polizisten. Es war die Aufgabe, die ihn am meisten forderte, die den Polizisten auf falsche Gedanken brachte, ihn an die Kleinlichkeit seiner Vorgesetzten, die Ungerechtigkeit der Welt, die Langeweile, die häufig zu Fehlern führte, und die Vergeudung von Zeit und die Schuldgefühle denken ließ, die Untätigkeit mit sich brachte. Und obwohl Untätigkeit oft nötig war, stellte sie doch die größte Bedrohung für die psychische Stabilität eines Polizisten dar.

Als Karpos Anruf kam, entschuldigte sich Rostnikow bei McQuinton, rang seinem linken Bein ein Mindestmaß an Kooperation ab und ging quer durch die Hotelhalle zur Telefonzelle. Dabei war er sich Mischa Iwanows aufmerksamen Blikken wohl bewußt.

»Emil Karpo«, begann er, nachdem Karpo sich gemeldet hatte. »Hatten Sie einen anstrengenden Tag?«

Karpo berichtete knapp von seinem Zusammentreffen mit Jerold und wartete schweigend, bis Rostnikow die Story verdaut hatte.

»Politik und Ideologie«, sagte Rostnikow. »Mord aus Leidenschaft, Drogendelikte, Verbrechen von Geistesgestörten, das ist alles so viel einfacher. In Amerika muß sich die Polizei kaum mit Politik und Ideologie herumschlagen.«

»In Amerika bringen sich die Leute wegen nichts um«, entgegnete Karpo.

»Ich habe ja nicht gesagt, daß das besser ist, nur einfacher«, erwiderte Rostnikow.

»Ich habe mir die Liste der Ermittlungsbeamten sämtlicher Abteilungen angesehen, die augenblicklich in Urlaub sind. Sie war zu lang, als daß ich sie unbemerkt hätte ausdrucken können. Allerdings ist die Zahl für diese Jahreszeit nicht ungewöhnlich. Sie liegt genaugenommen nur zwei Prozent über dem Jahresdurchschnitt. Ich habe alle diejenigen notiert, die sich in der Gegend von Jalta aufhalten. Ihre Anzahl liegt ebenfalls im Rahmen des üblichen... Fünf Prozent über dem statistischen Mittelwert. Ungewöhnlich sind lediglich Rang und Karriere dieser Urlauber.«

»Was Sie nicht sagen, Emil Karpo«, seufzte Rostnikow und sah durch das kleine runde Glasfenster der Telefonzelle auf Mischa Iwanow, der ihn ungeniert beobachtete.

»Augenblicklich befindet sich eine ungewöhnlich große Anzahl von leitenden Ermittlungsbeamten sämtlicher Abteilungen im Urlaub«, fuhr Karpo fort. »Normalerweise gehen diese leitenden Beamten gestaffelt in Urlaub. Hier beträgt die statistische Abweichung vom Mittelmaß achtzig Prozent.«

»Mögen Sie Computer, Emil Karpo?«

»Ich finde sie nützlich«, antwortete er.

»Sie können sich offenbar gut mit ihnen unterhalten«, bemerkte Rostnikow.

»Ich unterhalte mich nicht mit ihnen«, korrigierte Karpo. »Sie liefern Daten aufgrund von korrekt installierten Programmen, die man abrufen kann. Die Computer der Petrowka sind eine interessante Fundgrube für den, der damit umgehen kann.«

»Es heißt, Lenin habe Telefone geliebt«, bemerkte Rostnikow. »Und zwar so sehr, daß er zahllose Apparate auf seinem Schreibtisch stehen hatte, daß er die Moskauer Telefonzentrale sogar direkt in seinem Vorzimmer eingerichtet hat.«

»Lenin hat Telefone nicht als Objekte geliebt«, widersprach Karpo. »Er wollte die Kommunikation in der postrevolutionären Phase unter Kontrolle haben. Das war lebenswichtig.«

»Und wenn er wollte, konnte er jedes Telefonat in Moskau mithören«, warf Rostnikow ein.

»Ja, das konnte er«, pflichtete Karpo bei.

»Ich glaube, wir sollten uns nicht mehr telefonisch verständigen«, sagte Rostnikow.

»Wie Sie meinen, Inspektor.«

»Seien Sie vorsichtig, Emil Karpo.«

Sie legten auf. Rostnikow trat aus der Telefonzelle, nahm zwei Tassen mit heißem Tee und kehrte zu der Sitzgruppe zurück, wo der Amerikaner, die halbe Brille auf der Nase, in sein Buch vertieft war.

»Ich mache einen Spaziergang«, verkündete Rostnikow. Er reichte McQuinton eine Tasse Tee und stellte die andere neben den Sessel, auf dem er sein Buch zurückgelassen hatte. Er zog seine Jacke aus und legte sie neben das Buch.

»Ich komme mit«, erklärte McQuinton und klappte den Kriminalroman zu.

»Nein, bitte nicht«, wehrte Rostnikow ab. »Die Frauen müssen jetzt gleich zurückkommen. Es ist besser, wenn wenigstens einer von uns hier ist. Ich bleibe nicht lange weg.«

»Also gut.« McQuinton lehnte sich im Sessel zurück.

Rostnikow ging nicht zum Vergnügen spazieren. Die Schmerzen in seinem Bein waren unangenehm, und obwohl er sich täglich zwang, eine gewisse Strecke zu Fuß zu gehen, hatte er das gesunde Maß an Bewegung an diesem Tag längst überschritten.

Rostnikow schlug den Weg zur Herrentoilette hinter der Hotelhalle ein. Mischa Iwanow beobachtete ihn zwar, blieb jedoch sitzen. Rostnikow hatte sich die Tasse Tee absichtlich geholt und sowohl Buch als auch Jacke auf dem Sessel neben dem Amerikaner zurückgelassen. Es sollte der Eindruck entstehen, er würde nur kurz zur Toilette gehen.

Die Toilette befand sich in einer Nische neben der Tür zum Küchentrakt. Dieser Zugang wurde selten benutzt und war deshalb vermutlich verschlossen, also für Täuschungsmanöver ideal. Rostnikow öffnete die Tür mit Hilfe seines Taschenmessers, ging hinein und drückte sie wieder fest zu. Mischa Iwanow sollte keinen Grund haben, mißtrauisch zu werden. Auf diese Weise dauerte es mindestens drei Minuten, bis er begann, sich aus dienstlichen Gründen Sorgen um Rostnikow zu machen.

Die Küche war leer. Zumindest war niemand zu sehen. Irgendwo sang eine Frau mit einer schönen Stimme ein Volkslied. Das Hotel wäre besser beraten, statt der schrecklichen Akkordeonspielerin diese Frau die Abendunterhaltung bestreiten zu lassen, schoß es Rostnikow durch den Kopf.

Trotz seines steifen Beins hatte Rostnikow das Hotel innerhalb einer Minute verlassen. Er erwartete sich nicht viel von diesem Ausflug. Allerdings war er nötig, wenn er sich endlich wieder auf andere Dinge konzentrieren wollte. Es passierte jetzt ständig, daß ihm eine Melodie einfiel, er nach dem Namen eines Schauspielers oder einem Buchtitel suchte, die er nicht einordnen konnte. Und jedesmal hinderte ihn der Gedanke an diese kleine fehlende Information daran, der Sache auf den Grund zu gehen.

Er hatte Georgi Wassilijewitschs Habseligkeiten und sein Zimmer gründlich überprüft, hatte festgestellt, daß der tote GRU-Agent keine Freunde im Sanatorium gehabt und in der Stadt keinen außer ihn, Rostnikow, gekannt hatte. Wassilijewitschs Zimmer war auch von seinen Mördern durchsucht worden, und es hatte nicht den Anschein, als hätten sie gefunden, wonach sie gesucht hatten.

Aber was könnte das gewesen sein? Wo hatte Wassilijewitsch es versteckt, falls es existierte?

Rostnikow kannte den Weg, den Georgi jeden Abend zum Sanatorium zurückgegangen war. Angenommen, er hatte gemerkt, daß man ihm gefolgt war, konnte es dann nicht sein, daß er seinen Schatz versteckt hatte? Es ist vielleicht nicht unbedingt wahrscheinlich, aber möglich, überlegte Rostnikow. Rostnikow schlug die vertraute Route ein.

Der Himmel war klar, und vom Meer her wehte ein leichter Wind, der nach Tang duftete. Die in der Hotelhalle zurückgelassene dicke Wolljacke wäre jetzt durchaus brauchbar gewesen. Rostnikow ging den verschlungenen Pfad vom Hotel aus hinunter über die Straße und in das Wäldchen. Dort gab es

Bäume, nur Bäume, nichts als Bäume. Falls Wassilijewitsch seinen Schatz in einem Baum versteckt hatte, war die Chance, ihn zu finden, gering. Rostnikow war sicher, daß er ihn außerhalb der Reichweite von Tieren oder Witterungseinflüssen an einer Stelle verborgen hätte, wo er schnell erreichbar war.

Profirij Petrowitsch ließ seine Blicke prüfend über den Weg schweifen und schritt weiter aus. Irgendwo vor ihm hörte er das Lachen eines Paares, konnte jedoch niemanden sehen. Von Zeit zu Zeit blieb er an einem vielversprechend aussehenden Baum oder einer Felsformation stehen, fand jedoch nichts.

Der Weg machte eine Biegung in Richtung Küste. Rostnikow folgte dem Pfad.

Die Stimmen des Paares entfernten sich. Er gelangte zu einem freien Platz zu seiner Linken, einem halbrunden Pavillon auf einem Felsvorsprung mit Ausblick auf das Meer und dem schloßähnlichen Sanatorium in der Ferne. Rostnikow trat vorsichtig auf die Aussichtsplattform, verweilte und starrte einen Augenblick auf die Wellen und vier Vögel in der Ferne. Einer der Vögel tauchte plötzlich in eine Welle ein und verschwand. Rostnikow beobachtete, wie der Vogel wieder auftauchte, das Gefieder schüttelte und sich den anderen erneut anschloß.

Rostnikow machte das Knien große Mühe. Sein linkes Bein protestierte, was die Bewegung schwierig und schmerzhaft machte. Schließlich hatte er es geschafft. Er kniete am Rand der Plattform nieder und griff unter die Betonkante. Seine suchenden Finger tasteten ins Leere. Aber Rostnikow gab so schnell nicht auf. Das Aufstehen würde ihm noch mehr Schwierigkeiten machen. Plötzlich berührte seine Hand etwas Weiches, Lebendiges, das sich sofort verkroch. Rostnikow tastete weiter, als seine Finger ungefähr auf der Hälfte der Strecke die Spitze eines Gegenstandes streiften. Beinahe hätte er ihn gar nicht berührt. Wassilijewitschs Arme und Finger waren länger gewesen als die von Rostnikow. Es war flach und viereckig. Rostnikow streckte sich, packte den Preis seiner Mühe mit zwei Fingern und zog ihn zu sich heran, bis er ihn fest zu fassen bekam. Dann holte er ihn heraus.

Porfirij Petrowitsch mußte sich erst mühsam am Geländer der Plattform hochziehen, bevor er einen Blick auf sein Fundstück werfen konnte. Sein Bein hatte den höchsten Preis für diesen Erfolg bezahlt. Erst als er wieder stand, sah Rostnikow, daß er eine durchsichtige Plastiktasche mit Reißverschluß in der Hand hielt, in der ein rotes Notizbuch steckte. Er nahm das Notizbuch heraus, schob es in die Gesäßtasche seiner Hose, faltete die Plastiktasche zusammen und verstaute sie in der rechten Hosentasche.

Es war Zeit, zurückzugehen. Das Buch konnte er sich später ansehen. Mischa Iwanow mußte mittlerweile zwar wissen, daß er ihm entwischt war, aber viel konnte er nicht dagegen tun. Falls das Buch allerdings den vermuteten Inhalt hatte, würde Rostnikow sein Wissen sowieso bald mit dem KGB-Agenten teilen müssen.

Der Rückweg entpuppte sich als wesentlich mühsamer als der Hinweg. Erstens ging es leicht bergauf, zweitens forderte die Überanstrengung seines Beins allmählich seinen Preis. Rostnikow hatte dringend ein warmes Bad oder eine Dusche nötig. Aber vor allem brauchte er einen Stuhl, auf dem er sich und sein Bein ausruhen konnte.

Rostnikow ging weiter, war jedoch in immer kürzer werdenden Abständen gezwungen, stehenzubleiben, sein schmerzendes Bein zu massieren, ihm gut zuzureden und ihm für die Zukunft eine bessere Behandlung in Aussicht zu stellen. Sein Bein, der alte Feind, hörte nicht auf ihn.

Zwischen den Bäumen um ihn herum war es keinen Augenblick still. Vögel flatterten, das Rauschen der Brandung hallte unter dem dichten Blätterdach wider. Es war ein Ort, an den er mit Sarah zurückkehren wollte.

Das waren seine Gedanken, als ihm plötzlich klarwurde, daß er nicht mehr allein war. Er wußte es, noch bevor er die Biegung erreicht hatte. Und dazu waren keine übersinnlichen Kräfte nötig. Vielleicht war es das gewisse Rascheln von Blättern, ein Nachlassen der allgemeinen Geräusche oder eine leichte Erschütterung des Untergrunds, den er unbewußt registrierte. Jedenfalls wußte er Bescheid. An Umkehr oder Flucht war nicht zu denken. Es konnte ein unschuldiger Spaziergänger sein. Aber Rostnikow bezweifelte es.

Er überlegte hastig, ob er das Notizbuch am Wegrand verstecken sollte, wo er es später wiederfinden konnte, aber die Chancen, daß ihm das gelingen würde, erschienen ihm gering. Also ging er lieber langsam weiter und bog um die Ecke.

Ungefähr fünf Meter vor Porfirij Petrowitsch versperrten ihm jene beiden Männer den Weg, die er bereits im Hotel Lermontow gesehen hatte: Es waren ein kleiner Mann mit Glasauge und ein riesiger junger Kerl mit der Figur eines überdimensionalen Kühlschranks.

9

Sascha Tkach strich sich das Haar aus der Stirn, faßte die Waffe fester und klopfte mit der linken Hand an die Tür. Dahinter ertönte eine Männerstimme.

»Wer ist da?«

»Das Wasseramt«, erwiderte Tkach. »Bei Ihnen ist eine Leitung leck. Das Wasser läuft in die Wohnung unter Ihnen.«

Im Hintergrund war Stimmengemurmel zu hören.

Tkach klopfte erneut.

»Da unten gibt's gleich 'ne Überschwemmung, wenn ich das Wasser bei Ihnen nicht abstellen kann!« rief er.

»Augenblick!« ertönte die Männerstimme jetzt näher an der Tür.

Es gibt mehrere Möglichkeiten, dachte Tkach. Aber sie führten immer auf dasselbe hinaus. Wenn die Tür geöffnet würde und der Mann sähe, wer mit einer Waffe vor ihm steht, würde er begreifen, was ihn erwartet, zöge er vielleicht ebenfalls eine Waffe. Tkach würde ihn und den anderen, vorausgesetzt, er war ebenfalls da, erschießen. Hätte der Mann keine Waffe, wollte Tkach ihn so lange provozieren und ängstigen, bis er eine unüberlegte Bewegung machte.

Schlösser knackten, und Ketten rasselten. Dann ging die Tür langsam auf.

Tkach blickte starr geradeaus. Als erstes wollte er die Augen des Mannes sehen.

Die Tür schwenkte nach innen, und als erstes sah Tkach keinen Mann, sondern ein Fenster in der gegenüberliegenden Zimmerwand. Tkach hob die Waffe. Der Mann mußte die Falle geahnt und sich zu Boden geworfen haben, doch als er den Blick senkte, fand er sich einem Kind gegenüber.

Das Mädchen, das ihm die Tür geöffnet hatte, konnte kaum älter als fünf Jahre sein, aber der Ausdruck ihrer großen braunen Augen wirkte reifer. Sie hielt ein weißes Kaninchen, ein Stofftier, im Arm. Der Mann im Türrahmen schien ihr Angst einzuflößen.

»Papi!« schrie sie und starrte auf Saschas Waffe und sein blutverschmiertes Gesicht.

Hinter ihr saß neben dem Fenster ein Mann mit langem Haar und blondem Bart. Er war einer der beiden gewesen, die Tkach am Vorabend gesehen hatte, einer von denen, die Tkach erniedrigt, ihn um Ehre und Selbstachtung gebracht und Selatsch niedergeschlagen hatten. Der Mann trug eine dunkle Hose und ein weißes Hemd mit aufgerollten Ärmeln. Das Hemd hing über die Hose, und er hatte weder Socken noch Schuhe an. Er ließ die Zeitung sinken, in der er gelesen hatte, und stand auf, als das kleine Mädchen auf ihn zulief und das Gesicht an sein Bein drückte.

»Wer sind Sie? Was wollen Sie?« fragte der Mann wütend. Aber Sascha war klar, daß er ihn erkannt hatte.

Tkach zielte mit der Waffe auf die Brust seines Gegenübers und sah sich im engen Zimmer um.

»Tamara schickt mich«, sagte Sascha.

Das Kind begann zu weinen, hielt das Bein des Vaters und ihr Stofftier eng umschlungen.

»Was reden Sie da?« Der Blonde strich dem kleinen Mädchen beruhigend übers Haar. »Sie machen Alanja angst. Stekken Sie die Waffe weg.«

»Ich bin Polizist«, entgegnete Tkach, ging ins Zimmer und stieß die Tür mit dem Fuß hinter sich zu.

Nachdem er sich vergewissert hatte, daß außer Vater und Kind niemand anwesend war, richtete er den Lauf der Waffe erneut auf den Blonden.

»Ich habe nichts getan, was...«, begann er.

»Keine Lügen«, unterbrach Tkach ihn mit erhobener Hand. Das Kind schluchzte weiter. »Wenn Sie weiter lügen, erschieße ich Sie vor den Augen Ihres Kindes.«

Schon als er das sagte, wußte Tkach, daß er diesen Moment verpaßt hatte. Er war unfähig, den Mann zu töten, während sich seine kleine Tochter an ihn klammerte, und er würde es vermutlich auch dann nicht fertigbringen, wenn sie ihn losließ und aus dem Zimmer lief. Das Kind hatte die Vorzeichen geändert, hatte kompliziert, was so simpel erschienen war.

Hinter Tkachs Rücken flog die Tür auf. Tkach wirbelte geduckt herum, die Waffe in beiden Händen, bereit, den zweiten Mann zu erschießen, doch da war kein zweiter Mann.

»Mami!« schrie das kleine Mädchen, ließ den Vater los und rannte an Sascha vorbei zu Tamara, die schweratmend im Türrahmen stand... Tamara, die sich Zeit gelassen hatte, ihr Make-up zu vervollständigen.

Das Mädchen warf sich Tamara in die Arme. Tamara hob sie hoch, küßte sie und hinterließ Lippenstiftabdrücke auf der Kinderhaut, die wie verschmiertes Blut aussahen.

»Setz dich!« befahl Tkach und deutete mit der Pistole auf ein Sofa an der Wand.

Tamara lief zur Couch.

»Sie auch!« sagte Tkach zu dem Mann mit Bart.

Der Mann setzte sich zu Frau und Tochter. Tkach stieß die Tür zum zweiten Mal zu.

»Wo ist der andere?« fragte er. »Und sagen Sie jetzt bloß nicht, daß er Ihr Sohn oder Bruder oder Vater ist.«

»Er ist mein Freund«, antwortete der Blonde. Tamara hatte den Kopf an seine Schulter gelehnt und hielt ihre kleine Tochter auf dem Schoß. Das Mädchen schluchzte herzzerreißend.

»Wo ist er?« wiederholte Tkach scharf.

»Lassen Sie mich erklären«, begann der Mann. »Nehmen Sie die Waffe weg. Sie jagen Alanja Angst ein. Ich bin unbewaffnet. Bitte!«

»Wo ist er?« beharrte Tkach.

Der Bärtige seufzte und stand auf.

»Erschießen Sie mich«, entgegnete er. »Draußen im Korridor. Erschießen Sie mich. Mir ist alles egal. Ich kann Ihnen sowieso nicht sagen, wo er ist, wer er ist. Das ist unmöglich. Und ich verrate ihn auch nicht. Wissen Sie, was ich habe?«

Damit tippte er sich an die Brust und fuhr fort:

»Ich habe zwei Wohnungen. In der einen habe ich eine Tochter, in der anderen verdient meine Frau als Prostituierte unseren Lebensunterhalt. Wissen Sie, warum ich meine Familie nicht ernähren kann? Ich war ein Politischer. Ich habe gesessen. Ich kriege keine Arbeit. Mein Leben besteht aus dem Warten auf den Tod. Ich arbeite nicht. Ich tue, was ich tue.«

Tkach beobachtete verwirrt, wie der Mann vor ihm auf und ab ging. Dann ertönte aus der Wiege an der Wand der Schrei eines Babys.

»Haben Sie eine Ahnung, was einem Mann wie mir geblieben ist? Wissen Sie das?« Wütend starrte er Tkach an. »Mein Wort... meine Ehre. Wenn ich Ihnen sage, wo... wo die Person ist, die Sie suchen, habe ich nichts mehr. Da ist es besser, jetzt und hier zu sterben... in Würde und Anstand.«

»Setzen Sie sich!« brüllte Sascha ihn an.

»Sie machen Alanja angst«, sagte der Bärtige wieder. »Ihr Gesicht ist blutverschmiert.«

»Setzen!« schrie Tkach. Der Mann sank auf die Couch. Das Kind weinte, und die Frau namens Tamara schloß die Augen und wiegte das Kind in ihren Armen.

Die Schreie in der Wiege wurden lauter.

»Sie hätten meinen Partner beinahe totgeschlagen!« schrie Tkach. »Er verliert ein Auge!«

»Wir hatten keine Ahnung, daß er dort sein würde«, entgegnete der Bärtige. »Wir dachten, Sie sind allein, und Sie waren bei...«

Der Bärtige sah Tamara an, die die Augen noch immer geschlossen hielt.

»Er hat uns völlig überrumpelt«, fuhr der Mann fort. »Wir haben uns gewehrt, versucht, ihn zu überwältigen. Wir wollten den Computer... wir wollten keinen Ärger. Müssen wir hier darüber reden? Vor dem Kind?«

»Hier und jetzt«, beharrte Tkach.

»Es war das erste Mal, daß jemand dabei zu Schaden gekommen ist«, sagte der Mann und vergrub den Kopf in den Händen. Dann richtete er sich auf. Tkach sah, daß die Augen des Mannes gerötet waren.

»Wollen Sie die Wahrheit wissen? Wir haben elf Computer gestohlen, und wir sind nicht die einzigen. Das ist die Wahrheit. Es war das erste Mal, daß wir es in diesem Block getan haben – hier, wo wir wohnen. Es... es war einfach zu verlockend. Und Sie wollen wissen, wo mein Partner ist? Er ist zu Hause... im Bett. Ihr Freund hat ihm etliche Rippen und den

Kiefer gebrochen. Mein Freund ist zu Hause bei seiner Familie und spuckt Blut. Ihr Computer steht hier im Schrank. Bitte bringen Sie mich weg... weg von meiner Familie.«

Die Frau namens Tamara schlug die Augen auf und sah Tkach an. Das Baby in der Wiege weinte laut.

»Holen Sie das Kind!« befahl Tkach. Der Mann ging zur Wiege und nahm ein erst wenige Monate altes Baby heraus.

»Wir haben nur Juden bestohlen«, meldete sich Tamara mit belegter Stimme zu Wort und nahm ihrem Mann das Baby ab. »Wir haben Sie für einen Juden gehalten.«

Tkach lachte. Diese Reaktion überraschte ihn selbst.

»Sie sind doch gar kein Jude, oder?« fragte sie und nahm das Baby in die Arme. Alanja drückte sich weiter an die linke Brust der Mutter.

»Die Juden sind für all unsere Schwierigkeiten verantwortlich«, behauptete der Mann. »Sie haben mit dieser ganzen verdammten Revolution angefangen. Trotzki, die Juden, und jetzt machen sie die Revolution mit ihren Computern, mit ihrer Verschwörung mit Israel kaputt.«

»Wir stehlen Computer nur von Juden«, wiederholte Tamara.

Tkach hörte auf zu lachen. Er starrte durch Tränen auf die Familie auf dem Sofa, auf die Familie, die es für akzeptabel hielt, Computer zu stehlen, solange diese das Eigentum von Juden waren.

»Juden haben Geld«, sagte der Mann. »Sie können sich neue Computer kaufen.«

»Aber ich bin Jude«, erklärte Tkach.

»Dann sind wir tote Leute«, sagte der Mann leise.

Er straffte die Schultern, blies die Nasenlöcher auf und bedeutete seiner Frau und Tochter, ebensoviel Würde an den Tag zu legen.

»Dann erschieß uns, Jude... wie du Tausende vor uns erschossen hast.«

Das Baby hatte sich in den Armen der Mutter beruhigt. Das Mädchen Alanja starrte den blutverschmierten Wahnsinnigen, der in ihre heile Welt eingebrochen war, aus weitaufgerissenen Augen an. Tkach las in ihrem Blick, was man sie zu fürchten gelehrt hatte: den schrecklichen Juden.

Tkach steckte die Waffe ein und sah auf sie herab.

»Ihre Brieftasche!« forderte er.

Der Mann neigte den Kopf leicht zur Seite. Er vermutete eine Schikane, einen üblen Trick. Dann zog er die Brieftasche heraus und hielt sie Sascha hin.

»Werfen Sie sie her!« befahl Tkach.

Tkach fing sie auf, nahm den Personalausweis heraus und warf sie zurück.

»Haben Sie was zum Schreiben?«

»Ja.«

»Dann holen Sie was.«

Der Mann griff in die Tasche und förderte einen abgenagten Bleistiftstummel zutage.

Tkach nannte dem Mann eine Telefonnummer und befahl ihm, sie aufzuschreiben. Der Mann notierte die Nummer.

»Packen Sie Ihre Sachen und verlassen Sie mit Ihrer Familie Moskau«, sagte Tkach. »Das Angebot habe ich Ihrer Frau schon gemacht. Rufen Sie Ihren Freund an und raten Sie ihm, dasselbe zu tun. Ich behalte Ihren Ausweis. Und Sie nennen mir Ihre neue Adresse. Falls ich innerhalb der nächsten zehn Tage nicht erfahre, wo Sie sind, beantrage ich Haftbefehl gegen Sie. Wenn Sie mich anrufen, benachrichtige ich die örtliche Polizei. Die haben ein Auge auf Sie. Wenn Sie sich auch nur noch das Geringste zuschulden kommen lassen, kaufe ich Sie mir.«

Der Mann stieß einen häßlichen, unterdrückten Laut aus.

»Sie haben eine Stunde Zeit, hier wegzukommen.« Tkach ging zum Schrank und machte die Tür auf. »Und zwei Stunden, um aus der Stadt zu sein.«

»Aber wie sollen wir...«, begann Tamara.

»Zwei Stunden«, wiederholte Tkach. »Und nach dem Telefonanruf, mit dem Sie mir Ihren neuen Aufenthaltsort mitteilen, will ich nie wieder was von Ihnen hören.«

Tkach nahm die Tasche mit dem Computer und drehte sich zu der Familie um. Dankbarkeit vermochte er nicht in der Miene des blonden Mannes zu lesen. Trotzdem war Sascha sicher, daß er in zwei Stunden mit seiner Familie bereits weit außerhalb der Stadt sein würde.

Sascha Tkach brauchte nicht einmal eine Stunde, um in das Büro zu kommen, in dem er als Jon Mandelstem gearbeitet hatte. Er hatte sich an einem Brunnen im Park das Gesicht gewaschen. Trotzdem hatten die Leute in der Metro deutlich Abstand von ihm gehalten, und niemand im Büro verlangte eine Erklärung, als er geradewegs auf seinen Schreibtisch zusteuerte, den Computer absetzte, die Schreibtischreihen entlang zurück zur Tür ging und im Treppenhaus verschwand.

Zwanzig Minuten später stand er zu Hause vor der eigenen Wohnungstür. Seine Hände zitterten, als er den Schlüssel herausnahm. Er hatte versucht, sich für Maja eine Erklärung zurechtzulegen, aber er konnte weder denken noch planen. Er mußte es nehmen, wie es kam. Maja würde sein Gesicht sehen und Bescheid wissen. Da gab es keinen Zweifel. Trotzdem mußte er endlich zu ihr.

Er öffnete die Tür und war auf alles und doch auf nichts gefaßt. Vermutlich sah er genauso aus wie der Bärtige, als Sascha nahe daran gewesen war, ihn zu erschießen.

Maja war nicht zu Hause.

Seine erste Reaktion war Erleichterung. Er konnte sich setzen, sich entspannen, die Vertrautheit auskosten, sich vorbereiten – aber er fand keine Ruhe. Er konnte nicht länger warten. Er ging aus der Wohnung und die Treppe hinunter. Er mußte sie finden.

Tkach lief auf die Straße, unentschlossen, wohin er sich

wenden sollte. Schließlich rannte er in Richtung einer kleinen Ladenstraße davon. Dort entdeckte er sie sofort. Sie stand in einer Schlange vor einem Käseladen. Maja sah ihn nicht. Sie hatte ihm so sehr gefehlt, daß er einfach losstürmte und den Namen seiner Frau rief.

Die Menschen in der Schlange drehten sich nach ihm um und beobachteten, wie er Maja umarmte, die völlig überrascht war und ein besorgtes Lächeln zustande brachte. Pultscharia stand neben ihr und hielt das Bein der Mutter umklammert, wie das Kind Alanja sich an Tamaras Bein festgehalten hatte.

»Sascha?« Das Wort war eine einzige Frage.

Er empfand die Duplizität der Szene so quälend, daß er kein Wort herausbrachte. Maja trat aus der Reihe der Wartenden und nahm sein Gesicht in beide Hände. Pultscharia folgte den Bewegungen der Mutter, ohne sie loszulassen.

»Psst, Sascha. Psst...«, murmelte sie und wich den Blicken der Neugierigen aus.

Was auch immer mit Sascha passiert sein mochte, Maja war sich unsicher, ob sie es erfahren wollte. Emil Karpo versuchte seit Stunden, Sascha zu erreichen, hatte immer wieder angerufen. Vielleicht hatte er gerade mit Sascha gesprochen. Vielleicht hatte er ihrem Mann eine schreckliche Nachricht überbracht.

»Ist was mit Porfirij Petrowitsch?« fragte sie. »Ist ihm... ist seiner Frau was zugestoßen?«

Tkach brachte noch immer kein Wort heraus. Er schüttelte nur den Kopf.

»Deiner Mutter? Meiner Mutter?«

Wieder nur ein Kopfschütteln.

»Bist du... hast du etwas, was ich...?«

»Nein«, brachte Sascha schließlich heraus.

»Dann kann es so schlimm nicht sein. Komm, wir gehen nach Hause«, erklärte sie und nahm Pultscharia auf den Arm. »Fürs Abendessen reicht das, was wir zu Hause haben.«

»Ja«, sagte Sascha. »Gehen wir nach Hause.«

Der kleine Mann mit dem Glasauge und dem sorgfältig gestutzten Bart machte auf dem schmalen Pfad einen Schritt auf Porfirij Petrowitsch zu und streckte die Hand aus. Er schien einen Baum und Rostnikow gleichzeitig zu meinen, als er sagte: »Das Buch.«

Rostnikow überdachte hastig seine Lage... der kleine Mann mit dem ausgestreckten Arm, der Riese mit der stoischen Miene hinter ihm... weit und breit kein Fluchtweg, und die Wahrscheinlichkeit, daß er die Mörder von Georgi Wassilijewitsch vor sich hatte.

»Wir haben gesehen, wie Sie unter der Aussichtsplattform was vorgeholt haben«, fuhr der kleine Mann fort und kam näher. »Wassilijewitschs Buch.«

Rostnikow blieb standhaft.

»Ich bin Inspektor vom MVD Moskau«, entgegnete Rostnikow, als der kleine Mann eine Hand in die Tasche gleiten ließ und der Riese hinter ihm drei Schritte vorwärts machte.

»Da sind wir aber beeindruckt«, sagte das Männchen. »Sind wir beeindruckt, Pato?«

Pato trat weitere vier Schritte vor.

Der kleine Mann mit dem Glasauge wandte sich erneut an Rostnikow: »Möchten Sie sehen, was ich in meiner Tasche habe? Machen wir doch einen Tausch. Was in meiner Tasche ist gegen das, was in Ihrer Tasche ist.«

»Lieber nicht«, wehrte Rostnikow ab.

Der Riese war jetzt bis auf einen Meter an Rostnikow herangekommen. Er hatte die Sonne im Rücken und warf einen langen Schatten auf Rostnikow.

»Lieber nicht, sagte er«, seufzte der kleine Mann. »Pato, er möchte nicht. Also, ich zeig's ihm jedenfalls.«

Das Männchen zückte die Waffe.

»Wissen Sie, was das ist?« erkundigte sich der Kleine mit dem Glasauge.

»Eine Pieper Kaliber 6.35 mm, die dringend geölt werden

müßte«, antwortete Rostnikow. »Mindestens fünfzig Jahre alt. Sie würden wahrscheinlich uns beide umbringen, wenn Sie so unvorsichtig sind abzudrücken.«

Jetzt griff der Riese ein. Er drängte sich an dem etwas niedergeschlagen wirkenden kleinen Mann vorbei und sagte: »Es reicht.«

Und dann streckte der Hüne seine Pranke aus. Rostnikows Blick schweifte von der Hand zum Gesicht des Mannes, der sich zwischen ihn und die Sonne gestellt hatte.

»Nein«, erklärte Rostnikow.

Pato nickte. Das war sein Stichwort. Pato legte die Hand auf Rostnikows Schulter.

»Der Tod ist oft so viel einfacher als das Leben«, behauptete der kleine Mann. »Hätten Sie mir das Buch gegeben, hätten Sie noch einen Augenblick Zeit gehabt zu beten, bevor Pato Ihnen das Genick gebrochen hätte. Aber vielleicht sind Sie gar nicht religiös? Vielleicht gehören Sie gar nicht zu diesen neuen Christen, die wie die Schmeißfliegen vom Marxismus-Leninismus zu neuen Fleischtöpfen flattern.«

Die mächtige Pranke hatte Rostnikows Schulter mit eisernem Griff gepackt und drückte ihn zu Boden. Rostnikow hob die Arme, umschloß das Gelenk der Pranke mit beiden Händen und beobachtete, wie ein Lächeln auf dem Gesicht des Hünen erschien, das deutlich machte, daß ihn der jämmerliche Versuch des alternden kleinen Polizisten mit dem lahmen Bein nur amüsieren konnte.

Das Lächeln hatte nur einen sehr flüchtigen Augenblick Bestand. Rostnikow stützte sich mit seinem gesunden Bein ab und nahm die ungebetene Hand von seiner Schulter. Der Riese trat einen Schritt zurück. Die Sonne schien Rostnikow ins Gesicht. Er starrte auf seine Hand und dann auf Rostnikow.

»Bring ihn um und nimm das Buch!« befahl das Männchen

und warf einen Blick zurück über die Schulter. »Es kann jederzeit jemand kommen. Dann müssen wir den auch umbringen.«

Pato kam wieder auf Rostnikow zu. Er packte Rostnikow mit einer Hand am Schopf, die andere fuhr Rostnikow an die Kehle. Rostnikow stieß sich mit seinem rechten Bein ab und rammte die Schulter in Patos Magengegend. Rostnikow geriet dabei einen Moment aus dem Gleichgewicht, als er sein steifes Bein belasten mußte, doch daran war er gewöhnt, hatte die Situation beim Training mit seinen geliebten Gewichten hundertmal gemeistert. Sein rechtes Bein faßte wieder Tritt, und er stemmte den massigen Pato in die Höhe. Der Riese ließ augenblicklich von Rostnikows Kehle ab. Der unförmige Koloß namens Pato brüllte wie ein Tier, dann warf Porfirij Petrowitsch ihn zu Boden. Pato fiel unglücklich auf die Schulter und landete mit einem lauten schmatzenden Geräusch auf dem Rücken.

Dann gab es einen Knall, der wie das Knacken eines trockenen Zweiges klang, und ein Gegenstand sauste an Rostnikow vorbei, der sich auf Pato stürzen wollte, der versuchte aufzustehen. Rostnikow wußte Bescheid. Die Pieper war nicht explodiert. Der kleine Mann mit dem Glasauge hatte geschossen. Aber er hatte erst einmal abgedrückt, als ganz in der Nähe eine Stimme leise rief: »Aufhören!«

Der kleine Mann wandte sich in die Richtung, aus der die Stimme gekommen war, zielte mit seiner Pistole auf die Bäume, sah jedoch niemanden.

»Schluß jetzt!« befahl die Stimme erneut. »Werfen Sie die Waffe weg, oder ich schieße ein verdammt großes Loch in Ihre Hühnerbrust!«

Pato hatte sich mittlerweile halb aufgerichtet und schnappte geräuschvoll nach Luft. Rostnikow nahm seinen Arm und half ihm auf die Beine. Der Mann holte mit dem freien Arm aus und traf Rostnikow an der Schulter. Rostnikow ließ Pato sofort los, stürzte sich auf ihn, schlang beide Arme um die Taille des Riesen und hielt ihn in eiserner Umklammerung. Pato versuchte sich zu befreien, knirschte mit den Zähnen, stöhnte und fluchte, doch Rostnikow gab keinen Millimeter nach. Er hob ihn erneut hoch und drückte zu. Als Pato jeden Widerstand aufgegeben hatte, ließ Rostnikow ihn los. Der massige Kerl fiel rücklings zu Boden und schlug unsanft mit dem Hinterkopf auf.

»Das hätte ich Ihnen ehrlich gesagt nicht zugetraut«, gestand Mischa Iwanow und trat aus dem Dickicht. Er hatte eine Pistole auf den kleinen Mann gerichtet, der die Hände hob. Die tiefrote Glut der Abendsonne leuchtete auf Iwanows Glatze. »Ich weiß natürlich, daß Sie Gewichtheber sind. Sie haben vergangenes Jahr die Meisterschaft im Sportclub Sokolniki gewonnen.«

»Das ist schon zwei Jahre her«, verbesserte Rostnikow ihn und half Pato zum zweiten Mal auf die Beine. Der Riese gab sich endgültig geschlagen.

»Die Unterlagen des KGB haben sich also wieder mal als fehlerhaft erwiesen«, seufzte Iwanow achselzuckend. »Wissen Sie, wer die beiden hier sind?«

»Das sind die Mörder von Georgi Wassilijewitsch«, erklärte Rostnikow und führte Pato an die Seite des kleinen Mannes.

»Ach, tatsächlich? Seid ihr das gewesen?« Iwanow sah den kleinen Mann an.

»Nein«, widersprach das Männchen. »Wir haben keine Ahnung, wovon Sie reden. Wir sind nur harmlose Spaziergänger. Dieser Mann hat uns aus heiterem Himmel angegriffen und...«

Mit lautem Krachen löste sich eine Kugel aus Iwanows Pistole, riß den Riesen aus seiner Lethargie und den kleinen Mann mit dem Glasauge von den Beinen.

»Sie haben auf mich geschossen!« kreischte das Männchen

und hielt sich die blutende Schulter. »Sie hätten mich umbringen können.«

»Genau das habe ich ja versucht«, sagte Mischa kopfschüttelnd. »Leider bin ich ziemlich aus der Übung. Die Munitionszulagen beim KGB werden immer erbärmlicher. Dabei möchte man meinen, dem KGB könne es an nichts mangeln. Tut mir leid. Diesmal schieße ich nicht daneben.«

Er hob die Waffe. Der kleine Mann sah Pato hilfesuchend an. Aber weder von ihm noch von Rostnikow war Hilfe zu erwarten. Rostnikow war schlau genug, sich nicht einzumischen.

»Hat einer von euch Lust, Fragen zu beantworten?« erkundigte sich Iwanow.

»Nein«, kam es von Pato.

Iwanows Pistole zielte jetzt direkt auf die Brust des kleinen Mannes.

»Ja«, schrie er.

»Halt die Klappe, Juri!« zischte Pato.

»Ich werde Sie jetzt erschießen«, verkündete Iwanow. »Ich kann ziemlich ungeduldig sein.«

»Wir haben ihn umgebracht«, keuchte das Glasauge. »Wir hatten den Auftrag, ihn umzubringen. Eigentlich ist Pato es gewesen ...«

»Juri«, warnte Pato erneut.

»Sei still, Teddybär«, warf Mischa ein. »Laß den Mann reden. Er will leben. Wer hat euch beauftragt?«

»Ich blute!« jammerte Juri, nahm die Hand von der Schulter, um seiner Behauptung Nachdruck zu verleihen. Sein Anzug hatte sich dunkelrot gefärbt.

»Danke, aber das sehe ich selbst«, sagte Mischa. »Also rede oder stirb.«

»Das ist nicht fair!« kreischte das Männchen. »Warum drohen Sie Pato nicht? Warum hält jeder mich für das schwache Glied in der Kette? Das ist gemein. Ich habe ein Auge eingebüßt... und einen Finger. Hier! Sehen Sie! Sie haben ihn mir wieder angenäht. Aber ich kann ihn nicht mehr abbiegen. Warum erschießen Sie mich?«

»Wer sind eure Auftraggeber?« beharrte Iwanow.

»Der Mann im Hotel. Im Lermontow.«

Bevor Rostnikow oder Iwanow es noch verhindern konnten, packte der Riese den kleinen Mann mit dem Glasauge an der Kehle und drehte ihm mit einem schrecklichen Knacken den Hals um. Iwanow schoß. Die erste Kugel traf Pato am Hals. Die zweite schlug ein häßliches Loch in seine Schläfe. Und die dritte traf seinen Magen. Er ließ den kleinen Mann los, fiel mit dem Gesicht nach unten zu Boden und starb.

Iwanow und Rostnikow liefen zu dem kleinen Mann, der wie ein sterbender, gerupfter Vogel auf dem Rücken lag.

Iwanow versetzte Pato einen Fußtritt und hob seinen Kopf hoch, um sich zu vergewissern, daß er tot war. Rostnikow kniete neben dem Männchen nieder.

»Liegen Sie ganz still«, sagte Rostnikow.

»Kann mich nicht bewegen«, flüsterte der kleine Mann. Blut rann aus einem Mundwinkel. »Kein Gefühl mehr.«

»Wer hat euch angeheuert, Juri?« fragte Rostnikow leise.

Iwanow, der neben Rostnikow getreten war, beugte sich über den Sterbenden und richtete seine Pistole auf Juris Kopf.

»Antworten Sie!« forderte er.

»Erschießen Sie mich!« wisperte Juri.

»Pato hat Sie umgebracht, Juri«, sagte Rostnikow. »Er hat Sie verraten.«

»Pato ist immer mein Freund gewesen. Und jetzt hat er mich umgebracht«, hauchte Juri. Die Lider fielen ihm zu.

»War es der Ober?« fragte Iwanow. »Anton, der Kellner?«

»Nein«, widersprach Rostnikow. »Es war McQuinton.«

»Der Amerikaner. Ja.« Juri machte die Augen auf. Mit dem gesunden Auge sah er Rostnikow an. Das Glasauge starrte in die Ewigkeit. Juri war tot.

10

Für eine Beichte war keine Zeit gewesen.

Als Maja und Sascha in die Wohnung zurückkehrten, hatte Maja Pultscharia ins Bett gebracht und anschließend Saschas Wunde an der Stirn verarztet.

»Du solltest in die Klinik fahren«, riet sie. »Ich glaube, die Wunde müßte genäht werden.«

Aber Maja drängte ihn nicht. Es gab offenbar Wichtigeres als die Sorge wegen einer Platzwunde.

»Selatsch liegt im Krankenhaus«, erzählte er, als sie eine Haarlocke abschnitt, um ein Pflaster über die Wunde kleben zu können. »Ein Auge ist vermutlich nicht mehr zu retten.«

»Das tut mir leid.« Aber Maja machte Saschas Kummer wegen Selatsch mehr Sorgen als Selatsch selbst. Maja war Selatsch erst zweimal kurz begegnet. Und das wenige, das ihr Mann über seinen Kollegen erzählt hatte, war nicht sehr vorteilhaft gewesen. Trotzdem war Sascha die Verzweiflung über das, was mit Selatsch geschehen war, deutlich anzusehen. Zum ersten Mal seit Maja Sascha kannte, hatte er seinen jungenhaften Ausdruck verloren.

»Ich muß es dir sagen, Maja«, sagte er. »Es war alles meine Schuld.«

Maja spielte mit dem Gedanken, ihn zu bitten, mit ihr zu schlafen. Pultscharia atmete ruhig und gleichmäßig. Er hatte offenbar eine schlimme Zeit hinter sich, und sie hatten sich seit Tagen nicht gesehen, nicht berührt. Maja war schwanger, aber ihr Bauch begann sich erst allmählich zu runden. Als sie mit Pultscharia schwanger gewesen war, hatten sie bis zum letzten Monat miteinander geschlafen... die wenigen Male, hieß das, als Saschas Mutter nicht im Nebenzimmer gewesen war.

Jetzt, allein in der eigenen Wohnung, liebten sie sich ebenso häufig wie früher, als Lydia noch bei ihnen gewesen war, aber sie fühlten sich dabei freier, ungehemmter. Trotzdem spürte Maja, daß ihr Vorschlag, miteinander ins Bett zu gehen, diesmal auf Ablehnung stoßen würde.

Das Telefon klingelte. Die Wohnung bestand aus zwei kleinen Zimmern. Der eine Raum diente der Familie als Schlafzimmer, der andere war Küche und Wohnzimmer. In letzterem saßen Maja und Sascha jetzt am schmalen Spülbecken. Im Schlafzimmer schreckte Pultscharia aus dem Schlaf. Maja rannte hinüber und riß den Hörer vor dem nächsten Klingelzeichen von der Gabel.

Ihre Hast, das Rascheln ihres Kleides rief eine Erinnerung in Sascha wach und trieb ihm die Tränen in die Augen.

»Es ist Karpo«, sagte Maja und hielt ihm den Hörer hin.

Sascha hatte weiche Knie. Er stand trotzdem auf und nahm den Hörer.

»Ja«, meldete sich Sascha und sah Maja an, die begonnen hatte, das Waschbecken zu säubern.

»Können Sie in drei Minuten vor Ihrer Wohnung auf der Straße auf mich warten?«

»In drei... aber...«

»Sie sind der einzige, den ich anrufen kann«, sagte Karpo. »Ich dürfte eigentlich gar nicht in Moskau sein. Wenn Sie kommen, erkläre ich Ihnen alles. Wenn nicht, unterhalten wir uns nicht weiter.«

»Ich bin in drei Minuten unten«, versprach Sascha und legte auf.

Maja sah ihn an. Ihre Gestalt zeichnete sich weich vor dem Fenster ab, und ihre Stimme klang sanft mit jenem leichten georgischen Akzent, der ihn stets so erregte.

»Du bist nicht in der Verfassung, irgendwohin zu gehen, Sascha«, seufzte sie und wußte doch, daß er durch nichts aufzuhalten sein würde.

»Ich ... Ich habe keine andere Wahl. Ich bin so schnell wie möglich zurück«, versprach er.

Sie trat zu ihm und schlang die Arme um seinen Nacken. Ihr kleiner, runder Bauch war deutlich zu spüren, und er bildete sich ein, das Baby habe sich bewegt.

»Hast du heute überhaupt schon was gegessen?« fragte sie und trat einen Schritt zurück, um ihn besser sehen zu können.

»Nein«, antwortete er.

Maja nahm ein Stück Brot aus dem emaillierten Brotkasten mit dem Blumenmuster. Er war ein Hochzeitsgeschenk ihrer Mutter.

»Danke«, murmelte er und hielt die Scheibe Brot wie ein wertvolles Geschenk in beiden Händen.

»Sascha, es ist doch nur ein Stück Brot.«

»Auf dem Heimweg schaue ich noch mal bei Arkadi vorbei«, sagte Sascha und ging zur Tür.

Im ersten Moment wußte Maja gar nicht, wen ihr Mann meinte, dann fiel ihr ein, daß es Selatsch sein mußte. Seinen Vornamen hörte sie zum ersten Mal.

Jalta war die Stadt Tschechows. Also beschloß Rostnikow, die folgende Szene nach dem Vorbild des großen Dramatikers zu inszenieren. Mischa Iwanow hatte für den unauffälligen Abtransport der beiden Leichen aus dem Wäldchen gesorgt. Gemeinsam hatten Iwanow und Rostnikow schließlich den Inhalt von Wassilijewitschs Notizbuch geprüft, und Iwanow war mit Rostnikows Vorschlägen für ihr weiteres Vorgehen einverstanden gewesen.

Das Notizbuch enthielt eine Liste von Namen und Bemerkungen. Einige Namen waren ausgestrichen, unter anderen standen Notizen. Und am unteren Rand hatte Wassilijewitsch fein säuberlich eigene Vermutungen aufgeschrieben.

»Wie viele haben Sie gezählt?« hatte Iwanow auf der Bank am Rand des Wäldchens gefragt. Von dieser Bank aus konnten sie den Verkehr auf der nahegelegenen Straße und das Lermontow-Hotel oben auf der Anhöhe beobachten. Nur wenige Meter von ihnen entfernt parkte ein grauer Lieferwagen und versperrte ihnen teilweise den Blick auf die Verbindungsstraße in die Stadt.

»In Jalta?« antwortete Rostnikow. »Siebzehn. Sie und mich… und natürlich Georgi eingeschlossen.«

»Was meinen Sie? Ist eine Verschwörung im Gange?« wollte Iwanow wissen und zog seine Jacke fester um sich. Rostnikow hatte nicht das Gefühl, daß es kälter geworden war.

»Nach Wassilijewitschs Auffassung, ja. Das ist eindeutig«, bemerkte Rostnikow.

»Was seine Ermordung und das Interesse dieser beiden an seinem Notizbuch bestätigt«, folgerte Iwanow.

In diesem Augenblick wurde Patos Leiche von zwei Männern auf einer Bahre vorbeigetragen, die unter dem Gewicht ächzten.

»Es wird etwas in Moskau passieren«, sagte Rostnikow.

Iwanow antwortete mit einem tiefen Seufzer.

»Wenn Wassilijewitsch recht hatte, dann bestand die Gefahr, daß erfahrene Ermittlungsbeamte aller Abteilungen… beim KGB, MVD und GRU… diese Sache möglicherweise aufgedeckt und verhindert hätten. Und deshalb hat man sie alle gleichzeitig fort aus Moskau und in den Urlaub geschickt.«

»Oder sie unter dem Vorwand, einen dieser Ermittlungsbeamten beschatten zu müssen, aus Moskau entfernt«, ergänzte Iwanow. »Und wer weiß, wie viele man noch weggeschickt hat… und nicht nur nach Jalta. Wann, glauben Sie, geht die Bombe hoch?«

Rostnikow warf einen Blick in das Notizbuch.

»Bald, sehr bald. Nach Wassilijewitschs Aufzeichnungen endet der Urlaub der meisten übermorgen.«

»Gut«, sagte Iwanow, stand auf und fegte gefallene Blätter von seinem Anzug. »Der Amerikaner.«

»Ja.« Rostnikow hatte sich ebenfalls erhoben, als die beiden Männer mit der leeren Bahre erneut im Wäldchen verschwanden.

Es folgte die Szene, die Porfirij Petrowitsch sich für den Amerikaner zurechtgelegt hatte. Rostnikow war zu dessen Zimmer gegangen und hatte geklopft. McQuinton hatte ihn hereingebeten, das Buch in der Hand, vollständig angekleidet. Er war unrasiert, aber sein weißes Haar war ordentlich frisiert. Weiße Bartstoppeln schimmerten im trüben Licht der Korridorbeleuchtung auf seiner Haut.

»Sind die Frauen schon zurück?« fragte Rostnikow.

»Hab' sie noch nicht zu Gesicht bekommen«, antwortete McQuinton. »Alles in Ordnung? Sie sehen aus als...«

»Ich bin ein bißchen – wie sagt man? – derangiert?«

»Das Wort ist mir nicht ganz geläufig«, erwiderte McQuinton. »Möchten Sie reinkommen?«

»Danke, gern.«

McQuinton trat von der Tür zurück. Rostnikow ging hinein. Der Amerikaner machte die Tür zu.

»Viel Platz ist hier nicht«, bemerkte McQuinton und ließ den Blick über Bett, Kommode und den einzigen Stuhl schweifen. »Nehmen Sie den Stuhl. Was dagegen, wenn ich mich kurz rasiere?«

»Danke, aber ich stehe lieber«, sagte Rostnikow. »Mein Bein macht wieder mal Schwierigkeiten.«

»Wie Sie wollen.« McQuinton ging ins Badezimmer.

Rostnikow folgte ihm und blieb auf der Türschwelle stehen. Das Bad war für zwei Personen zu klein.

McQuinton stellte den Wasserhahn an und nahm einen Naßrasierer aus einem Lederetui.

»Das verdammte Wasser wird nie richtig warm«, schimpfte er, legte ein Handtuch um den Hals, betupfte sein Gesicht.

»Was ist das?« fragte Rostnikow.

»Einweg-Rasierer«, antwortete McQuinton. »Hier, nehmen Sie sich ein paar. Ich habe viel zu viele aus den Staaten mitgebracht.«

Er gab Rostnikow drei Plastikrasierapparate mit blauen Griffen. Der Russe steckte sie in die Jackentasche.

»Danke«, murmelte er. »Ich habe auch etwas für Sie. Es dürfte allerdings eher eine Last als ein Geschenk sein.«

McQuinton betrachtete sich aufmerksam im schmalen Spiegel über dem Waschbecken, während er sich rasierte. Rostnikow zog Wassilijewitschs Notizbuch aus der Tasche und hielt es hoch, damit McQuinton es im Spiegel sehen konnte. Die Hand des Amerikaners zitterte keinen Augenblick. Die Klinge fuhr sanft und unbeirrt vom Hals zum Kinn.

»Was ist das?« fragte McQuinton.

»Ein Notizbuch«, sagte Rostnikow.

»Und was soll ich Ihrer Ansicht nach mit dieser ›Last‹ anfangen?« fragte McQuinton und wandte den Kopf zur Seite, um das Ergebnis der Rasur zu begutachten. Er schien zufrieden zu sein.

»Nehmen Sie es mit«, antwortete Rostnikow. »Übergeben Sie es dem CIA, wenn Ihre Maschine in Paris zwischenlandet.«

McQuinton nahm das Handtuch ab, wischte sich die restliche Seife vom Gesicht, musterte sich noch einmal prüfend im Spiegel und drehte sich dann zu Rostnikow um.

»Was ist das überhaupt?«

»Es enthält die Aufzeichnungen eines bedeutenden sowjetischen Ermittlungsbeamten, der eine Namensliste von ranghohen Ermittlungsbeamten zusammengestellt und dokumentiert hat, daß diese alle zur selben Zeit durch Anweisung vorgesetzter Stellen von Moskau aus in den Urlaub geschickt wurden. Der Eigentümer des Notizbuchs war überzeugt, daß ein Ereignis in Moskau stattfinden soll und daß die Drahtzieher, einflußreiche Persönlichkeiten, verhindern wollen, daß erfahrene Ermittlungsbeamte davon Kenntnis erlangen und es verhindern.«

McQuinton sah Rostnikow und das Buch an. Dann ging er aus dem winzigen Badezimmer und zum Bett. Der Amerikaner setzte sich und schob sich zwei Kissen in den Rücken.

»Ich kann Ihnen leider nicht ganz folgen«, sagte er.

»Sollte während dieser Zeit etwas passieren«, fuhr Rostnikow fort und musterte seinen trotz der lässigen Haltung sehr aufmerksamen Zuhörer, »dann ist dieses Notizbuch der Beweis dafür, daß wir es mit einer Verschwörung zu tun haben.«

»Und ich soll das Notizbuch aus dem Land schmuggeln und es der CIA übergeben? Warum denn das?«

»Sie reisen ab. Es ist möglich, daß die CIA durch ihre Verbindungen die Sache stoppen, die Verschwörung auffliegen lassen kann, die möglicherweise als Einzel...«

»Rostnikow«, unterbrach der Amerikaner ihn. »Hören Sie auf, um den heißen Brei herumzureden!«

»Ich weiß nicht...«

»Was ist hier los?«

»Ich glaube, daß für die nächsten beiden Tage ein Attentat auf Michail Gorbatschow geplant ist«, sagte Rostnikow und starrte auf das Notizbuch. »Und ich bin überzeugt, daß der Eindruck, es könne sich um eine sowjetische Verschwörung handeln, vermieden werden soll. Es wird wie die sinnlose Tat eines Geisteskranken, vermutlich eines Ausländers, aussehen.«

»Gütiger Himmel!« McQuinton richtete sich abrupt auf. »Machen Sie Witze?«

»Ich mache keine Witze«, entgegnete Rostnikow.

»Und warum bringen Sie nicht einfach dieses Buch nach Moskau?«

»Das kann ich schon machen«, antwortete Rostnikow. »Vielleicht glaubt man mir, vielleicht auch nicht. Vielleicht lebe ich auch nicht mehr lange genug, um meinen Verdacht loszuwerden. Als Ermittlungsbeamter bin ich unbedingt glaubwürdig, aber mein Verhältnis zum KGB ist mehr als getrübt. Im Fall eines Attentats wäre der KGB die Ermittlungsbehörde. Außerdem weiß ich nicht, inwiefern der KGB in die Sache verwickelt ist. Ich will da ganz offen mit Ihnen sein.«

»Ich weiß es zu schätzen«, bemerkte McQuinton, stand auf und ging im Zimmer auf und ab. »Aber ich mache hier Urlaub mit meiner kranken Frau. Eigentlich kann ich es nicht riskieren, mich mit diesem Buch schnappen zu lassen.«

»Ich verstehe Ihre Bedenken«, erwiderte Rostnikow. »Wenn Sie ablehnen, haben Sie mein vollstes Verständnis.«

»Augenblick. Ich habe nicht gesagt, daß ich es nicht mache. Okay?« Der Amerikaner seufzte, als trüge er die Verantwortung für die ganze Welt. McQuinton streckte die Hand nach Wassilijewitschs Aufzeichnungen aus.

»Sie sollten wissen, daß der Autor dieser Notizen tot ist«, klärte Rostnikow ihn auf.

»Ich bin trotzdem dabei«, sagte McQuinton.

»Möchten Sie wissen, wer ihn auf dem Gewissen hat?«

»Ja. Das wäre hilfreich. Falls ich meine Haut retten muß.«

»Sie haben ihn umgebracht!«

McQuintons Hand verharrte nur Millimeter von dem Notizbuch entfernt in der Luft, das Rostnikow ihm hinhielt. Lester McQuinton war einen Augenblick unentschlossen, was er tun sollte. Mehrere Möglichkeiten schossen ihm durch den Kopf, das war seinem Mienenspiel unschwer abzulesen. Der Amerikaner überlegte ganz offenbar, ob er lächeln und die Anschuldigung als absurd von sich weisen sollte. Dann erwog er wohl, das Buch brutal an sich zu reißen, Rostnikow zu überwältigen, ihn vielleicht sogar umzubringen. Und nicht zuletzt dachte er vermutlich auch an Flucht. Rostnikow jedenfalls wäre nicht in der Lage gewesen, ihn einzuholen. Aber wohin hätte McQuinton fliehen sollen? Und außerdem...

Rostnikow war zur Tür gegangen. Er machte sie auf. Draußen im Korridor stand Mischa Iwanow. Er trat ein, und Rostnikow stieß die Tür wieder zu.

McQuinton schüttelte den Kopf und sank schwerfällig auf die Bettkante.

»Andy mag Ihre Frau wirklich«, sagte McQuinton und sah Rostnikow an. »Aber was ändert das schon?«

»Und Sarah mag Ihre Frau«, erwiderte Rostnikow. »Sie ist doch nicht...?«

»Nein«, wehrte der Amerikaner ab. »Für sie machen wir hier Urlaub und sonst nichts. Sie denkt, ich hätte das Geld gespart... wir wären deshalb hier.«

»Meine Englischkenntnisse sind miserabel«, meldete sich Iwanow zu Wort. »Fragen Sie ihn, Rostnikow.«

»Sind Sie Amerikaner?« erkundigte sich Rostnikow und lehnte sich mit dem Rücken gegen die Kommode.

»Ich bin Amerikaner. Ich bin Polizist. Keine Tricks. Mehr kriegen Sie nicht aus mir heraus. Es sei denn, wir einigen uns irgendwie.«

Rostnikow dolmetschte für Iwanow. »Sagen Sie ihm, wir verhandeln nicht!« erklärte Iwanow daraufhin.

»Meine Herren«, begann McQuinton. »Ich bin ein amerikanischer Tourist. Ich weiß nicht, was Sie von mir wollen oder glauben, gegen mich in der Hand zu haben. Aber einen Amerikaner wegen Mordes an einem Sowjetbürger anzuklagen, würde die Beziehungen zwischen unseren Staaten schwer belasten.«

»Juri hat Sie eindeutig als den Mann identifiziert, der ihn und Pato für den Mord an Georgi Wassilijewitsch angeheuert hatte. Das können wir beide bezeugen«, sagte Rostnikow. »Außerdem sind er und Pato bereit, den Mord zu gestehen und die Anstiftung durch Sie zu beschwören.«

»Ach, kommen Sie! Ohne Motiv keine Beweise«, entgegnete McQuinton, aber es klang nicht überzeugt.

»Motiv?« wiederholte Rostnikow.

»Na, der Grund, weshalb ich Ihren Wassilijewitsch hätte töten sollen. Habe ich den Namen richtig ausgesprochen?«

»Was hat er gesagt?« wollte Mischa Iwanow ungeduldig wissen.

»Weil wir kein Motiv haben, haben wir auch keine Beweise«, erklärte Porfirij Petrowitsch.

»Sagen Sie ihm, daß ich ihm eine Kugel verpasse, wenn er nicht redet.« Iwanow knöpfte die Jacke auf und zückte die Waffe.

Lester McQuinton starrte auf die Pistole, zeigte jedoch keine Angst.

»Nein. Ich hab' 'ne bessere Idee«, fuhr Mischa Iwanow grinsend fort. »Sagen Sie ihm, daß ich zuerst seine Frau und dann ihn erschieße.«

»Iwanow«, mahnte Rostnikow leise und sah den KGB-Agenten an, dem es jedoch offenbar ernst war.

»Los, sagen Sie's ihm!« beharrte Iwanow.

»Er bedroht Andy, oder?« fragte McQuinton. »Ah, es ist doch überall dasselbe. Herrgott, einigen wir uns doch. Ich sage Ihnen, was ich weiß, und Sie sorgen dafür, daß ich noch heute abend mit meiner Frau unbehelligt ein Flugzeug in die Staaten besteigen kann. Sollten Sie der Meinung sein, daß ich etwas verschweige oder daß ich lüge, verhaften Sie mich, machen Sie mich kalt, oder tun Sie, was bei euch hier üblich ist.«

»Sie vertrauen uns?« wollte Rostnikow wissen.

Lester McQuinton fuhr sich mit einer Hand durch das weiße Haar. »Ich habe doch gar keine andere Wahl, oder?«

»Rostnikow, das geht mir zu langsam«, beklagte sich Iwanow.

Rostnikow übersetzte.

»Dann treffen Sie eben eine Abmachung mit ihm, Porfirij Petrowitsch«, lenkte Iwanow ein.

»Also, wir sind einverstanden«, erklärte Rostnikow.

»Die Entscheidung, ob Sie letztendlich doch verhaftet werden, behalten wir uns allerdings vor«, fügte Iwanow hinzu.

Rostnikow nickte McQuinton aufmunternd zu.

»Ich will, daß wir fertig sind, wenn Andy und Ihre Frau zurückkommen«, sagte McQuinton.

»Dann fassen Sie sich kurz!« bat Rostnikow.

»Also, ich war zu Hause in dieser Bar«, begann McQuinton. »›On the Way Home‹ heißt die Kneipe in der Fünfzigsten Staße.«

»Ich habe nicht…«, warf Rostnikow ein.

»Die Kneipen bei uns haben manchmal komische Namen. Der Witz ist, daß man seine Frau anruft und sagt, ich bin ›On the Way Home‹.«

»Und das ist witzig?«

»Einige finden ja«, antwortete McQuinton. »Ich könnte jetzt ein Bier gebrauchen. Aber das Bier hier schmeckt wie Abspülwasser.«

»Ich dachte, Sie wollten die Sache schnell hinter sich bringen«, erinnerte Rostnikow den Amerikaner.

McQuinton änderte sofort die Tonart. Er war plötzlich wieder ganz Polizist.

»Also, da war dieser Typ, der mich in der Kneipe angesprochen hat«, berichtete er. »Er hat Fragen gestellt, behauptet, selbst Polizist in Moskau gewesen zu sein. Der Akzent stimmte, aber wie ein Bulle sah er nicht aus, jedenfalls war er nicht wie wir, Rostnikow. Für meinen Geschmack war er ein Arschloch. Aber er hat eine Runde nach der anderen geschmissen. Eines Abends habe ich diesem Oleg, so hieß er angeblich, erzählt, daß Andy krank ist, ich pleite bin und bald in Pension gehe; daß ich nichts gespart habe und daß die Pension nicht ausreichen würde… Na, Sie wissen schon. Das übliche Polizisten-Gequatsche.«

Rostnikow nickte und dolmetschte Mischa das Wesentliche. Dann machte er McQuinton ein Zeichen fortzufahren.

»Danach kam Oleg mir mit der alten Was-wäre-wenn-Tour: Was ich sagen würde, wenn mir jemand fünfzigtausend Dollar anbieten würde. In bar. Steuerfrei. Plus einer kostenlosen Rußlandreise. Was ich für eine solche Summe tun würde. Ich hab' das für einen Haufen Mist gehalten. Ich würde glatt einen umbringen, habe ich geantwortet. Ein paar Abende später hat Oleg wieder mit der Geschichte angefangen. Ich fand das gar nicht mehr komisch. Da hat er mir einen Umschlag in die Hand gedrückt. Mein erster Gedanke war, daß das eine Falle ist. Ich dachte, da will mir einer ein Disziplinarverfahren anhängen. Ich hab' ihm den Umschlag zurückgegeben und ihn gebeten, mir unauffällig zum Lokus zu folgen.«

»Lokus?«

»Na, auf die Toilette. Dort habe ich den Burschen erst mal nach Wanzen abgeklopft. Fehlanzeige. Ich habe die Toilette untersucht. War alles in Ordnung. Oleg mußte den Umschlag für mich öffnen. Hat er auch bereitwillig getan. Waren lauter Geldscheine drin. Ich hab' die Sache noch immer nicht gefressen, aber ich hatte Blut geleckt. Schließlich habe ich ihn aufgefordert, die Banknoten mit seinem Taschentuch abzuwischen und sie aufs Waschbecken zu legen. Als er zehntausend Dollar abgezählt hatte, war ich interessiert. Mann, ich habe vor zwanzig Jahren das Rauchen aufgegeben. Wenn ich wieder anfange, bringt's mich um. Trotzdem könnte ich jetzt eine Zigarette brauchen!«

Rostnikow dolmetschte. Mischa nickte und zog eine Schachtel Zigaretten aus der Tasche. Er hielt sie McQuinton hin. Der Amerikaner nahm eine Zigarette, ließ sich von Iwanow Feuer geben und inhalierte tief.

»Schmeckt, als hätte ich nie aufgehört«, seufzte McQuinton. Und dann begann er zu husten. Es klang schrecklich. McQuinton starrte auf die Zigarette, als der Hustenanfall verebbte, und redete und rauchte weiter.

»Oleg sagte, ich könne die Scheine einstecken. Den Rest bekäme ich, sobald wir die Staaten verlassen würden. Er vertraue mir. Er meinte auch, es könne sein, daß ich für das ganze Geld nicht mal einen Finger krumm machen müsse. Falls sich jedoch jemand an mich wenden und das richtige Codewort benutzen würde, müsse ich seine Anweisungen befolgen. Oleg sagte, ich persönlich solle niemanden umbringen, nur eine Nummer anrufen, dann würden zwei Typen kommen. Ich sollte den Burschen den Namen des Opfers nennen, mehr nicht. Das klang wie in einem schlechten Film, aber das Geld war echt. Und Andy ging's nicht gut. Wäre nicht die erste Niete gewesen, die ich gezogen habe. Dreißig Jahre als Bulle sind eine verdammt lange Zeit.«

McQuinton hielt inne und rauchte, während Rostnikow dolmetschte.

»Was war das für ein Mann, der sich hier mit Ihnen in Verbindung gesetzt hat?« wollte Rostnikow wissen.

»Frau... es war eine Frau«, verbesserte McQuinton. »Ungefähr vierzig, Allerweltsgesicht, dunkles Kostüm. Sie hat mich gleich bei unserer Ankunft im Hotel in der Halle angesprochen. Hab' sie seither nicht mehr gesehen. Sie hat gesagt, St. John der Baptist würde sie schicken. Das war der vereinbarte Code. Sie nannte mir Namen und Telefonnummer. Außerdem sollte ich den Killern sagen, daß das Opfer Aufzeichnungen oder ein Notizbuch haben müsse. Sie sollten mir die Aufzeichnungen übergeben. Das Geld, meinte sie, liege in meinem Zimmer unter dem Bett. Das stimmte. Sie haben die beiden ja gesehen, die ich angeheuert habe. Fünftklassig. Amateure. Schlechte Amateure. Mehr ist dazu nicht zu sagen. Das ist alles.«

McQuinton rauchte seine Zigarette zu Ende, drückte sie im Aschenbecher auf dem Tisch neben dem Bett aus und sagte: »Darf nicht vergessen, das hier verschwinden zu lassen, bevor Andy auftaucht.«

Mischa Iwanow erfuhr von Rostnikow den Rest von McQuintons Bericht und rieb sich die Nase.

»Lächerliche Geschichte«, urteilte er schließlich und sah den Amerikaner an. »Weshalb sollte sich jemand die Mühe machen, für so was einen Amerikaner anzuheuern? Warum machen diese Leute es nicht selbst? Das gibt doch keinen Sinn.«

»Glauben Sie, er lügt?« fragte Rostnikow.

»Nein«, seufzte Iwanow. »Also, was meinen Sie?«

»McQuinton ist der Sündenbock«, antwortete Rostnikow prompt. »Für den Fall, daß der Plan auffliegen sollte, war mit McQuinton vorgesorgt. Ein Amerikaner, dem man alles in die Schuhe schieben kann! Was Bequemeres gibt's gar nicht. Ich glaube, Lester McQuinton hat Glück gehabt, daß er an uns geraten ist, bevor er bei einem tragischen Unfall ums Leben gekommen ist.«

»Oder Selbstmord begehen konnte«, ergänzte Iwanow. »Das ist auch immer eine praktische Lösung.«

Plötzlich flog die Tür auf. Mischa Iwanow wirbelte mit gezückter Waffe herum.

Andy McQuintons Lachen erstarb abrupt, als sie die Pistole sah. Hinter ihrem Rücken lachte Sarah Rostnikow noch immer. Andy versperrte ihr den Blick auf die Waffe. Als Andy jedoch verstummte, wußte auch Sarah, daß etwas nicht stimmte.

Iwanow steckte die Pistole weg und stellte sich neben die Tür, als Sarah und Andy eintraten.

»Lester?« begann die zierliche Frau und sah ihren Mann an. Lester McQuinton hatte sich in den vergangenen Stunden deutlich verändert.

Er richtete sich auf der Bettkante auf.

»Ihr seid in eine interessante Herrenrunde geplatzt, Andy«, sagte Lester. »Der Herr hier ist KGB-Agent. Er hat mir gerade seine Dienstwaffe gezeigt.«

»Sorry«, sagte Mischa Iwanow auf englisch und lächelte. Sarah sah Porfirij Petrowitsch an und wußte, daß etwas faul war. Andy McQuinton hatte ein kleines Päckchen in der Hand. Sie legte es aufs Bett und trat neben ihren Mann. McQuinton nahm ihren Arm und zwinkerte ihr mit falscher Fröhlichkeit zu. Die zerbrechlich wirkende Amerikanerin rümpfte die Nase. Ihr Blick fiel auf den Aschenbecher.

»Lester?« wiederholte sie leise und besorgt.

»Später, Andy«, bat er sanft.

»Gehen wir, Mischa«, erklärte Rostnikow. »Die McQuintons müssen packen. In zwei Stunden geht eine Maschine nach Paris. Vielleicht können wir sie alle zusammen zum Flugplatz bringen und warten, bis sie abgeflogen sind.«

Iwanow musterte die beiden Amerikaner und schüttelte mehrfach den Kopf, bevor er zur Tür ging. Sarah trat zu Andy und legte ihr die Hand auf die Schulter. Andy nahm Sarahs Hand, ohne die Russin anzusehen. Der große, vierschrötige Mann auf der Bettkante wirkte plötzlich hilflos und einsam. Die zerbrechliche Frau an seiner Seite jedoch schien unverhofft innere Stärke gewonnen zu haben.

Draußen im Korridor wandte Iwanow sich an Rostnikow. Sarah nahm die Hand ihres Mannes.

»Also gut«, begann Iwanow. »Wir setzen die beiden ins Flugzeug und dann...«

»...fliege ich nach Moskau und übergebe das Buch meinem Abteilungsleiter«, ergänzte Rostnikow.

»Und er wird Ihnen glauben?«

»Er glaubt mir«, sagte Rostnikow und sah seine Frau an. Sarah war ziemlich blaß.

»Und er wird etwas unternehmen?«

»Das weiß ich nicht«, erwiderte Rostnikow.

»Porfirij Petrowitsch, ich glaube, wir sind da über einen stinkenden Misthaufen gestolpert. Ich sorge dafür, daß Sie noch heute abend nach Moskau fliegen können. Packen Sie das Nötigste. Ich warte hier, bis die Amerikaner reisefertig sind.«

Sarah hatte bisher geschwiegen und sagte noch immer kein Wort, als sie bereits in ihrem Zimmer waren.

»Sarah«, begann Rostnikow. »Ich packe erst gar nicht. Ich kann mich zu Hause in Moskau umziehen. Morgen, spätestens übermorgen bin ich wieder zurück.«

Sarah Rostnikow saß auf dem Stuhl in der Ecke.

»Alles in Ordnung?« fragte er und ging zu ihr. »Hast du Kopfschmerzen? Möchtest du eine Tablette?«

»Es verfolgt dich überallhin, Porfirij Petrowitsch«, murmelte sie und sah ihn an.

»Ja«, gab er zu.

»Das ist doch kein Zufall, oder?«

Rostnikow war nicht sicher, was sie damit meinte.

»Ich glaube nicht.«

»Ich mag die Amerikanerin«, seufzte Sarah.

»Ich auch«, erwiderte Rostnikow.

11

Die Fahrt verlief schweigend. Karpo gab keine Erklärungen ab, und Tkach stellte keine Fragen. Keiner von beiden empfand die Situation als unangenehm. Karpo allerdings registrierte wohl die fehlende Neugier seines Kollegen, die Wunde an der Stirn und den abwesenden Ausdruck seiner Augen. Schon deshalb fragte Karpo sich, warum Rostnikow ihm aufgetragen hatte, Sascha Tkach auf die Suche nach Jerold und Jakow mitzunehmen.

Es war eine gute halbe Stunde her, daß Karpo mit Rostnikow telefoniert hatte. Rostnikow hatte ihm drei Dinge gesagt.

Die erste Nachricht war eindeutig: Selatsch lag im Krankenhaus, und Sascha fühlte sich schuldig. Die zweite Bemerkung hatte reichlich mysteriös geklungen: Rostnikow habe Karpos Onkel Wez getroffen, den Onkel, den sie zuletzt während der Fahndung nach einem Autodieb gesehen hätten. Und drittens hatte Rostnikow erzählt, Sarah fühle sich nicht wohl und mache jeden Morgen um neun ein Nickerchen. Karpo hatte seinem Mitgefühl Ausdruck verliehen und aufgelegt. Er hatte sofort begriffen, daß Inspektor Rostnikow überzeugt war, daß ihr Gespräch abgehört wurde und daß Karpo um neun Uhr am nächsten Morgen an einem bestimmten Ort sein sollte, an jenem Ort, wo er und Rostnikow einen Autodieb namens Wez geschnappt hatten.

Nichts von alledem erzählte er Sascha Tkach. Erst als sie über vierzig Kilometer gefahren waren und in die Straße einbogen, die zu ihrem Ziel führte, brach Karpo das Schweigen. Er berichtete von Jakow und Jerold und von Carlas Tod. Tkach nickte. Er hatte verstanden. Trotzdem sah er starr geradeaus. Karpo hielt am Straßenrand an und schaltete den Motor ab.

»Tkach«, begann er. »Es ist ungeheuer wichtig, daß Sie konzentriert und aufmerksam sind. Die Leute, mit denen wir es zu tun haben, sind gefährlich.«

Sascha sah aus dem Fenster und wandte sich dann Karpo zu.

»Sie können sich auf mich verlassen, Emil Karpo«, erklärte er.

Karpo öffnete die Autotür und stieg aus. Tkach folgte seinem Beispiel, entsicherte seine Waffe und schlug die Autotür zu. Sie verließen die Straße und gingen zwischen Bäumen hindurch. Hinter einer Kurve, gut fünfzig Meter von ihrem Wagen entfernt, sahen sie das Haus. Es war ein bescheidenes Häuschen, vor dem ein dunkler Wagen mit eingebeultem linken Kotflügel parkte, an dem noch die weißen Lackspuren des Autos zu sehen waren, das Jakow und Jerold bei ihrer Flucht aus dem Café auf dem Kalinin-Prospekt gerammt hatten.

Die beiden Polizisten liefen im Schutz der Bäume von der rechten Seite auf das Haus zu. Auf diese Weise würde ihr Kommen erst einmal unbemerkt bleiben. Gut fünfzehn Meter vor ihnen lag hinter den Bäumen ein offener, mit Kies aufgeschütteter Streifen Erde. Nur ein Fenster war an dieser Hausseite zu sehen. Die beiden Männer überquerten hastig den freien Streifen zur Hauswand.

»Zum Vordereingang!« befahl Karpo so leise, daß Sascha es beinahe überhört hätte.

Bevor Karpo noch etwas sagen konnte, war Sascha hinter der Hausecke verschwunden, ging an dem parkenden Wagen vorbei und zur Haustür. Karpo, dessen Waffe noch im Halfter steckte, trat aus der Deckung, als Tkach die Hand ausstreckte, um zu klopfen.

»Tkach!« rief Karpo leise und war mit wenigen Schritten hinter dem jüngeren Kollegen. »So war das nicht gemeint. Sie sollten nicht einfach zur Haustür marschieren und klopfen.«

»Entschuldigung«, murmelte Tkach.

»Ihr Selbstmord wäre kaum hilfreich.«

Tkach schwieg. Er klopfte an die Tür. Karpo preßte sich seitlich gegen die Hauswand und bedeutete Tkach, von der Tür wegzugehen. Karpo streckte die Hand aus und klopfte ebenfalls. Diesmal war drinnen ein Geräusch zu hören. Die Tür öffnete sich langsam. Tkach hatte die Hand mit der Waffe ausgestreckt und hielt sie ungefähr auf Augenhöhe eines durchschnittlich großen Mannes.

Die Tür war offen. In der Öffnung stand die hagere Frau, die Jerold verarztet hatte. Der junge Mann mit der Waffe in der Hand schien sie nicht im mindesten zu beeindrucken.

»Was wünschen Sie?« fragte sie emotionslos und rückte die Brille zurecht.

»Polizei«, sagte Karpo.

»Das ist nicht zu übersehen«, erwiderte sie.

Tkach trat einen Schritt näher, um besser treffen zu können.

»Der Wagen dort«, begann Karpo. »Wir suchen den Fahrer.«

»Das ist mein Auto«, erwiderte die Frau.

»Sie sind nicht da«, bemerkte Tkach.

»Wir gehen lieber rein«, entschied Karpo. Die Frau trat zurück, um sie einzulassen.

»Weshalb sind sie hier gewesen?« wandte Tkach sich ungeduldig an die Frau. »Wo sind sie?«

Die Frau ging schweigend voraus. Karpo folgte ihr. »Haben Sie Telefon?«

Die Frau deutete stumm auf eine Tür neben dem Hauseingang. Karpo ging in das dahinterliegende Zimmer. Sascha Tkach zwang die Frau mit vorgehaltener Waffe, Karpo zu folgen.

Sie standen im Behandlungszimmer. Es war sauber, mit allem Nötigen ausgerüstet. Karpo trat an den Abfalleimer in der Ecke und sah hinein.

»Sie hat einen von ihnen verarztet«, sagte Karpo. »Da ist Verbandszeug... noch frisches Blut.«

Karpo entdeckte das Telefon auf einem alten, weiß gestrichenen Metallschrank und nahm den Hörer ab. Tkach ging zum Abfalleimer und starrte auf den blutigen Inhalt hinab.

Die Frau verschränkte die Arme vor der Brust und wartete, bis Karpo sein Telefonat beendet hatte. Karpo gab die Adresse des Hauses durch, in dem sie sich gerade befanden, hörte aufmerksam zu, bedankte sich, legte auf und drehte sich um.

»Sie heißt Katerina Agulgan«, erklärte er. »Sie ist Ärztin. Sie hat ein Auto, aber das ist nicht der Wagen, der draußen vor dem Haus steht. Ihr gehört ein grüner SIL. Ich habe ihn zur

Fahndung im Moskauer Stadtgebiet ausschreiben lassen.«

»Warum? Sie kann uns doch sagen, wo er ist«, warf Sascha ein, ging zu Katerina Agulgan und hielt ihr die Waffe an die Schläfe. Die Frau zuckte nicht mit der Wimper. Sie starrte Karpo an, der ihren Blick auffing.

»Sie wird es Ihnen nicht sagen, Sascha«, seufzte er.

»Dann erschieße ich sie«, entgegnete Sascha mit brüchiger Stimme.

»Doktor Agulgans Tod wäre von ebenso geringem Nutzen wie Ihr Selbstmord, Sascha«, erwiderte Karpo.

»Einmal muß Schluß sein«, sagte Sascha. »Heute muß wenigstens eine Sache zu Ende gebracht werden, klar und ...« Er fand das richtige Wort nicht. Die Frau war schneller.

»Unzweideutig«, ergänzte sie.

»Von ihr erfährst du nichts«, wiederholte Karpo. »Jakow Kriwonos ist ihr Sohn, sagt unser Computer. Da der Mann, den wir suchen, eine Schußwunde hat, war es wahrscheinlich, daß er ihn zu seiner Mutter, der Ärztin, bringen würde. Setzen Sie sich, Frau Doktor. Wir durchsuchen inzwischen das Haus. Hier auf diesen Stuhl bitte.«

Dr. Agulgan setzte sich auf den Stuhl.

»Sascha«, fuhr Karpo fort. »Steck deine Waffe weg und sieh dich gründlich im Haus um.«

Tkach schob die Waffe ins Schulterhalfter, warf einen Blick auf die Frau, ging aus dem Zimmer und machte die Tür zu.

»Was hat dieser junge Mann?« erkundigte sich die Frau, als Tkach fort war.

»Er hat Probleme, Dr. Agulgan«, antwortete Karpo. »Einzelheiten kenne ich nicht. Sie sind für Sie auch nicht relevant.«

»Sind sie sehr wohl, wenn er mich erschießt«, entgegnete die Ärztin.

»Er wird sich beherrschen«, versicherte Karpo ihr.

»Woher wollen Sie das wissen? Er ist ein Russe mit Problemen.«

»Sind Sie keine Russin?«

Sie zuckte mit den Achseln und schwieg.

»Ihr Sohn und dieser Jerold planen einen Mord«, fuhr Karpo fort. Er stand aufrecht vor der Frau und musterte sie aufmerksam. »Das wissen Sie.«

»Ihr Partner wollte mich noch vor einer Minute töten«, entgegnete sie.

»Stimmt«, sagte Karpo.

»Verlangen Sie von mir, daß ich einem Mörder helfe, meinen Sohn zu finden?«

»Ja, aber ich erwarte nicht, daß Sie es auch tun«, entgegnete Karpo.

»Und was erwarten Sie?« wollte sie wissen.

»Ich erwarte nichts«, antwortete Karpo.

Die Tür ging auf, und Sascha kam herein. Er hielt eine gerahmte Fotografie in der Hand.

Dr. Agulgan rückte die Brille zurecht und sah ihn trotzig an, sagte jedoch kein Wort.

»Ihr Sohn?« fragte Tkach.

Karpo nahm Tkach das Foto aus der Hand und warf einen Blick darauf. Ein gut zehn Jahre jüngerer Jakow Kriwonos sah ihn an.

Dr. Agulgan saß aufrecht auf dem Stuhl, ihr Mund war ein dünner Strich. Karpo reichte ihr das Bild. Sie legte es liebevoll auf den Schoß.

»Dieser Jerold wird Ihren Sohn umbringen«, sagte Karpo.

»Und wenn Sie ihn erwischen, bringen Sie ihn um«, entgegnete sie. »Wo liegt da der Unterschied? Weshalb sollte ich meinen Sohn verraten?«

»Wenn irgend möglich, bringen wir Ihren Sohn nicht um«, versicherte Karpo.

Die hagere Ärztin riß den Blick von dem jungen Mann los und starrte auf die gespenstische Gestalt, die vor ihr stand. Ihre Blicke trafen sich erneut, aber diesmal war nichts Feindseliges dabei. Sie preßte das Foto an die Brust und flüsterte: »Ich glaube Ihnen.«

»Wissen Sie, wo die beiden sind?« erkundigte sich Karpo.

»Ja«, antwortete sie. »Ich habe etwas gehört.«

»Sagen Sie es uns?«

»Nichts ist einfach«, seufzte sie.

»Nichts ist einfach«, wiederholte Karpo. Tkach sagte nichts, konnte dem jedoch nur zustimmen.

Am Platz des Stadtsowjets, in den sich die Gorkistraße öffnet, liegt zurückgesetzt das Zentrale Parteiarchiv des Instituts für Marxismus-Leninismus, in dem mehr als 6000 Manuskripte von Karl Marx und Friedrich Engels und eine über 30000 Schriften umfassende Dokumentation über Lenin lagern. Parteimitglieder, Politiker und Wissenschaftler, die in das Gebäude kommen, werden vor dem Eingang von einem Lenin-Denkmal aus rotem Granit aus dem Jahr 1930 empfangen. An der Fassade des Archivs befinden sich Wandbilder, die Marx, Engels und Lenin zeigen. Die kühne Inschrift über dem Eingang lautet: ›Vorwärts mit dem Sieg des Kommunismus‹.

Den Ausblick Lenins auf die Gorkistraße und den Moskauer Stadtsowjet versperrt praktisch das riesige Reiterstandbild des Gründers von Moskau, Jurij Dolgoruki.

Der Moskauer Stadtsowjet ist wie die meisten offiziellen Gebäude Moskaus nicht besonders eindrucksvoll. 1782 als einstöckige Residenz des Gouverneurs von Moskau erbaut, war es nach dem Krieg mit den Deutschen erweitert und ausgebaut worden. Vom Balkon des Gebäudes aus hat sich Lenin häufig an die Massen auf den Straßen und auf dem Sowjetplatz gewandt. In diesem Gebäude war 1917 der Revolutionsrat zusammengetreten und hatte den Oktoberaufstand in Moskau organisiert. Im Moskauer Stadtsowjet selbst findet man das Banner der Stadt Moskau. Das Banner zeigt die Embleme des Leninordens, des Ordens der Oktoberrevolution sowie den Sowjetstern.

Lenins Name steht auf ewig in der Abgeordnetenliste des Moskauer Sowjets, der bis zur *Perestroika* aus den Mitgliedern der Kommunistischen Partei bestand, die für die Regierung der Stadt verantwortlich waren. Jeder sowjetische Teilstaat hat seinen eigenen Sowjet. Und vom Moskauer Stadtsowjet am Sowjetplatz aus regierten die neu gewählten Beamten. Hier vor dem Reiterdenkmal von Prinz Jurij Dolgoruki sollten sich in wenigen Stunden Boris Jelzin, der Präsident Rußlands, und Michail Gorbatschow, Ministerpräsident der Sowjetunion, einfinden, um anläßlich der Feierlichkeiten zum fünfzigsten Jahrestag des ersten Sieges über Hitler in der Stadt zu sprechen.

Vor dem Reiterstandbild Prinz Dolgorukis hatte man eine hölzerne Rednertribüne aufgebaut. Von diesem Platz aus hatten die Redner einen freien Blick auf die großen Bogengänge aus Granit zwischen der Gorkistraße Nummer 9 und 11. Das Baumaterial hatten ursprünglich die Nazis aus Finnland kommen lassen, um ihr Siegerdenkmal zu errichten.

Jakow Kriwonos hatte zweifellos einen Logenplatz für die bevorstehende Festivität. Er saß in einem beinahe leeren Raum im obersten Stockwerk des Moskauer Stadtsowjets mit Blick auf Platz und Gorkistraße. Wie Jerold vorausgesagt hatte, war es einfach gewesen, sich Zutritt zum Gebäude zu verschaffen. Jakow hatte dem Wachmann am Eingang seinen Ausweis gezeigt, die Brille vornehm zurechtgerückt und war dann mit seiner großen Aktentasche eingelassen worden. Seltsamerweise war es Jerold gewesen, der Schwierigkeiten bekam, und es vielleicht gar nicht geschafft hätte, wäre die Schlange der Einlaßsuchenden nicht so lang gewesen.

»Geht es Ihnen nicht gut, Genosse?« hatte ein uniformierter Wachmann einen sehr bleichen Jerold mit gestutztem Bart und in dunklem Anzug gefragt.

»Die Grippe hat mich erwischt«, antwortete Jerold.

»Ja. Mir fehlen deshalb heute zwei Leute«, sagte der Wachmann. »Meine Tante empfiehlt Knoblauchumschläge.«

»Das sagt meine Mutter auch«, pflichtete Jerold ihm bei. »Schaden kann's bestimmt nicht.«

Damit war auch Jerold durchgekommen. Erst im linken Treppenhaus im zweiten Stock holte er Jakow ein, sprach ihn jedoch nicht an. Sie benahmen sich wie zwei vielbeschäftigte Sekretäre von Abgeordneten, die im Zuge der Tagesereignisse dringende Verwaltungsaufgaben zu erledigen hatten. Erst als sich die Tür zum Treppenhaus am Ende des Korridors hinter ihnen geschlossen hatte, blieben sie stehen und sahen sich an.

»Du siehst wirklich schlecht aus, Jerold«, bemerkte Jakow. »Du bist verdammt blaß.«

Du siehst vielleicht gut aus, Jakow, dachte Jerold, aber du bist derjenige, der sterben wird. Du solltest zwar nicht zu früh, allerdings auch nicht zu spät sterben.

»Mir geht's bestens«, entgegnete Jerold, ging an Jakow vorbei und voraus die Treppe hinauf.

Jakow folgte ihm lachend.

»Kann ich die Brille jetzt abnehmen?« fragte er.

Jerold nickte. Jakow steckte die Brille in die Jackettasche.

»Ich glaube, diese Grippe ist bei mir im Anzug«, sagte Jakow. »Ich habe Magenschmerzen. Es hat gestern angefangen. Heute ist es noch schlimmer. Ich brauche mehr von den Pillen.«

»Wenn wir fertig sind«, versprach Jerold.

»Ich brauche mehr Pillen«, wiederholte Jakow mit Nachdruck.

»Sobald wir im Zimmer sind«, gab Jerold nach.

Im vierten Stock gingen sie durch eine Tür. Es war dunkel, doch Jerold zögerte keinen Augenblick. Durch die Schußwunde war er gezwungen, sich langsamer zu bewegen als sonst, doch Jakow merkte sofort, daß er den Weg genau kannte. Sie zwängten sich an einem Stapel staubiger Stühle vorbei und traten vor eine schmale Tür in der Ecke. Jerold ging hinein. Jakow folgte ihm auf den Fersen.

Noch einmal stiegen sie eine steile, schmale Treppe hinauf. Dann hörte Jakow, wie vor ihm eine Tür geöffnet wurde. Licht fiel in das Treppenhaus. Er ging hinter Jerold ins Zimmer und schloß die Tür.

Der Raum war nicht gerade klein, ungefähr so groß wie die Wohnung, aus deren Fenster Jakow Carla geworfen hatte. In einer Ecke befanden sich sechs Aktenschränke. Über den Raum verteilt standen drei Stühle. Eine verblichene Wandmalerei zeigte eine Szene mit Fabrikarbeitern, die der Bildüberschrift entsprechend für eine höhere Produktionsrate und zu Ehren der Revolution marschierten. Den Marsch führte eine Frau mit Brille an.

»Sie sieht wie meine Mutter aus«, bemerkte Jakow, stellte seinen Aktenkoffer auf einen Stuhl und öffnete ihn. Drinnen kamen die Einzelteile eines Gewehrs zum Vorschein.

Jerold setzte sich auf einen der beiden übrigen Stühle. Er sah zum Wandgemälde zurück. Seiner Ansicht nach war keine Ähnlichkeit mit Jakows Mutter erkennbar. »Ja, ein bißchen«, log er.

»Genau wie sie«, beharrte Jakow.

»Sobald du das Gewehr zusammengesetzt hast, machst du das Fenster auf«, sagte Jerold.

»Die Pillen«, forderte Jakow.

Timing war jetzt alles. Jerold war durch die Verletzung sehr geschwächt. Der hohe Blutverlust und das Schwindelgefühl konnten seine Urteilsfähigkeit beeinträchtigen. Aber zum Ausruhen war keine Zeit. Er griff in die Innentasche seines Jacketts, zog das Fläschchen heraus und ließ zwei Pillen in seine Handfläche gleiten. Er gab sie dem wartenden Jakow, der sie ernst an sich nahm und sie ohne Flüssigkeit hinunterschluckte. Dann ging er zum Fenster.

»Die ersten sind schon da«, berichtete er.

»Versuch das Fenster zu öffnen!« befahl Jerold. Er steckte die Tabletten wieder ein und genoß den Luxus, einen Moment die Augen zu schließen.

Jakow machte das Fenster auf. Es ließ sich leicht und lautlos öffnen. Jerold hatte es gewußt.

»Look, Mother, top of the world«, sagte Jakow kichernd.

Jerold kamen die ersten Zweifel, was Jakow betraf. Er sah auf die Uhr. Noch zwei Stunden. Jerold hatte ein Schmerz- und Aufputschmittel für sich eingesteckt, aber er wollte mit der Einnahme warten, bis er ohne die Tabletten nicht mehr auskam. Die Medikamente trübten meist sein Urteilsvermögen.

Jakow ging zum Stuhl zurück, um sein Gewehr zusammenzusetzen.

»Morgen bin ich in Las Vegas«, sagte Jakow bei der Arbeit.

Morgen bist du tot, dachte Jerold. »Übermorgen«, verbesserte er Jakow laut.

»Dann beschaff uns ein schnelleres Flugzeug«, forderte Jakow. »Die CIA kann doch alles.«

»Ich habe dir schon mal gesagt, daß ich nicht von der CIA bin.«

»Natürlich nicht«, seufzte Jakow. »Du bist nur ein Sowjetbürger mit besten Beziehungen. Du weißt, was ich in Las Vegas will?«

»Ja«, antwortete Jerold.

Jakow ging zum Fenster.

»Bleib mit der Waffe vom Fenster weg!« warnte Jerold. »Dazu ist es noch zu früh.«

»Nein, weißt du nicht«, fuhr Jakow fort. »Ich meine nicht die Mädchen mit den Federbüschen. Ich will sie, die Mädchen mit den Federn. Ist klar. Aber vor allem möchte ich oben auf dieses riesige Hotel-Casino aus dem Film. Da will ich stehen und auf die Lichter in der Nacht hinuntersehen. Ich will die

Arme ausbreiten, will, daß mir Flügel wachsen und ich über die Kante schweben kann. Vielleicht kann ich es mit einem dieser Hanggleiter versuchen.«

»Vielleicht«, sagte Jerold.

»Und ich möchte Madonna kennenlernen.« Jakow wandte sich ernst zu Jerold um.

»Kein Problem«, behauptete Jerold.

»Und sie wird mir für das, was ich getan habe, sehr dankbar sein«, fuhr Jakow fort.

»Sehr dankbar«, wiederholte Jerold.

»Du hältst mich für einen Idioten, stimmt's?« fragte Jakow.

»Ich weiß, daß du kein Idiot bist«, entgegnete Jerold. »Sonst hätte man dich nicht für diese Aufgabe ausgewählt.«

»Euer Lee Harvey Oswald ist auch kein Idiot gewesen«, sagte Jakow. »Werde ich genauso berühmt in Amerika wie er in der Sowjetunion?«

»Ja«, erwiderte Jerold. Er fühlte sich sehr schwach und versuchte, es nicht zu zeigen.

Jakow näherte sich wieder dem Fenster und sah hinaus. »Top of the world«, murmelte er.

12

Der Graue Wolf lebte privat in einem bescheidenen zweistökkigen Haus am Autobahnring, zwanzig Autominuten von seinem Büro in der Petrowka entfernt. In Anbetracht seines Rangs und seiner exponierten Stellung war diese Schlichtheit eher überraschend. Dabei hätte es nur eines Wortes oder eines Hinweises bedurft, und er hätte eine jener repräsentativen, großen Stadtwohnungen beziehen können. Der Graue Wolf jedoch wollte davon nichts wissen.

Oberst Snitkonoi gefiel es, ausländische Würdenträger in seinem Heim zu bewirten, den Ausländern die geradezu spartanische Einfachheit seines Zuhauses vorzuführen. Und doch hatte der Oberst einen Traum, an dem er gelegentlich die beiden Mitglieder seines Haushalts teilhaben ließ; er hegte nämlich den geheimen Wunsch, daß sein bescheidenes Heim eines Tages in ein Museum verwandelt werden sollte.

Die beiden Mitglieder von Oberst Snitkonois Haushalt, die an diesem Traum teilhatten, waren sein pensionierter Adjutant, ein ruhiger, ihm treu ergebener und sehr dummer Mann namens Golowin, der in dem ernsthaften Glauben lebte, der Oberst sei einer der brillantesten militärischen Köpfe in der Geschichte Rußlands, und die Haushälterin Lena, die alles andere als dumm und ganz sicher war, daß nach dem Tod des Obersten das Haus dem Erdboden gleichgemacht und durch einen großen Wohnblock ersetzt werden würde.

Jeden Morgen, siebenmal in der Woche, mit Ausnahme der Tage, an denen der Oberst schon früh eine Verpflichtung hatte oder Moskau mit dem Flugzeug verlassen mußte, wartete pünktlich um fünf Uhr dreißig eine Limousine mit Chauffeur vor dem schlichten Haus. Selbst Snitkonois Dienstwagen war von eher bescheidenem Zuschnitt. Es war ein Schiguli, zwar neuerer Bauart, aber eben kein großer Wolga und kein ausländischer Wagen, den er sich leisten könnte und auf den, wie Golowin und Lena meinten, er ein Anrecht hatte.

An diesem Morgen war Oberst Snitkonoi leicht verärgert. Er sollte an den Feierlichkeiten auf dem Sowjetplatz teilnehmen. Er legte daher auf ein tadelloses Äußeres in Paradeuniform besonders Wert und hatte vorsichtshalber seinen Morgenkaffee mit Bedacht getrunken und seinen englischen Toast mit türkischer Orangenmarmelade mit größter Umsicht verzehrt. Und trotzdem mußte er anschließend entsetzt feststellen, daß seine Hose am Knie einen öligen Fleck aufwies.

Dieser Fleck hatte den Grauen Wolf gezwungen, sich komplett umzuziehen. Er war daher zehn Minuten zu spät dran, als er zur Haustür kam, wo wie stets an bewölkten Tagen Golowin mit einem Regenschirm bereitstand, um den Oberst zum Wagen zu begleiten.

Aber an diesem Morgen sollte nichts so sein wie sonst. Golowin stand zwar mit dem Schirm an der Tür, doch er öffnete weder Schirm noch Tür. »Sie haben Besuch«, verkündete er statt dessen.

Der Graue Wolf blieb abwartend stehen.

»Er sagt, es sei dringend. Es ist Inspektor Rostnikow. Ich habe ihn in Ihr Arbeitszimmer geführt. Ich habe ihn gebeten, nichts anzufassen. Hoffentlich ist das recht. Er sagte...«

»Sagen Sie dem Chauffeur, daß ich in ein paar Minuten komme«, wies der Graue Wolf Golowin an und steuerte auf eine Tür in der Diele zu. Nachdem Golowin hinausgegangen war, betrat der Oberst sein Arbeitszimmer.

Rostnikow saß in dem großen Ledersessel vor dem Schreibtisch. Er hatte sein krankes Bein auf einen Holzklotz gelegt, den der Oberst als Fußbank benützte. Der Holzklotz hatte eine Geschichte, die der Oberst seinen Gästen gern erzählte. Rostnikow jedoch war weder ein Gast, noch war es der entsprechende Anlaß für Geschichten. Rostnikow trug einen Anzug, aber keine Krawatte. Er hatte eine Rasur dringend nötig und sah müde aus.

»Darf ich Ihnen eine Tasse Kaffee anbieten, Porfirij Petrowitsch?« erkundigte sich der Oberst.

»Danke gern«, erwiderte Rostnikow. Der Oberst ging zur Tür und bat den dort wartenden Golowin, Kaffee zu servieren.

Der Oberst kehrte ins Arbeitszimmer zurück. Rostnikow war nie zuvor zu ihm nach Hause gekommen. Der Oberst hatte ihn nie eingeladen. Selbst als Rostnikow ihm einige Monate zuvor das Material übergeben hatte, das zur Entlassung eines hohen KGB-Offiziers geführt hatte, hatte diese Unterredung in Snitkonois Büro in der Petrowka stattgefunden.

Jenes Material allerdings hatte zur Folge gehabt, daß man Oberst Snitkonoi ernster nahm als je zuvor; eine Tatsache, die sowohl Vor- als auch Nachteile hatte.

»Sie sollten eigentlich in Jalta in Urlaub sein, Inspektor«, begann der Graue Wolf und ging hinter seinen Schreibtisch. Er lehnte sich gegen die Tischkante und verschränkte die Arme vor der Brust.

»Weshalb hat man mich in Urlaub geschickt, Oberst?«

Rostnikow hatte die Frage leise und wie nebenbei gestellt. Für höfliche Konversation fehlte die Zeit.

»Alle Abteilungen hatten Anweisung von oben, sämtliche ranghöheren Beamten in Urlaub zu schicken, die dafür längst überfällig waren. Und zwar umgehend«, erwiderte der Oberst.

»Erinnern Sie sich noch an die Namen, die auf der Liste standen?« wollte Rostnikow wissen. »Ich meine, würden Sie sie wiedererkennen?«

»Ja«, erwiderte der Oberst. »Jedenfalls alle vom MVD und... Worauf wollen Sie hinaus, Inspektor? Ich werde bei einem wichtigen Staatsakt erwartet.«

Rostnikow verlagerte sein Gewicht, griff in die Tasche und zog Wassilijewitschs Notizbuch hervor. Er gab es dem Grauen Wolf. In diesem Moment klopfte Golowin an die Tür.

»Herein!« rief der Oberst und starrte auf das Buch. »Stellen Sie alles auf den Schreibtisch.«

Golowin machte eine sorgenvolle Miene, stellte das Tablett mit dem Kaffeegeschirr und einer dampfenden Kanne ab und ging hastig wieder hinaus.

»Seite sechs«, sagte Rostnikow. »Darf ich mir einschenken?«

»Bitte«, murmelte der Graue Wolf und blätterte langsam

das Notizbuch durch, während Rostnikow nach der Kanne Kaffee griff.

»Das sind die Namen... nicht alle, aber viele«, erklärte der Oberst und sah Rostnikow an.

»Dann sehen Sie sich jetzt bitte die Seiten neun bis zwölf an«, bat Rostnikow und hob die Tasse an die Lippen.

»Woher haben Sie diese Aufzeichnungen?«

»Sie stammen von einem Inspektor der GRU namens Wassilijewitsch. Er ist vor zwei Tagen in Jalta ermordet worden. Die Mörder hat ein Amerikaner gedungen, der wiederum im Auftrag eines Sowjetbürgers handelte. Der Amerikaner ist gestern in die Vereinigten Staaten abgereist und hat sich damit der Verhaftung entzogen.«

»Ich verstehe«, log der Oberst. Dann sah er auf Seite zehn noch mehr Namen, Namen, die er kannte, unter denen auch die von Gorbatschow und Jelzin waren. Doch sein eigener Name stach ihm als erstes ins Auge. Sein Blick richtete sich erneut auf Rostnikow, der die Kaffeetasse abstellte.

»Ein Attentat«, bemerkte der Oberst und schlug sich mit dem Notizbuch auf die Schenkel.

»Davon war Wassilijewitsch überzeugt.«

»Und Sie?«

»Das ist auch meine Meinung«, antwortete Rostnikow.

»Ich stehe auf dieser Liste«, sagte der Oberst.

Rostnikow schwieg.

Der Oberst nickte bedeutungsvoll, legte das Notizbuch vorsichtig auf den Tisch und griff nach einer Tasse. Seine Gefühle in diesem Augenblick waren sehr widersprüchlich. Unter anderem konnte er sich eines gewissen Stolzes nicht erwehren, daß man ihn für wichtig genug hielt, seinen Namen auf eine solche Todesliste zu setzen. Angst hatte Oberst Snitkonoi allerdings nicht. Er war ein mutiger Mann.

»Was schlagen Sie vor, Inspektor?«

»Ich habe Grund zu der Annahme, daß das Attentat in

Moskau von einem jungen Mann namens Jakow Kriwonos ausgeführt werden soll. Es ist derselbe junge Mann, nach dem ich gefahndet habe, als ich in Urlaub geschickt wurde.«

»Und derselbe junge Mann, nach dem Inspektor Karpo weiter gesucht hat, bis ich ihn in Urlaub geschickt habe«, ergänzte der Oberst. »Ein Urlaub, der von oben angeordnet wurde.«

»Inspektor Karpo und Tkach sind gerade hinter Kriwonos und einem Mann namens Jerold her«, gestand Rostnikow. »Dieser Jerold könnte hinter dem Attentat stehen. Darf ich noch eine Tasse Kaffee haben?«

»Bedienen Sie sich«, antwortete der Oberst.

»Inspektor Karpo hat noch bis heute um Mitternacht Zeit, bevor er laut Ihrem Befehl seinen Urlaub antreten muß«, bemerkte Rostnikow.

»Falls wir Karpo erreichen können, sagen Sie ihm, daß dieser Befehl aufgehoben ist«, sagte der Oberst. »Haben Sie einen Plan, Inspektor?«

»Ja. Aber er könnte gefährlich sein, Oberst.«

»Reden Sie!«

»Ich schlage vor, Sie rufen die entsprechenden Abteilungsleiter vom KGB, MVD und GRU an, deuten an, daß Sie Beweise für einen Attentatsplan haben und mahnen zur äußersten Wachsamkeit. Sie können ihnen ruhig von diesem Notizbuch erzählen. Es wäre vielleicht nützlich zu erwähnen, daß Kopien von diesem Notizbuch an einem sicheren Ort verwahrt werden.«

»Einer oder mehrere der Leute, die ich kontaktieren werde, könnten an der Verschwörung beteiligt sein, Porfirij Petrowitsch.«

»Hoffen wir es, Oberst. Hoffen wir, daß sie erkennen, daß sie den Attentatsversuch stoppen müssen, wenn sie nicht riskieren wollen, entlarvt zu werden. Geschieht nichts, dann enthält Wassilijewitschs Notizbuch die Hirngespinste eines alten Mannes, der zufällig ermordet wurde. Fällt auch nur eine Person einem Attentat zum Opfer, wird eine Fahndung nach den Verschwörern eingeleitet. Sie hatten vielleicht gehofft, es wie das Werk einer Gruppe junger Drogendealer und Krimineller aussehen lassen zu können, denen unser Staat zutiefst verhaßt ist. Wir müssen ihnen die Möglichkeit nehmen, diesen Eindruck in der Öffentlichkeit zu erwecken.«

»Ich werde die entsprechenden Telefonate sofort führen. Außerdem könnte ich versuchen, die Feierlichkeiten auf dem Platz des Stadtsowjets zu verschieben.«

»Wir haben nicht mal mehr eine Stunde«, erinnerte Rostnikow und stand auf. »Wird man auf Sie hören?«

»Nein«, erwiderte der Graue Wolf. »Das werden sie nicht. Und wenn ich nicht mit den anderen Ehrengästen auf der Tribüne sitze und ein Attentat stattfindet, bin ich der Hauptverdächtige. Ich muß jetzt sofort telefonieren, Inspektor, damit ich rechtzeitig auf dem Sowjetplatz sein kann.«

Nicht zum ersten Mal bewunderte Rostnikow den Oberst. Und er hoffte, es würde nicht das letzte Mal sein.

»Hoffen wir, daß Inspektor Karpo und Tkach den Attentäter ausfindig machen«, seufzte der Graue Wolf und griff zum Telefonhörer.

Als er sich vorbeugte, stieß er mit dem Ellbogen seine Kaffeetasse um. Heiße braune Flüssigkeit ergoß sich über seine tadellose Uniformhose. Der Oberst achtete gar nicht darauf.

Die Gorkistraße war für die Feierlichkeiten gesperrt worden. Selbst wenn Karpo und Tkach sich als Polizeibeamte ausgewiesen hätten, wären sie ihrem Ziel nicht näher gekommen, so dicht war die Menschenmenge, die sich versammelt hatte. Karpo parkte vor dem Pressezentrum Moskaus am Puschkinplatz. Sie stiegen aus und bahnten sich den Weg durch die Menge der Schaulustigen bis zur Gorkistraße und von dort an der Russischen Theatergesellschaft, dem Ostrowskij-Museum und dem Lebensmittelgeschäft ›Gastronom I‹ vorbei. Vor dem Hotel Tsentralnaja überquerten sie die Straße zur Buchhandlung Druschba.

Jakows Mutter hatte ihnen verraten, wo sie ihren Sohn finden würden. Karpo hatte kurz an die Möglichkeit gedacht, in der Petrowka anzurufen und zu veranlassen, daß ein Einsatzkommando zum Sowjetplatz geschickt wurde. Das allerdings war riskant. Selbst die nur in Andeutungen geführten Telefonate mit Rostnikow hatten ihm klargemacht, daß eine Verschwörung im Gang war. Es war nicht vorherzusehen, wer seinen Anruf entgegennehmen würde und wie man darauf reagierte.

Karpo hatte sich daher für eine andere Vorgehensweise entschieden. Ihm und Tkach blieb genug Zeit, zur Gorkistraße zu fahren. Das allerdings hatte dann doch länger gedauert als erwartet. Hier waren sie nun und bahnten sich den Weg durch die Menschenmenge. Tkachs Verhalten hatte sich merklich gebessert, doch Karpo traute ihm noch nicht ganz. Hätte er eine Alternative gehabt, er hätte Tkach in die Petrowka geschickt. Aber für Alternativen war keine Zeit.

Tkach sah über die breite Straße und zu der großen Tribüne hinüber, wo sich bereits die rangniedrigeren Regierungsbeamten trotz Donner und schwarzer Regenwolken allmählich auf ihren Plätzen einfanden. Der drohende Regen hatte die Menge nicht abschrecken können, die auf Protestaktionen und spektakuläre Ereignisse hoffte.

Karpo ging voraus zum Stadtsowjet und zur Wache am Eingang.

»Wir suchen zwei Männer«, sagte Karpo und zückte seinen Dienstausweis, obwohl ihn beide Wachmänner bereits erkannt hatten. »Der eine ist jung und trägt eine Brille. Der andere hat ungefähr mein Alter. Er hat einen Bart und ist vermutlich auffällig blaß.«

Der Wachmann hatte offenbar keine Ahnung, wie alt er

Karpo schätzen sollte, und schüttelte den Kopf. »Heute morgen sind hier Hunderte reingekommen. Und alle mit entsprechendem Ausweis.«

»Der mit der Grippe«, sagte der zweite Wachmann unvermittelt.

»Ja, möglich«, erwiderte der andere. »Er hatte einen Bart. Aber...«

»Wo ist er?« fragte Karpo hastig.

Beide Wachmänner zuckten mit den Schultern.

»Ich glaube, er ist die Treppe dort raufgegangen«, erwiderte schließlich der zweite Wachmann.

Karpo und Tkach rannten an den Wachen vorbei und die Treppe hinauf. Sie nahmen zwei und drei Stufen auf einmal. Sie brauchten fast eine Minute, bis sie sich an den Beamten in den Korridoren vorbei bis in den vierten Stock vorgekämpft hatten. Weitere Minuten verstrichen, bis sie im vierten Stock die Tür gefunden hatten, hinter der eine weitere Treppe ins Dachgeschoß führte. Sie betraten das enge stockfinstere Treppenhaus und stiegen vorsichtig und lautlos nach oben. Karpo ging voraus. Beide hatten ihre Dienstwaffen schußbereit in der Hand.

Als sie die Tür am oberen Treppenabsatz erreicht hatten, blieb Karpo stehen und griff hinter sich, um Tkach zurückzuhalten. Dann drückte er unendlich langsam die Klinke hinunter und hoffte, daß das Gedränge unten auf der Straße und die allgemeine Geräuschkulisse jeden möglichen Laut verschlingen werde. Bevor er jedoch die Tür aufstoßen konnte, peitschten zwei Schüsse durch den vor ihnen liegenden Raum.

Kaum hatten Karpo und Tkach das Gebäude des Moskauer Stadtsowjets betreten, hatte der Regen erst richtig eingesetzt. Unten auf der Straße hatten sich zahllose Schirme geöffnet, als die Ehrengäste, ebenfalls mit Schirmen bewaffnet, einzutreffen begannen. Dabei hätte es an diesem Tag gar nicht regnen dürfen. Aber es regnete, und Jakow Kriwonos kauerte schußbereit hinter seinem Fenster.

Es gab ein Problem. »Fast alle Leute auf der Tribüne tragen Regenmäntel. Ein paar haben Schirme aufgespannt. Die meisten Gesichter kann ich gar nicht sehen. Wie kann ich wissen, wen ich erschießen soll?«

Jerold zwang sich, von seinem Stuhl aufzustehen. Er ging zum Fenster. »Die ersten drei von links. Neben der Fahne. Siehst du sie?«

»Ja.«

»Die erschießt du. Und die zwei darüber. Den mit den Stiefeln. Hast du ihn? Ich meine den, der gerade raufgekommen ist?«

»Ja, seine Stiefel sehe ich«, antwortete Jakow.

»Den erschießt du auch«, befahl Jerold und zog sich müde auf seinen Stuhl zurück.

»Verdammte Schei...«, fluchte Jakow, als er das Gewehr nahm, sich auf dem Boden ausstreckte und die Waffe in die V-förmige Metallstütze legte. »Je länger wir warten, desto stärker wird der Regen. Dann versuchen sich die Typen gegen die Nässe zu schützen und sind noch schwerer zu erkennen.«

Jakow legte die Schulterstütze an, schmiegte das Gesicht an den Wangenschutz, umfaßte den Pistolengriff mit der Linken und mit der Rechten den Holzgriff vor dem Abzug. Bei der Kompaktversion der Waffe sah es optisch so aus, als sei der Lauf in Klammern gebettet. Diese Vorrichtung sollte verhindern, daß die Rückstoßkräfte dem Schützen das Gewehr aus der Visierlinie springen lassen. Zwar besaß der Lauf dieselbe Länge wie bei jedem anderen Scharfschützengewehr, doch er nahm fast die gesamte Länge des Gewehrs ein, da beinahe alle Funktionen in den kurzen bequemen Schaft verlagert waren. Die Walther WA 2000 war eine Gasdruck-Waffe, leicht zu handhaben und mit einem Magazin, das dicht am Körper des

Schützen lag. Es gab je eine Version für Links- und für Rechtshänder. Die Walther 2000 besaß eine Zielgenauigkeit mit einer Abweichung von sechs Zentimetern auf tausend Meter.

»Woran denkst du, Jakow?« fragte Jerold mit immer schwächer werdender Stimme. Er war der totalen Erschöpfung nahe.

Jakow hatte eine simple Lösung für sein Problem gefunden. Er würde sämtliche Tribünengäste erschießen. Er hatte zwölf Männer und zwei Frauen gezählt. Jerold hatte ihm die Opfer nicht namentlich genannt. Er hat ihm lediglich diejenigen gezeigt, die sterben mußten. Auf ein paar mehr kam es nicht an. Und Jakow wollte verhindern, daß sich der Amerikaner aus seinen Versprechungen, was Reichtum und Frauen betraf, irgendwie herausreden konnte. Er hob das Gewehr. Er würde sie einfach alle erschießen.

»Jakow, du erschießt nur die...«

Jakow hörte ihn, aber er wollte ihn nicht hören. Und deshalb belog er sich selbst. Er redete sich ein, er habe zu schießen begonnen, bevor Jerold etwas gesagt hatte. Er feuerte den ersten Schuß ab und den zweiten gleich hinterher.

Bevor das markerschütternde Echo des ersten Schusses im Treppenhaus verhallt war, hatte Karpo die Tür aufgestoßen und war mit gezückter Waffe ins Zimmer gesprungen. Er wußte, wo das Fenster sein mußte. Falls beide Männer im Raum waren, mußte er sich den am Fenster zuerst vornehmen, bevor dieser einen weiteren hohen Sowjet erschießen konnte.

Karpo wollte schon abdrücken, als er merkte, daß der Mann, der mit einem Gewehr im Anschlag am Fenster lehnte, ihm halb zugewandt war und den Blick starr zur Decke gerichtet hatte. Aus seinem Mund rann Blut.

Als Tkach die letzten Stufen genommen hatte und hinter

Karpo ins Zimmer kam, wirbelte Karpo halb herum und entdeckte Jerold in der Ecke, die Arme hoch erhoben.

»Meine Waffe liegt dort drüben«, sagte Jerold und deutete mit einer Kopfbewegung auf eine Stelle auf dem Fußboden.

»Sascha«, kam es von Karpo. Tkach richtete die Waffe auf Jerold, während Karpo zum Fenster ging und hinuntersah. Auf der Tribüne herrschte heilloses Durcheinander. Die Leute starrten durch den Regen zu ihm herauf. Eine Person lag auf dem Boden.

»Er wollte Gorbatschow erschießen«, sagte Jerold. »Kann ich die Hände runternehmen? Mir ist schwindlig.«

»Nein«, entgegnete Sascha. Jerold war sofort klar, daß es das beste war zu gehorchen, so schwach und elend er sich auch fühlen mochte.

Karpo untersuchte hastig den toten Jakow Kriwonos und wandte sich dann an Jerold.

»In meiner Gesäßtasche«, sagte Jerold. »Nehmen Sie meine Brieftasche heraus. Ich bin KGB-Offizier.«

Karpo war mit wenigen Schritten bei ihm. Die Sondereinheit des Militärs unten auf dem Platz würde nicht mehr lange auf sich warten lassen. Karpo wußte, daß er die Soldaten davon abhalten mußte, das Zimmer zu stürmen und wahllos um sich zu schießen.

»Sascha, Sie gehen die Treppe runter«, befahl Karpo. »Sagen Sie ihnen, wer Sie sind und daß wir alles im Griff haben.«

Tkach steckte seine Waffe ein, sah auf den toten jungen Mann herab und fühlte einen eisigen Luftzug vom Fenster her, als er zur Tür ging.

»Ich heiße Alexandrow«, erklärte Jerold. Er hatte seinen amerikanischen Akzent schlagartig abgelegt. »Ich war der Verschwörung einer Drogenbande auf der Spur und habe versucht, sämtliche Mitglieder zu lokalisieren und zu identifizieren. Jakow war mein Verbindungsmann. Er hat mich für einen amerikanischen Drogenhändler gehalten.«

Karpo drehte den bleichen Bärtigen herum und zog die Brieftasche aus seiner Hosentasche. Er fand das Geheimfach und nahm den KGB-Ausweis mit Jerolds Foto heraus.

»Er ist echt«, sagte Jerold.

Einen Stock tiefer hörten sie beide das Getrappel von schweren Stiefeln.

»Da bin ich sicher«, bemerkte Karpo.

»Sie hätten mich heute morgen beinahe umgebracht, Inspektor Karpo«, seufzte Jerold, nahm die Hände herunter und sank auf einen Stuhl.

»Sie hätten mich auch beinahe umgebracht«, konterte Karpo.

»Ich mußte vor Jakow gut aussehen. Tut mir leid.«

Karpo nickte.

»Sie verstehen das doch alles, oder?« fuhr Jerold fort, als sie unten Tkachs Stimme hörten.

»Nicht ganz«, antwortete Karpo.

»Aber Sie glauben mir?« Jerold sah Karpo an. Sein Hemd war schweißnaß.

»Nein«, sagte Karpo.

»Sie täten aber gut daran, mir zu glauben, Inspektor Karpo«, mahnte Jerold. »Ich werde aus uns beiden Helden machen.«

In diesem Augenblick stürmte ein Major ins Zimmer. Seine braune Uniform war fast schwarz vor Nässe, und er hatte die Mütze tief ins Gesicht gezogen. Er hatte die Waffe in der Hand, aber nicht im Anschlag. Sascha mußte einigermaßen überzeugend gewesen sein.

»Major«, begann Jerold. »Ich bin Leutnant Wassilij Alexandrow von der Abteilung Innere Sicherheit beim KGB. Der Mann am Fenster ist Jakow Kriwonos. Er hatte einen Anschlag auf Präsident Gorbatschow vor. Inspektor Karpo ist aufgetaucht, als ich das gerade vereitelt hatte.«

Der Major sah von einem zum anderen. Beide Männer waren geradezu furchterregend bleich. Es war eine unwirkliche Szene, fast wie eine Momentaufnahme aus einem Stück, dessen Text in Vergessenheit geraten war. Der Major, der dem Tod in Afghanistan oft ins Auge gesehen hatte, spürte auch hier seinen eisigen Hauch und ahnte, daß dieser Moment ihn bis ans Ende seiner Tage verfolgen würde.

13

Am nächsten Morgen schien in Moskau die Sonne.

Kurz vor neun Uhr bestiegen Touristen aus der Sowjetunion und aus Ländern außerhalb ihrer einst so gefürchteten Grenzen im Sonnenschein die Ausflugsschiffe am Kiew-Kai. So früh am Morgen waren nicht viele Moskau-Besucher unterwegs. Bei denen, die die Schiffe bestiegen, befanden sich auch ein großer, ungewöhnlich blasser Mann, um den alle einen großen Bogen machten, und ein vierschrötiger, kräftiger Tourist mit steifem Bein, dem kaum jemand Beachtung schenkte, während die Jagd auf die besten Plätze in vollem Gang war.

Porfirij Petrowitsch wollte bewußt keinen guten Platz, und Karpo waren diese Dinge sowieso gleichgültig. Noch bevor das Schiff abgelegt hatte, saß Rostnikow an der Backbord-Reling in einem Stuhl. Ein dickes, waagerecht verlaufendes Metallrohr versperrte ihm teilweise die Sicht. Fast alle übrigen Fahrgäste waren im vorderen Schiffsteil untergekommen und hatten ihre Reiseführer gezückt. Rostnikow war allein auf der Backbordseite, als sich Karpo schließlich zu ihm gesellte, das Schiff ablegte und die Rundfahrt begann.

»Haben Sie je diese Fahrt mitgemacht, Emil Karpo?«

»Nein, nie.«

»Dort drüben!« Rostnikow deutete ans Ufer. »Die Festungsmauern des Nowodjewitschij-Klosters. Sehen Sie den Turm?«

»Ja, ich sehe ihn«, antwortete Karpo.

»In der Klosterkathedrale wurde Boris Godunow 1597 zum neuen Zaren gewählt«, erklärte Rostnikow.

»Das war 1598«, verbesserte Karpo ihn.

Rostnikow lächelte.

»Das wußten Sie doch ganz genau«, sagte Karpo und sah Rostnikow an.

»Schon möglich.« Rostnikows Blick ruhte noch immer auf dem Ufer. »Frau und Schwester von Peter dem Großen wurden in diesem Kloster gefangengehalten, weil sie sich gegen Peter verschworen hatten. Viele Berühmtheiten sind innerhalb der Klostermauern begraben. Ich weiß, daß Sie das wissen, Emil Karpo. Trotzdem macht es mir Freude, es laut auszusprechen. Also seien Sie nachsichtig mit mir, während wir warten. Sarah und ich haben diese Fahrt mit Josef gemacht, als er noch ein Junge war.«

Karpo sah seinen Kollegen an. Seine Züge zeigten eine ungewohnte Erschöpfung.

»Sie sind krank«, sagte Karpo.

»Ich bin müde«, korrigierte Porfirij Petrowitsch ihn.

»Worauf warten wir eigentlich?« wollte Karpo wissen.

»Auf eine Antwort«, erwiderte Rostnikow.

Das Schiff fuhr an den Sportanlagen von Luschniki vorbei. Hinter dem Steuerhaus kamen jetzt die Leninhügel in Sicht, und darüber zeichnete sich die eindrucksvolle Silhouette der Moskauer Universität gegen den Horizont ab. Der Wolkenkratzer als Mittelstück schien seinem Namen alle Ehre zu machen.

»Schön«, sagte Rostnikow mit einem Seufzer.

Karpo schwieg. Das Schiff fuhr unter einer Brücke hindurch.

»Ja«, stimmte Karpo emotionslos zu. Karpo ging entweder jedes Gefühl für Ästhetik ab, oder, was wahrscheinlicher war, er hielt sie für eine bourgeoise Einbildung.

Karpo fühlte, daß sich jemand ihnen näherte, noch bevor er sich umdrehte. Der Mann war Mitte Vierzig, hager, hatte schütteres Haar und trug einen blauen Anzug mit passender Krawatte mit Streifenmuster.

»Oberst Schenija«, sagte Rostnikow, blickte auf und legte die Hand schützend über die Augen; eine Geste, die man durchaus als originelle militärische Grußform mißdeuten konnte.

Der Oberst vom KGB war Karpo und Rostnikow bestens bekannt. Er stand aufrecht vor ihnen und spielte mit seinem Ring.

»Ich glaube, ich sehe Sie heute zum ersten Mal in Zivil«, bemerkte Rostnikow.

Schenija sah von Rostnikow zu Karpo, ohne den Kopf zu bewegen.

»Meine Anwesenheit überrascht Sie nicht im geringsten, was, Rostnikow?«

»Im Gegenteil. Die Überraschung ist vollkommen«, erwiderte Rostnikow in einem Ton, den man durchaus als erstaunt deuten konnte.

»Sie sind müde vom Flug, und Sie haben seit fast zwei Tagen nicht mehr geschlafen«, sagte Schenija. »Das ist vermutlich auch der Grund für Ihren Galgenhumor.«

»Da mögen Sie recht haben, Oberst.« Rostnikow bewegte sein Bein, als ihm einfiel, weshalb er diese oder andere Flußfahrten seit Jahren nicht mehr unternommen hatte. Die Feuchtigkeit des Flusses war Gift für die lädierten Muskeln.

»Sie haben doch gewußt, daß Ihre Gespräche abgehört werden und daß der Zuhörer wahrscheinlich so genau über Sie Bescheid wußte, daß er Ihren kleinen Code entschlüsseln konnte«, fuhr Schenija fort.

»Darauf habe ich mich verlassen, Oberst«, antwortete Rostnikow. »Da sehen Sie, wie recht Sie haben. Ich sollte so etwas niemals zu einem Oberst des KGB sagen, besonders nicht zu Ihnen.«

»Zumindest hätten Sie es vor dem beginnenden Zerfall der Sowjetunion nicht getan. Jetzt allerdings...«

»Auch jetzt sollte ich es nicht tun«, widersprach Rostnikow. »Aber ich bin müde.«

Emil Karpo hörte schweigend zu.

Schenija sah ihn an. »Gratuliere, Inspektor Karpo. Wie ich höre, sind Sie jetzt ein Held. Sie haben mitgeholfen, ein Attentat gegen unseren Präsidenten zu vereiteln. Lediglich ein kleiner Regierungsbeamter ist verletzt worden.«

Schenijas Worte klangen nicht im mindesten ironisch.

»Danke«, antwortete Karpo.

»Und Sie, Rostnikow, Sie sind ebenfalls ein Held. Ein stiller Held, der Held hinter den Kulissen«, erklärte Schenija unvermittelt, ließ plötzlich den Ring los, mit dem er gespielt hatte, und trat an die Reling. »Sie haben eine Verschwörung verhindert, die der Reformpolitik den Garaus gemacht hätte. Sie können stolz auf sich sein.«

»Ich habe nichts anderes getan, als gewisse Informationen an meinen Vorgesetzten weiterzugeben«, sagte Rostnikow, der entschlossen war, lieber einen Krampf in seinem Bein zu riskieren, als aufzustehen und Schenija zu zeigen, daß er nervös war.

Schenija stützte sich auf die Reling. Rostnikow sah die Sprungtürme des Freiluftschwimmbads ›Moskau‹. Vom obersten Brett sprang jemand wie ein nasser Sack ins Wasser. Schenija drehte sich um und musterte die beiden Polizeibeamten.

»Sie sehen mich so fragend an, Rostnikow? Was haben Sie auf dem Herzen?«

Rostnikow sagte nichts. Emil Karpo stand wie erstarrt.

»Sie möchten natürlich wissen, weshalb ich hier bin. Sie haben mich erwartet, aber Sie wußten nicht, warum ich kommen würde. Sie waren durch die Ereignisse beunruhigt, aber Sie waren nicht sicher, was Sie aus alledem schließen sollten. Ich will Sie nicht länger im unklaren lassen. Und wissen Sie, warum nicht? Weil Sie erfahren sollen, daß man Sie benutzt hat.«

»Wenn Sie nicht offen sein wollten, wären Sie nicht hier, Oberst. Etwas anderes hätte ich nie angenommen«, bemerkte Rostnikow.

»Ich habe den Mord an Georgi Wassilijewitsch nicht angeordnet«, erklärte Schenija. »Wäre das der Fall, würde ich es jetzt sagen, denn Sie könnten gar nichts unternehmen. Der Mord wurde von dem Mann veranlaßt, der die Verschwörung organisiert hatte; eine Verschwörung, die Sie und Karpo mit Hilfe von einem meiner Agenten vereitelt haben.«

»Mischa Iwanow ist einer Ihrer Männer«, warf Rostnikow ein.

»Ja«, gab Schenija zu. »Das Notizbuch, das Sie Oberst Snitkonoi übergeben haben, war eine Fälschung. Mischa Iwanow hat es so versteckt, daß Sie es finden mußten. Wassilijewitschs Notizbuch, das nichts als Unsinn enthielt und Sie in die Irre geführt hätte, wurde vernichtet. Ich könnte mir denken, daß Sie im Augenblick zwei Dinge beschäftigen. Einmal die Frage, warum ich, angesichts meiner Abneigung gegen die Reformpolitik, nicht dafür gesorgt habe, daß die Verschwörung Erfolg hat und meinen Nutzen daraus ziehe. Und zweitens, wenn ich gegen diese Verschwörung war, warum ich sie dann nicht einfach aufgedeckt und mir einen Orden verdient habe. Ich brauche Ihnen nicht zu sagen, daß ich gewisse Ambitionen habe. Ich möchte der Revolution dienen und nicht an ihrer Zerstörung teilhaben. Haben Sie sich schon mal überlegt, wohin das alles führen soll, Inspektor?«

Rostnikow hielt es nicht mehr aus. Er stemmte sich mühsam aus dem Stuhl und stützte sich mit beiden Händen auf das dicke Rohr vor seinem Stuhl, um nicht umzufallen. Rostnikow hatte es sich überlegt, aber es konnte für sein Überleben von größter Wichtigkeit sein, Oberst Schenija das Gefühl der Überlegenheit zu geben. Rostnikow widerstand dem dringenden Bedürfnis, Karpo anzusehen.

»Sie haben mich in der Hand, Oberst«, sagte Porfirij Petrowitsch.

»Die Verschwörung, die Sie beide zu vereiteln geholfen haben, richtete sich nicht gegen Gorbatschow und die Reformer«, verkündete Schenija. »Sie richtete sich gegen die wahren Patrioten, die alte Garde und jene von uns, die die Revolution unterstützen. Nicht die Stalinisten planten zu töten, sondern die Reformer hatten sich verschworen, der Opposition den Garaus zu machen, die Stalinisten zu töten. Ich war eines der auserwählten Opfer, Rostnikow. Absicht war es, die ganze Aktion der CIA, den Amerikanern, die Gorbatschow an der Macht halten wollen, in die Schuhe zu schieben. Ich brauchte integre Polizisten wie Sie, um das zu verhindern. Möglicherweise haben Sie sich jetzt die Feindschaft derer zugezogen, deren Leben Sie unbedingt retten wollten. Das ist Ironie des Schicksals, Porfirij Petrowitsch Rostnikow. Als Russe müßten Sie doch Sinn dafür haben. Und jetzt dürfen Sie lächeln. Sie haben eine Frage, Karpo?«

»Alexandrow«, sagte Karpo so leise, daß das Surren des Schiffsmotors ihn beinahe übertönt hätte.

»Jerold«, verbesserte Schenija. »Er gehörte zu den Verschwörern. Er hatte mehrere Optionen. Hätte Kriwonos Erfolg gehabt, wäre Alexandrow geflohen und hätte ihn in der Annahme seinem Schicksal überlassen, daß Kriwonos, würde er überleben, einen Amerikaner als den Mann identifizieren konnte, der ihn für den Mord engagiert hatte. Für den Fall, daß Kriwonos versagt hätte, wie es auch geschah, hatte Alexandrow vor, ihn umzubringen, was er getan hat, um als Held dazustehen. Sehen Sie jetzt, wie ehrlich ich mit Ihnen beiden bin?«

Rostnikow gestattete sich einen flüchtigen Seitenblick auf Karpo, dessen Aufmerksamkeit ausschließlich dem Oberst galt.

»Sie haben unserer Sache, der Sache der Revolution, geholfen zu überleben. Der Tag wird kommen, an dem wir zuschlagen«, fuhr Schenija fort. »Inspektor Karpo, ich könnte mir vorstellen, daß Sie als ein pflichtbewußtes und loyales Mitglied der Partei mit diesem Ausgang sehr zufrieden sind. Es besteht noch immer Hoffnung darauf, die alte Ordnung eines Tages wiederherzustellen.«

»Aus der alten Gesellschaft ist eine neue hervorgegangen«, sagte Karpo. »Die Auflösung der alten Ideen hält Schritt mit der Auflösung der alten Lebensbedingungen.«

Schenija schüttelte den Kopf.

»Aus Ihnen wird offenbar ein Reformer, Karpo.«

»Das waren nicht meine Worte, Oberst«, klärte Karpo ihn auf. »Karl Marx und Friedrich Engels haben sie geschrieben. Sie stehen im Kommunistischen Manifest.«

Oberst Schenija sah zuerst zu Rostnikow, der versuchte seine Schmerzen nicht zu zeigen, dann zu der gespenstischen Kreatur, die neben ihm stand, und er fragte sich, wic soviel Naivität nur überleben konnte. Es war idiotisch gewesen, ausgerechnet sie als Zeugen für seinen Sieg zu wählen. Es war selbstgefällig gewesen, ein Fehler, den er nicht wiederholen würde. Ohne ein weiteres Wort ging Oberst Schenija und tauchte in der Menge unter.

»Nun, Emil Karpo, was denken Sie?«

»Ich denke nicht, Inspektor Rostnikow. Ich vollstrecke das Gesetz.«

»Und ich, Emil Karpo, ich denke zuviel. Wir sind dazu verdammt, die ewigen Gegensätze zu sein. Vielleicht passen wir deshalb so gut zusammen.«

»Ich wußte nicht, daß Sie der Ansicht sind, daß wir gut zusammenpassen«, erwiderte Karpo, als Rostnikow leicht zur Seite trat und versuchte, die Durchblutung in seinem Bein wieder in Gang zu bringen. Er sah auf die Uhr. Die Flußfahrt sollte noch eine Stunde dauern.

14

An einem Frühlingsabend vor wenigen Monaten waren drei Polizeibeamte, zwei in Moskau und einer in Livadia, exakt zur selben Zeit zu Fuß unterwegs.

Noch vor Ende der Nacht sollte einer von ihnen lachen, der andere weinen, und der dritte sollte keinerlei Emotionen zeigen.

Karpo war sich sicher. Das konnte nicht der Weisheit letzter Schluß sein. Und die Augenblicke der Unsicherheit, des Zweifelns häuften sich. Er ging zu Fuß, weil er die Nähe anderer Menschen in der Metro oder in einem Bus mied. Er wollte sich nicht durch sie als existent begreifen müssen, nicht hören, was sie sich über die Ereignisse des Vortages erzählten. Er ging in dem Bewußtsein zu Fuß, bei Erreichen des Ziels Abstand von der Erinnerung an Oberst Schenija gewonnen zu haben.

Karpo war aus einem bestimmten Grund Polizist geworden: Für ihn war es gleichzeitig die schwierigste und die leichteste Aufgabe; leicht, weil er glaubte, daß das Gesetz prinzipiell einfach und unmittelbar und die ihm zugrundeliegende Philosophie transparent war. Verbrechen blieb Verbrechen. Ziel des Sowjetstaates war der uneingeschränkte Erfolg der Revolution. Was den Erfolg der Revolution verhinderte, war politisch falsch. Mord, Vergewaltigung, Raub, Betrug, Korruption, das alles waren eindeutig konterrevolutionäre Vergehen. Er sah sich, wie Porfirij Petrowitsch es einmal ausgedrückt hatte, als ein Traktor, der dem Panzer der Revolution endlose Reihen von Baumstämmen aus dem Weg räumte.

Es lag in der Verantwortung der Parteiführer, die Politik der Revolution an internen und externen Ereignissen zu orientieren. Nur hatte die Partei jetzt nicht mehr die Macht. Das Gesetz wurde von sonnengebräunten Männern ausgelegt, die genau wie jene sein wollten, gegen die sie so lange gekämpft hatten. War das der Sinn ihres Lebens? War das der Sinn von Emil Karpos Leben? Die Frage hatte sich nie zuvor gestellt. Erst in den vergangenen Monaten war sie immer aktueller geworden.

Karpo gelangte allmählich zu dem Schluß, daß sie für viele in seiner Umgebung allgegenwärtig gewesen war. Loyalität empfand man für Menschen, denen man vertraute, und für sie allein, nicht für ein abstraktes Gebilde, das sich Staat nannte.

Für Karpo war das ein völlig neues Konzept.

Er konnte sich weder mit der von Schenija propagierten Rückkehr zur Vergangenheit noch mit den neuen Führern anfreunden, die der Revolution abgeschworen hatten und sich nicht wie die Amerikaner oder Franzosen verhielten, um ihre Macht zu halten und zu konsolidieren.

Gerade als er die Tür zum Wohnblock aufstieß, spielte er zum ersten Mal ernsthaft mit dem Gedanken, seinen Abschied als Polizist zu nehmen.

Er klopfte an die Wohnungstür, obwohl er wußte, daß die Tür offen, die Tante und die Cousine nicht zu Hause sein würden. Mathilde empfing ihn. Ihr amüsiertes Lächeln war ihm vertraut. Ihr dunkelbraunes Haar fiel weich über ihre Schultern. Sie war ungeschminkt und trug ein schlichtes blaues Kleid. Sie sah eigentlich wie eine Hausfrau bei der Arbeit aus.

Ihre Beziehung hatte sich komplexer entwickelt, als Karpo es je vorausgesehen hatte. Eigentlich hatte Karpo kein anderes Verhältnis vorgesehen als die ausschließliche Befriedigung eines Bedürfnisses, das er nicht leugnen konnte. Aber es war mehr geworden. Mathilde Verson war seine Freundin geworden, aus Gründen, die Karpo nicht definieren konnte und die möglicherweise auch gar nicht existent waren, da Mathilde mit Vernunft und Logik allein nicht zu begreifen war.

Mathilde Verson und Porfirij Petrowitsch waren die einzigen Menschen, die je Interesse für ihn gezeigt hatten. Das konnte er nicht einmal von seinen Eltern behaupten.

»Emil Karpo, für einen Held der Revolution, der das Leben des Präsidenten persönlich gerettet hat, siehst du noch ernster aus als sonst. Ich hätte nicht gedacht, daß es da noch eine Steigerung gibt.«

Damit trat sie einen Schritt zurück, um ihn hereinzulassen. Sie machte die Tür hinter ihm zu und wartete, bis er sich zu ihr herumdrehte.

»Der Tee ist fertig. Wir können über Leben und Politik sprechen, bevor wir ins Bett gehen«, sagte sie, lief an ihm vorbei und verschwand hinter dem Vorhang, der das kleine Wohnzimmer von der Küche trennte. Hinter der Küche lag das Schlafzimmer der Wohnung mit einem überdimensionalen Bett aus vorrevolutionärer Zeit.

»Ich möchte nicht reden«, entgegnete Karpo und folgte Mathilde, die nach dem Teekessel griff, der sanft auf dem Ofen köchelte.

»Dann trinken wir nur den Tee und...«

»Ich möchte nicht Tee trinken«, erwiderte Karpo.

Sie drehte sich zu ihm um, stemmte die Hände in die Hüften und neigte den Kopf leicht zur Seite. Das verdutzte Lächeln verschwand aus ihrem Gesicht, als Karpo auf sie zutrat und ihre linke Brust berührte.

»Emil Karpo, was hat man dir gegeben? Drogen?«

Karpo umfaßte ihre Arme sanft, aber energisch. Sie musterte sein blasses Gesicht. Etwas wie Tränen glitzerten in seinen Augen. Mathilde wußte nicht, ob sie sich fürchten oder freuen sollte.

Sascha Tkach ging den Krankenhauskorridor entlang. Er war frisch rasiert und umgezogen. Er hatte das Haar mit Hilfe von Majas Haartonikum aus der Stirn gekämmt. Unter dem linken Arm trug er ein in grünes Papier gewickeltes Päckchen.

Niemand hielt ihn auf, als er zum Lift ging und die hagere Frau am Schaltpult bat, ihn in den sechsten Stock zu bringen. Er war der einzige Fahrgast. Trotzdem hielt sie den Aufzug in jedem Stockwerk an. Sascha nahm es gelassen hin. Niemand stieg zu.

»Danke«, sagte er und stieg aus, als sich die Tür schließlich zum sechsten Stock öffnete.

Die diensthabenden Krankenschwestern der Station baten Sascha nicht, sich auszuweisen, und fragten nicht, wohin er wolle. Er lief den Gang entlang und zu dem Zimmer, in das Selatsch nach der Operation verlegt worden war.

Die übrigen Kranken in dem Achtbettzimmer hatten ebenfalls Besuch. Bei einigen waren es zwei oder drei Personen, und der Mann in einem Bett in der Ecke schien eine Party zu geben. Selatsch lag bleich im Bett, einen Verband über dem linken Auge, das rechte geschlossen. Sascha trat näher und sagte leise: »Arkadi?«

Es kam keine Antwort. Sascha legte das Päckchen auf den Nachttisch, fand einen Klappstuhl, öffnete ihn neben Selatschs Bett und setzte sich. Fünf Minuten später, als am Nebenbett laut gelacht wurde und Selatsch sich regte, wiederholte Sascha: »Arkadi!«

Selatsch schlug das Auge auf. Das Lid flatterte, Selatsch wandte langsam den Kopf und sah Sascha. Seine geschwollenen Lippen verzogen sich zu einem schiefen Lächeln.

»Sascha«, sagte er.

»Möchtest du was zu trinken? Wasser?« erkundigte sich Tkach und stand auf.

»Nein«, wehrte Selatsch mit einer rauhen Stimme ab, die kaum wiederzuerkennen war. »Hast du mir verziehen?«

»Arkadi, du mußt mir verzeihen.«

»Dir?«

»Ja.«

»Ich vergebe dir, Sascha. Aber ich verstehe nicht...«

»Deine Mutter hat mir erzählt, daß sie dein Auge retten konnten. Du wirst eine Brille tragen müssen. Dann siehst du wie ein Intellektueller aus.«

»Ich...«, begann Selatsch mit seiner Reibeisenstimme. »Ich... sehe bestimmt aus wie ein bebrillter Kartoffelsack.«

»Sei nicht so hart mit dir, Arkadi.«

»Das bin ich nicht, Sascha Tkach. Du bist zu hart mit dir. Du bist doch auch nur ein Mensch. Siehst du, mir fallen nur immer die Sprüche meiner Mutter ein.«

»Trotzdem hast du recht, Arkadi Selatsch«, seufzte Tkach.

»Du und Karpo, ihr seid Helden. Mutter hat's gesagt«, fuhr Selatsch fort und versuchte, den Kopf zu heben. »Oder habe ich das geträumt?«

»Wir waren keine Helden.«

Selatsch verzog schmerzlich das Gesicht, als er sich etwas aufrichtete und sich so weit zu Tkach umdrehte, daß er das grüne Päckchen auf dem Nachttisch sehen konnte.

»Was ist denn das?«

»Mach es auf«, sagte Tkach.

»Ich glaube nicht...«

»Dann mach' ich es für dich«, erbot sich Sascha, nahm das Päckchen, wickelte es vorsichtig aus, damit Selatsch das Papier seiner Mutter geben konnte. Der Inhalt war klein, ein zur Größe eines Brillenetuis zusammengefaltetes Stück Papier.

»Soll ich's dir vorlesen?« fragte Tkach.

»Ja.« Selatsch nickte. Lautes Lachen erscholl in der Ecke, und irgendwo auf der Station begann ein Patient heftig zu husten.

Sascha Tkach las:

»Sobald Arkadi Selatsch von den Verletzungen genesen ist, die er sich in der Ausübung seiner Pflicht zugezogen hat, werden ihm zwei Ferienwochen auf der Krim, Hotel Lermontow in Jalta gewährt. Der Aufenthalt in diesem Zeitraum ist kostenlos und erstreckt sich auf eine Begleitperson.«

»Meine Mutter«, bemerkte Selatsch prompt.

»Arkadi, meine Frau und ich fahren mit euch. Ich habe ebenfalls einen Urlaub spendiert bekommen. Die Familie meiner Frau lebt in Nikopol. Wir fahren erst ein paar Tage zu ihnen und schließen uns dann dir und deiner Mutter an. Wenn es dir recht ist, heißt das.«

»Du willst mit mir und meiner Mutter Urlaub machen?« erkundigte sich Selatsch ungläubig.

»Sehr gern sogar«, antwortete Sascha Tkach.

»Heißt das, wir sind Freunde?« fragte Selatsch.

»Wäre mir eine große Ehre«, erwiderte Sascha und lachte.

Porfirij Petrowitsch Rostnikow wurde am Flugplatz in Jalta von seiner Frau erwartet, die ihm ein Kuvert übergab, das kurz vor Sarahs Abfahrt zum Flugplatz im Hotel abgegeben worden war.

Schon die Dampferfahrt am Morgen war für Rostnikows Bein eine Tortur gewesen. Die Enge im Flugzeug und Turbulenzen während des Flugs hatten es ihm unmöglich gemacht, auf und ab zu gehen. Rostnikow spielte daher ernsthaft mit dem Gedanken, einen Arzt aufzusuchen. Im Flugzeug hatte er versucht zu schlafen. Es war ihm nicht gelungen. Wenigstens das Buch, das er auf dem Flug nach Moskau angefangen hatte, hatte er zu Ende gelesen. Es war Ed McBains ›Let's Hear It for the Deaf Man‹, und Rostnikow kannte es fast auswendig. Die Seiten waren wie bei vielen seiner amerikanischen Lieblingskrimis abgegriffen, das Buch zerfleddert. Das war seine einzige Ablenkung gewesen, obwohl er immer nur wenige Minuten an einem Stück hatte lesen können.

Er nahm das Kuvert und sah im rötlichen Schein der Abenddämmerung seine Frau an. Ihr Haar war nach der Operation schnell nachgewachsen, die Narbe war nicht mehr zu sehen. Sarah hatte an Gewicht verloren, war jedoch noch immer eine kräftige Frau mit glattem, unverbrauchtem Gesicht. In Anbetracht des harten und bewegten Lebens der Achtundvierzigjährigen war das erstaunlich.

»Porfirij Petrowitsch«, sagte seine Frau und musterte ihn wie immer über den Rand ihrer Brille hinweg. »Du bist krank.«

»Und du bist sehr schön«, erwiderte er.

»Du redest ja im Fieber.«

»Nein«, wehrte er ab und riß den Umschlag auf. Er enthielt ein einzelnes Blatt. Er las, was darauf mit Schreibmaschine geschrieben war, steckte es ins Kuvert zurück und ließ es in seiner Tasche verschwinden.

»Stimmt was nicht, Porfirij?«

»Alles in Ordnung. Mein Bein, sonst nichts. Und ich brauche Schlaf.«

»Kannst du mit den Schmerzen überhaupt schlafen?«

Um sie herum herrschte ein reges Gedränge.

»Das werden wir ja sehen«, antwortete Rostnikow.

»Nein, das werden wir nicht sehen, Porfirij Petrowitsch«, entgegnete Sarah. »Wir gehen jetzt zu einem Arzt, damit er dir was gegen die Schmerzen gibt. Dann legst du dich ins Bett. Ich bringe dir eine heiße Suppe und die Medizin und pflege dich gesund.«

»Dazu mußt du erst noch gesünder werden«, murmelte Rostnikow und blieb stehen, um frische Kraft zu schöpfen.

Er sah sie im Abendlicht an, und sie schüttelte den Kopf.

»Mir geht es gut, Porfirij Petrowitsch. Ich tue seit Monaten nichts anderes, als mich zu erholen. Jetzt möchte ich mich nützlich machen. Willst du mir die Gelegenheit nehmen, mich zum ersten Mal seit Monaten wieder nützlich zu fühlen?«

»Nein, das will ich nicht«, antwortete er, machte den nächsten Schritt und versuchte sich auf seine Frau zu stützen.

»Genieß es, krank zu sein«, riet Sarah. »Du hast es verdient. Porfirij Petrowitsch, ich habe dich nie über deine Arbeit ausgefragt. Stimmt's?«

»Ja«, erwiderte er, als sie die helle Ankunftshalle des Flugplatzes betraten.

»Was ist in dem Umschlag?«

»Ein Oberst des KGB hatte einen Unfall«, sagte Rostnikow. »Er ist von Bord eines Ausflugdampfers auf der Moskwa gefallen und in die Schiffsschraube geraten.«

»Und du hast den Mann gekannt?«

»Ich habe ihn gekannt«, antwortete Rostnikow und fragte sich insgeheim, wie viele Offiziere des MVD, KGB und GRU in nächster Zeit zu Unfallopfern werden würden.

»Ich finde, du solltest eine Weile gar nicht mehr denken«, seufzte Sarah und ließ den Arm ihres Mannes los, damit er allein und mit Würde durch die wartende Menge gehen konnte. »Wenn du das im Urlaub nicht schaffst, wann dann?«

»Ja«, stimmte Rostnikow ihr zu und machte einen Schritt vorwärts. »Wann dann?«

Meinem Onkel
Herrn Geistl. Rat
Pfarrer Victor Zmijewski
zum Goldenen Priesterjubiläum
am 21. März 1993

Inhalt

Vorwort

Im vorliegenden Büchlein sind Ansprachen wiedergegeben, die ich zwischen 1989 und 1992 an verschiedenen Sonntagen des Kirchenjahres bei Katholischen Morgenfeiern im Hessischen Rundfunk gehalten habe. Ermutigt durch zahlreiche Hörerzuschriften und Manuskriptwünsche, die mir zeigten, daß die Ansprachen auf großes Interesse gestoßen waren, habe ich mich entschlossen, sie inhaltlich fast unverändert und mit passendem Bildmaterial versehen in Buchform zusammenzufassen und sie so auch einem weiteren Interessentenkreis zugänglich zu machen.
Die biblisch orientierten Ansprachen, die hier bewußt so zusammengestellt sind, daß das Büchlein zu einem kleinen Wegbegleiter durch das Kirchenjahr (vom Advent über die Fasten- und Osterzeit bis hin zu den letzten Sonntagen im Jahreskreis) werden kann, möchten aus christlichem Glauben Antworten auf existentiell wichtige Fragen und Probleme geben und den Leser dazu einladen, sich persönlich auf Jesus Christus einzulassen, der – als das »Lamm Gottes«, der »Gute Hirt« und der »gekreuzigte König« – die Macht jener göttlichen Liebe verkörpert, die unserem Leben Hoffnung und Zukunft schenkt.

Fulda, 24. Juni 1992 — Josef Zmijewski

In der Wüste dem Herrn einen Weg bereiten

Johannes der Täufer und seine Adventsbotschaft

Er gehört in den Advent einfach hinein: der Vorläufer Jesu, Johannes der Täufer! Freilich, ein »sonderbarer Heiliger« war er schon, dieser Mann, der – wie die Evangelien berichten – lange Zeit als Asket in der Wüste lebte (vgl. Lk 1,80; 3,2; Mt 11,18), sich von Heuschrecken und wildem Honig ernährte und ein Gewand aus Kamelhaaren mit einem Ledergurt trug (vgl. Mk 1,6).

Man stelle sich einmal vor, ein solcher Mann würde heute in der Öffentlichkeit auftreten, vielleicht im Fernsehen das »Wort zum Sonntag« sprechen: Die Haare strähnig und verfilzt. Das Gesicht eingefallen. Die Haut fahl und rissig. Und dazu noch diese unmögliche Kleidung! Die Reaktionen kann man sich denken: Die einen würden diesen merkwürdigen Kauz belächeln. Andere würden vielleicht mit dem Kopf schütteln und spöttisch fragen, was für einen Tippelbruder die Kirche sich denn da engagiert habe. Und sicherlich gäbe es auch so manchen, der mit Entrüstung reagieren und einen solchen Auftritt als unerträgliche Zumutung empfinden würde.

Doch merkwürdig: die Menschen damals reagierten ganz anders. Scharenweise pilgerte man zu Johannes hinaus. Sogar von der Hauptstadt Jerusalem kamen die Leute in die Wüstengegend am Jordan, wo er predigte und taufte (vgl. Mk 1,5 a).

Was trieb die Menschen hinaus? War es die bloße Neugier, diesen Gottesmann, von dem alle Welt sprach, einmal persönlich kennenzulernen? War es Sensationslust, die Erwartung, da draußen in der Wüste vielleicht Zeuge eines spektakulären Wunders zu werden? Wohl kaum. Wenn man bedenkt, daß es sich bei denen, die da kamen, zumeist um einfache Leute aus dem Volk handelte, ja sogar um Außenseiter und Angehörige von Randgruppen der Gesellschaft wie Zöllner, Dirnen oder Soldaten (vgl. Lk 3,12–14; Mt 21, 32 b), dann darf man vermuten, daß da – jedenfalls bei den meisten – noch etwas anderes, Tieferes im Spiel war: nämlich das innere Verlangen nach einem neuen, besseren Leben, die Sehnsucht nach Befreiung von inneren und äußeren Zwängen, die Hoffnung auf Heil! Und dieser Prediger draußen in der Wüste schien die Erwartungen zu erfüllen, kündigte er doch das Kommen eines »Heils für *alle*« – also auch für sie selbst – an (vgl. Lk 3,6); und zwar keineswegs nur als eine vage Zukunftsperspektive, sondern als ein unmittelbar bevorstehendes, göttlich-großes Geschehen.

So kamen sie denn von überall her, mit ihren Hoffnungen, Sehnsüchten und Erwartungen. Und das, obwohl Johannes ihnen eine ganze Menge zumutete. Er mutete ihnen zu, ihre gewohnte Umgebung zu verlassen und sich in die Wüste zu begeben. Und vor allem: er verlangte von ihnen, ihr Leben radikal zu

ändern durch entschiedene Umkehr, wollten sie des kommenden Heils gewiß sein.
Nach den Evangelien war das alles nun freilich kein Zufall. Vielmehr sollte sich auf diese Weise das Wort aus dem Buch des Propheten Jesaja erfüllen, das da lautet: »Stimme eines Rufers in der Wüste: Bereitet dem Herrn den Weg! Ebnet ihm die Pfade! Jede Schlucht soll aufgefüllt werden, jeder Berg und Hügel sich senken! Was krumm ist, soll gerade werden, was uneben ist, soll zum ebenen Weg werden! ... Und alles Fleisch wird schauen Gottes Heil« (Jes 40,3–5a Septuagintafassung; vgl. dazu Lk 3,4–6; auch Mk 1,3; Mt 3,3).

I

Johannes – ein Rufer in der Wüste! Ich frage mich: Warum mußte es gerade die *Wüste* sein, in der Johannes predigte und taufte? In Jerusalem wär's für ihn doch sicher einfacher gewesen. Er hätte noch mehr Zuhörer gehabt. Und Wasser zum Taufen wäre auch genug dagewesen. Warum also die Wüste?
Ich denke, dies hängt mit der Bedeutung zusammen, die der Wüste im religiösen Bewußtsein des jüdischen Volkes damals zukam. Für dieses Volk galt die Wüste als ein Ort besonderer Gotteserfahrung. Israel hatte es ja erlebt: Vierzig Jahre lang hatte es sich in der Wüste befunden auf seinem Weg von Ägypten ins Gelobte Land. Damals hatte man die Wüste in ihrer ganzen todbringenden Bedrohlichkeit kennen-

lernen müssen, hatte Hitze und Kälte, Durst und Hunger, Öde und Wildnis und alles andere, was nun einmal zur Wüste gehört, erfahren. Aber man hatte eben auch die andere Erfahrung gemacht: In diesem Todesraum Wüste war man Gott begegnet, hatte seine helfende und schützende Nähe erfahren; ja, Gott hatte Israel mitten in der Wüste zu seinem Volk gemacht, ihm Leben und Existenz geschenkt. Damit hatte Israel die Wüste aber auch zugleich als Ort der *Entscheidung* erfahren. Jeder einzelne hatte sich entscheiden müssen: ob er im Tod oder im Leben stehen, ob er in seiner eigenen, menschlichen Nichtigkeit bleiben oder die Gemeinschaft mit Gott suchen wollte (vgl. z. B. Dtn 8,2–4.14–18).

Die Wüste – ein besonderer Ort der Begegnung mit Gott, eine Stätte der Zuversicht und der Hoffnung auf neues Leben mitten in Unheil und Todesbedrohung! Diese Erfahrung hatte sicher auch Johannes selbst in den langen Jahren seines Wüstenlebens machen können. Und an dieser Erfahrung wollte er die Menschen seiner Zeit teilhaben lassen. Er tat es, indem er sie zu einer neuen Entscheidung für Gott, zu einer radikalen Umkehr aufrief. Deshalb ließ er sie aufbrechen aus ihrer vertrauten Umgebung mit all ihren Bequemlichkeiten und Verkrustungen, deshalb mutete er ihnen die Wüste zu, konnten sie doch gerade in ihr – wie nirgendwo sonst – ihres eigenen Zustands – wenn wir so wollen: der »Wüste« in ihrem eigenen Leben – innewerden und daraus dann die erforderlichen Konsequenzen ziehen.

Und viele Menschen kamen, lieferten sich der heilsamen Erfahrung der Wüste aus. Geführt von Johannes, erkannten sie, wie es wirklich um sie stand, und waren dann auch bereit zur Umkehr. »Was sollen wir tun?« fragten sie (vgl. Lk 3,10). Und Johannes antwortete ihnen sinngemäß: »Stellt die Echtheit eurer Umkehr durch entsprechende Taten unter Beweis (vgl. Lk 3,8)! Und zwar jeder, wie er es kann, seinem Stand und seinem Vermögen entsprechend (vgl. Lk 3,10–14). Nur so bereitet ihr in der ›Wüste‹ eures Lebens dem nahenden Herrn einen Weg. Nur so habt ihr die Chance, daß Er mit seinem Heil auch bei euch ›ankommen‹ kann!«

II

Die Botschaft, die Johannes der Täufer damals an die Menschen seiner Zeit richtete – geht sie nicht auch uns heutige Menschen an? Wer von uns hätte sie denn nicht schon irgendwie in seinem Leben erfahren: die »Wüsten«! Da gibt es etwa die *»Wüsten« im religiösen Leben:* wenn Unglauben und Zweifel den Weg zu Gott versperren, wenn der Gebetskontakt zu Gott abreißt oder wenn man sich nicht mehr an Gottes Geboten orientiert. Da gibt es die *»Wüsten« im Zusammenleben mit den anderen:* wenn Mann und Frau, Eltern und Kinder einander nichts mehr zu sagen haben, sondern sich nur noch anöden, wenn Selbstsucht und Rücksichtslosigkeit, das Bestreben, den anderen zu beherrschen, oder Neid, Eifersucht und Haß die Atmosphäre vergiften. Und da gibt es

nicht zuletzt die *»Wüsten« im eigenen Herzen:* wenn man innerlich leer ist vor lauter Leid und Trauer, Einsamkeit und Enttäuschung, Angst und Verzweiflung, Schuldkomplexen und schlechtem Gewissen, oder wenn man wie ausgebrannt ist von der Hektik des Alltags und von der Oberflächlichkeit menschlicher Begegnungen, oder auch, wenn man von seinen Lastern und Trieben total blockiert wird.
Wenn wir solche »Wüsten« in unserem Leben erfahren, dann sind wir – wie die Menschen damals – vor die *Entscheidung* gestellt: ob wir die »Wüste« aus *eigener* Kraft bestehen wollen – sei es, daß wir uns vor ihr in die tägliche Routine und Oberflächlichkeit hineinflüchten, sei es, daß wir uns der Verzweiflung und Resignation überlassen – *oder* ob wir uns *Gott* übergeben, indem wir zu ihm umkehren und uns für ihn öffnen, um dann seine Nähe und Liebe zu erfahren mitten in der »Wüste« unseres Lebens. *Umkehren* – das ist freilich nicht leicht. Denn umkehren bedeutet: daß ich mich von den bisherigen Wegen abwende, jenen Irrwegen, die mich überhaupt erst in die »Wüste« hineingebracht haben, und daß ich zurückkehre auf jenen Weg, auf dem ich wieder zu Gott kommen kann; oder besser gesagt: auf dem Gott – durch die »Wüste« hindurch – wieder zu mir kommen kann!
Aber dieser Weg für Gott durch die »Wüste« meines Lebens muß erst *geschaffen* werden. Und das ist – wie schon das Prophetenwort aus dem Jesajabuch andeutete (vgl. Jes 40,3–4) – nicht gerade einfach. Viele Hindernisse sind zu überwinden, um die »Wü-

ste« *wegbar* zu machen: Da versperren die schweren Steine meiner Schuld und meines Versagens den Weg. Meine Lieblosigkeiten, aber auch Neid und Resignation haben tiefe Täler aufgerissen. Mein Lebensweg ist verschlungen und krumm geworden durch Feigheit, Intrigensucht, mangelnde Zivilcourage. Meine Vorurteile, mein Mißtrauen, meine Kontaktarmut gegenüber Gott und den Mitmenschen haben Berge aufgetürmt, Barrikaden errichtet. Das alles gilt es erst in harter Pionierarbeit zu beseitigen, damit der Weg frei wird für die Begegnung mit Gott.

Nein, leicht ist die Umkehr wahrhaftig nicht! Und auf Anhieb wird sie deshalb auch wohl kaum gelingen. Aber haben wir eine *andere* Chance, aus der »Wüste« unseres Lebens herauszufinden, als diese?

III

Mag die Umkehr, wie Johannes sie in seiner Predigt gefordert hat, auch noch so schwer sein, unmöglich ist sie nicht! Wir brauchen deshalb auch keine Angst zu haben, sie nicht zu schaffen. Wenn wir zur Umkehr ehrlich entschlossen sind und dann auch ernsthaft damit beginnen, in der »Wüste« unseres Lebens für Gott einen Weg zu bereiten, dann werden wir sicher bald die beglückende Erfahrung machen, daß wir dabei keineswegs auf uns allein gestellt sind. Gott kommt uns nämlich auf diesem Weg entgegen! Ja, er hat es schon längst getan: in seinem Sohn Jesus Christus, dessen Kommen in unsere Welt wir zu

Weihnachten wieder neu feiern wollen. In Ihm erweist sich Gott auch für uns als der *treue* Gott, der uns – so, wie einst das Volk Israel – begleitet, auch wenn es durch die »Wüste« geht. Mit Seiner Hilfe können und werden wir es schaffen!
Was Er in seiner Gnade alles vermag, daß er selbst in der unwegsamsten »Wüste« dem Menschen noch hilft, den richtigen Weg zu finden, und daß er sogar die unfruchtbarste »Wüste« noch zum Blühen bringen kann, das haben viele Menschen in ihrem Leben persönlich erfahren dürfen.
Einer von ihnen war der französische Dichter Paul Claudel. Er berichtet, was am Weihnachtsfest 1886 mit ihm geschah: Er war damals 18 Jahre alt und ungläubig. Trotzdem ging er in Paris zum Weihnachtshochamt nach Notre Dame. Nicht um zu beten. Er dachte vielmehr, der Weihnachtsgottesdienst sei ein Reizmittel für seine schriftstellerische Tätigkeit und könne ihm Stoff liefern für ein paar dekadente Übungen. Er schreibt: »In dieser Verfassung wohnte ich, von der Menge gestoßen und gedrückt, dem Hochamt bei, ohne sonderlich Gefallen daran zu finden.« Am Nachmittag kam er dann auch zur Vesper, da er nichts Besonderes zu tun hatte. Er stand wieder mitten in der Menge, beim zweiten Pfeiler vorne auf der rechten Seite. Als der Knabenchor das Magnifikat sang, geschah etwas Unerwartetes. Er beschreibt es so: »In einem Nu wurde mein Herz ergriffen: Ich glaubte! Ich glaubte mit einer so mächtigen Zustimmung, ... mit einer solch unerschütterlichen Gewißheit, daß keinerlei Platz auch nur für den

leisesten Zweifel offen blieb ... Es ist wahr: Gott existiert, er ist da. Er ist jemand, er ist ein ebenso persönliches Wesen wie ich! Er liebt mich, er ruft mich!« (zitiert nach: Prediger und Katechet 125/1, 1986, S. 117f).

Eine bemerkenswerte Geschichte! Da begegnet ein junger Mann in der »Wüste« seines Unglaubens Jesus Christus und erfährt in ihm Gott – als ein beglückendes Du. Und plötzlich fängt die »Wüste« an zu blühen!

Was Claudel erlebte, ist sicher außergewöhnlich. Aber die Erfahrung, die er machen durfte, daß der Herr auf wunderbare Weise »Wüsten« zum Blühen bringen kann, die läßt sich durchaus auch im ganz gewöhnlichen, alltäglichen Leben machen. Und das immer wieder neu.

Ein kleines Beispiel aus unseren Tagen mag dies verdeutlichen. In der Kirchenzeitung unseres Fuldaer Bistums, dem Bonifatiusboten, gab es bis vor einiger Zeit die Spalte »Mein Bibelwort im Alltag«. Darin äußerte sich jeweils ein Leser zu seiner Lieblingsstelle in der Bibel. In dieser Spalte war nun auch die Zuschrift einer Frau zu lesen, die angab, die Bibelstelle, die sie besonders liebe, das sei der Anfang des 35. Kapitels bei Jesaja, wo es heißt: »Wüste und Öde sollen sich freuen, die Steppe soll jubeln und blühen! Bedeckt mit Blumen, soll sie üppig blühen und jubeln, ja jubeln und jauchzen!« (Jes 35,1.2a). Zur Begründung, warum sie gerade diese Stelle besonders liebe, schrieb sie u. a. folgendes: »Wer hat schon gesehen, wenn die Wüste blüht? Wie ein Teppich ist das dürre, unfruchtbare Land übersät mit Blumen in allen möglichen Farben. Wo kommen sie so plötzlich her? Die Samen liegen schon lange in der Erde und warten auf den warmen Regen. Dann keimen, wachsen und blühen sie. Sie bilden sogar noch Samen für die nächste Generation. Warum bin ich so erstaunt und erfreut über dieses Naturschauspiel? ... Ich sehe hier Parallelen zu mir: Auch in mir, wie in jedem Menschen, liegen Samen, also Talente, neue Möglichkeiten. Sie warten auf den warmen Regen, damit sie keimen, blühen und Frucht tragen können. Mein ›warmer Regen‹ ist der Heilige Geist. Er bringt meine Wüste zum Blühen. Schon öfter habe ich das erleben dürfen« (aus: Bonifatiusboten vom 13. 5. 1990, S. 4).

Ja, es gibt sie: die Erfahrung der »blühenden Wüste«. Es gibt sie in vielen Formen. Möchte sie – gerade im Advent – uns allen geschenkt werden!

»Seht, das Lamm Gottes, das die Sünde der Welt hinwegnimmt!«

Nun beginnt sie wieder: die große »Heilige Woche«, die Karwoche, in der die Christen Jesu Leiden und Sterben feiern. Aber kann man so etwas eigentlich *feiern?*, möchte man fragen. Hat Jesu Passion denn überhaupt einen *Sinn* gehabt? Ist sein Kreuz nicht vielmehr ein Zeichen der Sinnlosigkeit, ein schlagender Beweis dafür, wie sinnlos und vergebens es doch offensichtlich ist, sich in dieser Welt für das Gute einzusetzen? Bestätigt nicht Jesu Tod am Kreuz im Grunde nur die uralte Erfahrung, daß in dieser Welt auch, ja gerade der Unschuldige elend zugrunde geht? Und das soll man feiern? Und dann die Frage aller Fragen: Was ist mit Gott? Wo bleibt er in diesem Geschehen? Warum läßt er so etwas zu? Und das auch noch bei seinem eigenen Sohn! Fragen, die sicher vielen auf den Nägeln brennen.

Wie sehr sich auch glaubende Menschen mit solchen Fragen herumplagen können, wurde mir vor einiger Zeit bei einem Gespräch mit einer älteren Frau, die ich seelsorglich betreute, wieder einmal deutlich. Diese Frau, die selbst ein schweres Lebensschicksal hinter sich hatte und zudem auch noch unter einer äußerst schmerzhaften Krankheit litt, drückte es in unserem Gespräch so aus: »Wissen Sie, mir will es einfach nicht in den Kopf, warum Gott gerade gute

Menschen oft so schrecklich leiden läßt. Erst recht verstehe ich nicht, wie Gott so grausam sein kann, seinen eigenen Sohn auf so blutige Weise dahinzugeben. Er hätte doch auch andere Möglichkeiten gehabt, uns zu erlösen. Warum hat er ausgerechnet *diese* Möglichkeit gewählt?«

Ja warum? Wir werden auf diese Frage bei allem Nachdenken von uns aus wohl nie eine *endgültige* Antwort finden. Gott wäre nicht Gott, könnten wir Menschen ihn in seinen Plänen und Absichten ganz durchschauen. Aber vielleicht kann uns ein Wort aus dem Johannesevangelium helfen, wenigstens etwas von Sinn und Bedeutung des Todesleidens Jesu zu erahnen. Es ist ein Wort, das Johannes der Täufer über Jesus gesprochen hat, bei seiner ersten Begegnung mit ihm am Jordan. Als Jesus am Tag nach seiner Taufe auf Johannes zukam, wies dieser seine Anhänger auf ihn hin und sagte: »Seht, das Lamm Gottes, das die Sünde der Welt hinwegnimmt!« (Joh 1,29; vgl. 1,37).

Dieses Täuferwort hat bekanntlich den Maler Matthias Grünewald zu seinem berühmten Kreuzigungsbild auf dem Isenheimer Altar inspiriert. Man sieht auf diesem Bild, wie vor Jesus, der am Kreuz hängt, Johannes der Täufer steht und mit einem überlangen Finger auf den Gekreuzigten deutet. Zu Füßen des Täufers steht ein Lamm. – Offensichtlich will Grünewald mit seiner Darstellung darauf aufmerksam machen, daß jenes prophetische Wort, das der Täufer einst zu Beginn des öffentlichen Lebens Jesu über ihn gesprochen hat, nunmehr seine Erfüllung findet, da

Jesus sein Leben am Kreuz vollendet. Zugleich aber verfolgt der Künstler wohl auch noch eine andere Absicht: Durch den Täufer und seine unübersehbare Geste will er den Betrachter einladen, sich persönlich dem zuzuwenden, der da am Kreuz hängt, und zu begreifen, daß dessen Tod kein sinnloser Zufall ist, sondern – als der Tod des »Gotteslammes« – eine gottgewollte und freiwillige Lebenshingabe zum Heil der Welt.

I

Der Gekreuzigte – das »Lamm Gottes, das die *Sünde der Welt* hinwegnimmt«! Eine Botschaft, die bis heute nichts von ihrer Aktualität eingebüßt hat. Denn es gibt sie immer noch: die »Sünde der Welt«. Auch wenn wir Menschen von heute das manchmal nicht wahrhaben wollen; auch wenn wir immer wieder versuchen, das dunkle Phänomen von Sünde und Schuld aus unserem Bewußtsein zu verdrängen, es wegzudiskutieren oder zu verharmlosen. Die Sünde ist nach wie vor in unserer Welt da und treibt ihr zerstörerisches Unwesen.

Sünde ist näherhin überall dort zu finden, wo der Mensch Gottes Oberhoheit über sein Leben nicht mehr anerkennt, sondern sich selbst an die Stelle Gottes setzt, etwa indem er sich zum Herrn über Leben und Tod aufspielt. Sünde ist dort zu finden, wo der Mensch in seinem Wahn, alles sei für ihn machbar, manipulierbar, willkürlich in die von Gott

gegebene Schöpfungsordnung eingreift oder seine Umwelt mutwillig zerstört, und ebenso dort, wo er auf Kosten anderer Menschen oder Völker lebt, sie zu eigenem Vorteil unterdrückt und ausbeutet. Sünde ist nun einmal keine bloße Privatsache, die niemanden etwas angeht. Im Gegenteil: Sie hat immer eine *soziale* Dimension. Denn sie schädigt den menschlichen Lebensraum, vergiftet menschliches Zusammenleben und wird so letztlich zu einer todbringenden Wirklichkeit, die auf den Menschen selbst zurückschlägt. Erleben wir das alles heute nicht tatsächlich so? Ja, es gibt sie: die »Sünde der Welt« mit all ihren schrecklichen Folgen! Und es gibt sie nicht nur – wie man ja gerne meint – »bei den anderen«, sondern auch im eigenen Leben!
Das kann einem bei einer ehrlichen Gewissenserforschung sehr schnell bewußt werden. Mir geht es z. B. so, wenn ich im Evangelium Jesu Passionsgeschichte lese. Ich frage mich dann unwillkürlich: Bin ich eigentlich so viel anders, so viel besser als jene Menschen, die mir in dieser Geschichte begegnen? Gleiche ich nicht oft genug in meiner Bequemlichkeit und religiösen Gleichgültigkeit den schlafenden Jüngern am Ölberg, die »nicht einmal eine Stunde« mit Jesus wachen konnten (vgl. Mt 26,40)? Übe ich nicht genauso Verrat wie Judas, wenn ich gegen andere treulos handele, Menschen, die mir vertrauen, hintergehe oder sie um eines fragwürdigen Vorteils willen einfach fallenlasse? Bin ich nicht manchmal auch so feige wie Petrus, der sich – statt Jesus beizustehen – mit den Worten: »Ich habe mit dem da nichts zu schaf-

fen!« (vgl. Mt 26,72.74), einfach aus der Affäre zieht? Und kann ich mich nicht auch in Pilatus wiederentdecken, wenn ich mich – wie er – aus der eigenen Verantwortung stehle und meine »Hände in Unschuld wasche« (vgl. Mt 27,24)? Oder in der schreienden Menge, die gestern noch »Hosanna« jubelte und heute ebenso fanatisch ihr »Kreuziget ihn!« (vgl. Mt 27,22f) ruft?

Indem ich dies bedenke, wird mir bewußt, wie sehr doch auch ich immer noch unter der Macht der Sünde stehe. Und mir geht auf, wie recht Paul Gerhardt hat, wenn er uns in seinem Passionslied »O Haupt voll Blut und Wunden« sagen läßt: »Was du, Herr, hast erduldet, ist alles *meine* Last; *ich* habe es verschuldet, was du getragen hast!«

II

Der Gekreuzigte – das »Lamm Gottes, das die Sünde der Welt *hinwegnimmt*«! Zu allen Zeiten haben Menschen versucht, mit dem dunklen Phänomen der Sünde fertigzuwerden und ihrer zerstörerischen, vergiftenden und todbringenden Wirkung zu entrinnen. Aber trotz aller Anstrengungen ist es ihnen letztlich nie ganz gelungen. Die Macht der Sünde war einfach stärker. Haben wir selbst das nicht auch schon oft genug schmerzlich erfahren müssen? Da haben wir uns immer wieder angestrengt, unsere Fehler und Schwächen, Laster und Untugenden in den Griff zu bekommen, aber es hat einfach nicht geklappt; eher

wurde es noch schlimmer. Da haben wir uns bemüht, unsere Schuldkomplexe und unser schlechtes Gewissen loszuwerden oder eine schlimme Vergangenheit endlich einmal zu bewältigen, aber alle Mühe war umsonst. Offenbar ist es dem Menschen nicht möglich, aus eigener Kraft dem todbringenden Kreislauf der Sünde zu entrinnen. Der Mensch kann die Macht der Sünde von sich aus nicht brechen. Das kann nur einer, der stärker ist als diese Macht: Gott selbst. Und er hat es getan: durch seinen Sohn Jesus Christus, der stellvertretend die Sünde der Welt auf sich nimmt. Indem er, der Sündelose, sich im Gehorsam gegen den Willen des Vaters und doch zugleich auch aus freiem Entschluß (vgl. Joh 10,18) dem Tod unterwirft und damit die Macht der Sünde in letzter Konsequenz an sich selber auswirken läßt – der Tod ist ja, wie Paulus sagt, der »Sold der Sünde« (Röm 6,23) –, bricht er diese Macht ein für allemal. Die Sünde hat sich endgültig aus-gewirkt. Dem Sünder aber ist eine neue Lebensmöglichkeit eröffnet.
Ist das nun grausam von Gott, daß er zur Sühne für die Sünde der Welt seinen eigenen Sohn leiden und sterben läßt? Keineswegs! Gewiß zeigt das blutige Kreuzesgeschehen, wie ernst Gott die *Sünde* nimmt – todernst sogar. Es zeigt aber doch auch, wie ernst Gott den *Menschen* nimmt. Ihn will er aus der tödlichen Macht der Sünde erretten – weil er ihn liebt! Nein, mit Grausamkeit oder Rache hat das nichts zu tun. Diese Sühne ist Geschenk der Liebe Gottes, ist Gnade, für die wir nur danken können.

ILLVM OPORTET

III

Was Jesu Todesleiden bedeutet: daß es stellvertretende Sühne für die Sünde der Welt ist, Sühne, hinter der Gottes Liebe zu uns Menschen steht und die Jesus in freiwilligem Gehorsam auf sich nimmt, das wird im Wort des Täufers – wohl nicht zufällig – durch das Bild vom *Lamm Gottes* veranschaulicht. Es ist ein Bild, mit dem die Menschen damals zweifellos noch etwas anfangen konnten. So dachte man bei diesem Bild sicher unwillkürlich an das Pascha- oder Osterlamm, das die Juden jedes Jahr zum Paschafest schlachteten als Zeichen der Befreiung, die Gott einst dem Volk Israel in Ägypten hatte zuteil werden lassen (vgl. Dtn 16,1–8). Vielleicht dachte man auch an den »Sündenbock«, der jedes Jahr am Großen Versöhnungstag, symbolisch beladen mit den Sünden des Volkes, vom Hohenpriester in die Wüste hinausgejagt wurde (vgl. Lev 16,20 ff). Oder auch an das 4. Gottesknechtlied bei Jesaja (Jes 53), wo es von dem leidenden Gottesknecht heißt, daß er »wie ein Lamm« ist, »das man zum Schlachten führt« (vgl. V.7), daß er »sein Leben als Sühnopfer hingibt« (vgl. V.10), daß er »die Vielen gerecht macht, indem er ihre Schuld auf sich lädt« (vgl. V.11). An all dies also mochte man damals bei der Vorstellung von Jesus als dem »Lamm Gottes« denken.

Wir Menschen von heute haben wohl eher Schwierigkeiten mit dieser Vorstellung. Das Bild vom »Lamm Gottes« mutet uns allzu fremd an. Und doch ist es, will mir scheinen, ein zeitlos gültiges Bild, das

auch uns Heutigen Wesentliches über Gott und unser Verhältnis zu ihm sagen kann.
Für mich persönlich verbindet sich mit dem »Lamm Gottes« eine *dreifache* Bedeutung:

(1) »Lamm Gottes« – das ist für mich zunächst ein *Bild für das besondere Maß der Liebe Gottes* zu uns Menschen. »So sehr hat Gott die Welt geliebt, daß er seinen eigenen Sohn *dahingab*«, heißt es im Johannesevangelium (Joh 3,16). Das »Lamm Gottes« steht für diese totale, bis zum äußersten gehende *Hingabebereitschaft* der göttlichen Liebe. »Echte Liebe muß auch weh tun!«, las ich irgendwo einmal. In der Tat: Wer einen anderen wirklich liebt, ist bereit, auch Leiden und Schmerzen auf sich zu nehmen, wenn dies dem Geliebten hilft. Gott hat sich davon nicht dispensiert. Im Gegenteil: Er hat das Schmerzlichste auf sich genommen, was man sich vorstellen kann, indem er seinen Sohn für uns am Kreuz dahingab! Für mich ist das tröstlich zu wissen: daß ich an einen Gott glauben darf, der in seiner maßlosen Liebe zu uns Menschen – auch zu mir selbst – *maßlos leidensfähig* ist. Denn das gibt mir das Vertrauen, daß er auch *meine* Leiden und Nöte ernst nimmt, daß er sie mitträgt, mit-leidet!
Gottes Liebe ist aber nicht nur von maßloser Hingabe- und Leidensfähigkeit geprägt, sondern ebenso von *maßloser Geduld.* Auch dafür ist das »Lamm Gottes« ein beredtes Zeichen. Das Lamm gilt ja gemeinhin als ein Tier, das alles, was mit ihm geschieht, in ergebener Geduld über sich ergehen läßt.

Von daher ist es kein Zufall, wenn es in der bereits erwähnten Prophetie vom leidenden Gottesknecht heißt, daß er »*wie ein Lamm*, das man zum Schlachten führt ..., *seinen Mund nicht auftut* (Jes 53,7). Diese Prophetie erfüllt sich in Jesus Christus, dem »Lamm Gottes«: In grenzenloser Geduld erträgt er Leiden und Tod zur Sühne für unsere Sündenschuld.

Damit bringt Gottes Liebe etwas fertig, wozu wir Menschen offenbar nicht in der Lage sind. *Wir* sind geneigt, in der Liebe *Grenzen* zu ziehen nach dem Motto: »Bis hierher und nicht weiter!« Wenn sich z. B. jemand, dem wir unsere Liebe geschenkt haben, uns gegenüber schuldig gemacht hat oder wenn aus anderen Gründen die Liebe zu einer unerträglichen Belastung geworden ist, halten wir sehr schnell das Maß des Zumutbaren für erreicht und sagen dann: »Jetzt ist Schluß. Es hat keinen Sinn mehr, den anderen noch weiter zu lieben.« *Gott* ist anders als wir. Er liebt uns immer noch weiter – in unendlicher Geduld. Denn für ihn wird die Liebe nie sinnlos! Auch das ist für mich tröstlich zu wissen: Gott liebt mich grenzenlos geduldig – trotz meiner Fehler, trotz meines Versagens. Soweit es auf ihn ankommt, werde ich nie aus dieser Liebe herausfallen!

(2) »Lamm Gottes« – das ist für mich sodann auch ein *Bild der Hoffnung*. Zum einen in bezug auf die *Welt:* Indem Jesus das »Lamm« ist, das nach Gottes Heilswillen alle »Sünde der Welt« – die bisherige ebenso wie die künftige – hinwegnimmt, zeigt er an:

Gott sagt ja zu dieser Welt! Das aber läßt mich hoffen, daß sie trotz aller Sünde und ihrer zerstörerischen Wirkung nicht ins Chaos versinkt, sondern daß Gott sie auch weiterhin hält und trägt. Es ist aber auch ein Bild der Hoffnung für *mich selbst:* Ich darf wissen, daß auch ich die Chance habe, aus dem Teufelskreis von Sünde und Schuld herauszufinden und Vergebung, Heil und neues Leben zu erlangen, wenn ich nur bereit bin, mich auf dieses »Lamm Gottes« Jesus Christus einzulassen.

(3) »Lamm Gottes« – das ist für mich schließlich auch ein *Bild der Freiheit:* nämlich unserer Freiheit *Gott* gegenüber. Gerade das Lamm in seiner *Wehrlosigkeit* sagt uns: Gott zwingt sich niemandem auf. Vielmehr liefert er sich uns Menschen wehrlos aus – wie ein Lamm; und er überläßt uns die freie Entscheidung, ob wir seine Liebe annehmen oder nicht. Gertrud von le Fort hat es einmal so ausgedrückt: »Zum Leben wird der Mensch gezwungen und zum Sterben wird der Mensch gezwungen, und zwischen diesen beiden ist er fast in allen Stücken gebunden – an dieses oder jenes. Nur zu Gott allein wird niemand gezwungen; hier hat Gott die Seele völlig frei gemacht« (zit. nach P. Jakobi, in: Unsere Hoffnung – Gottes Wort, Bd. A, 1989, S. 338). So wird das »Lamm Gottes« in der Tat auch zum Zeichen für Gottes Ja zu unserer menschlichen Freiheit. Gott bedrängt und unterdrückt uns nicht. Er wirbt um uns allein mit seiner Liebe!
Ob wir seine werbende Einladung nicht vielleicht

gerade in dieser Karwoche annehmen sollten, indem wir uns Jesus, dem »Lamm Gottes«, zuwenden und sein Leiden und Sterben ganz bewußt mitfeiern? Denn dieses Leiden und Sterben *können* wir feiern, *müssen* wir feiern, zeigt sich darin doch die Macht jener erlösenden Liebe, die auch uns Hoffnung und Zukunft schenkt.

Der Gute Hirt – Grund unserer Hoffnung

Im Sommer 1988 ereignete sich das schwere Grubenunglück im nordhessischen Borken. Über fünfzig Bergleute waren verschüttet. Die meisten von ihnen hatte man bereits tot aus der Grube geborgen; aber es waren noch einige Männer vermißt. Man arbeitete rund um die Uhr und suchte fieberhaft nach ihnen. Möglich, daß von ihnen der eine oder andere ja noch überlebt hatte. Nach einigen Tagen gab man die Suche auf, bestand doch nach menschlichem Ermessen für die Verschütteten jetzt keine Hoffnung mehr. Aber dann plötzlich geschah das völlig Unverhoffte: Durch einen Zufall entdeckte man doch noch sechs Überlebende und konnte sie, die bereits für tot erklärt waren, in einer dramatischen Rettungsaktion bergen. – So erschüttert wir damals auch alle über den Tod so vieler Menschen gewesen sind, so sehr haben wir uns doch auch wiederum mit den Überlebenden und ihren Angehörigen über die so unverhoffte Rettung gefreut. Und vielleicht hat sich mancher von uns damals gedacht: Es gibt sie also noch – die kleinen Wunder; und es lohnt sich daher, die Hoffnung nie aufzugeben!

Hoffnung haben, die Hoffnung nicht aufgeben – das ist in der Tat für jeden von uns wichtig, ja geradezu lebensnotwendig. Es gilt nicht nur das Sprichwort:

»Es hofft der Mensch, solang er lebt!«, sondern auch das Umgekehrte gilt: »Der Mensch lebt, solang er hofft!« Wer keine Hoffnung mehr hat, weil er nichts mehr entdeckt, woran er sich klammern kann, was ihm Halt und Zuversicht geben kann, für den ist das Leben wohl kaum mehr lebenswert. Er verliert die Lebensfreude, versinkt in Verzweiflung und empfindet das Leben dann nur noch als eine unerträgliche, ja sinnlose Last.

»Hoffen – das will ich ja«, mag nun jemand einwenden, »aber woher die Hoffnung nehmen? Auf so vieles schon habe ich in meinem Leben gesetzt und bin doch immer wieder enttäuscht und betrogen worden. Gibt es also überhaupt einen wirklich festen und guten ›Grund‹ für Hoffnung? Gibt es etwas, das mir tatsächlich Halt und deshalb auch Hoffnung schenken kann, und zwar nicht nur, wenn alles glatt läuft, sondern auch dann noch, wenn mich harte Schicksalsschläge treffen, wenn ich von Leiden und Erschütterungen heimgesucht werde?«

Wenn Sie *mich* fragen –: Ja, so etwas gibt es! Und das ist – für mich wie für viele andere Menschen – der *Glaube an einen ganz persönlichen Gott*, einen Gott, der mich *nicht* enttäuscht, wie es die Dinge dieser Welt und leider oft genug auch meine Mitmenschen tun, sondern der mich hält und trägt, der mir hilft und meine Not wendet – und deshalb auch für mich und mein Leben im wahrsten Sinne des Wortes *notwendig* ist!

I

Der Halt und Hoffnung schenkende Glaube an den persönlichen Gott bezeugt sich schon in vielen Texten der Bibel. Ein mich besonders ansprechendes und zum Nachdenken anregendes Zeugnis möchte ich Ihnen nun vorstellen. Es ist ein Lied aus dem alttestamentlichen Gebetbuch, dem Psalter. Das Lied ist deshalb so ansprechend, weil es den Glauben an den persönlichen Gott und das, was man von ihm erwarten darf, mit Hilfe eines *Bildes* zum Ausdruck bringt, das ohne Zweifel zu den Urbildern der menschlichen Erfahrungswelt gehört: Gemeint ist das *Bild vom Guten Hirten,* ein Bild, mit dem sich – zumindest für den biblischen Menschen, aber vielleicht doch auch noch für den Menschen unseres technisierten Zeitalters – die Vorstellung von Treue und von Fürsorge verbindet. Der Beter preist nun in seinem Lied Gottes Treue und Fürsorge des näheren mit folgenden Worten:

> »Der Herr ist mein Hirt, nichts wird mir fehlen. Er läßt mich lagern auf grünen Auen und führt mich zum Ruheplatz am Wasser. Er stillt mein Verlangen. Er leitet mich auf rechten Pfaden, treu seinem Namen. Muß ich auch wandern in finsterer Schlucht, ich fürchte kein Unheil; denn du bist bei mir, dein Stock und dein Stab geben mir Zuversicht. – Du deckst mir den Tisch vor den Augen meiner Feinde. Du salbst mein Haupt mit Öl, du füllst mir reichlich den Becher. Lauter Güte und

Huld werden mir folgen mein Leben lang, und im Haus des Herrn darf ich wohnen für lange Zeit« (Ps 23).

Was für eine tiefe und vor allem persönliche Gotteserfahrung spiegelt sich doch in diesem Gebet wider! »Der Herr ist *mein* Hirt«, sagt der Beter. Gott ist für ihn also nicht wie für viele andere ein unpersönliches Etwas, eine rein abstrakte Idee oder eine vage Schicksalsmacht, die drohend und fordernd über der Welt steht, sich aber herzlich wenig um das Schicksal der Welt und des Einzelnen kümmert. Vielmehr weiß der Beter aus eigener Erfahrung: Gott ist ein Du, ein persönliches Gegenüber – eben der Hirt, der ganz für den Menschen da ist!

Dies zeigt sich darin, daß er dem Menschen alles – aber auch wirklich alles – gibt, was er zum Leben braucht: »Nichts wird mir fehlen«, sagt der Beter, »*er* stillt mein Verlangen«. Sicher denkt der Beter bei diesen Worten nicht soseht an materielle Güter als vielmehr an all das, was der Mensch *tatsächlich* zu einem *sinnvollen und erfüllten* Leben benötigt. Dazu gehört zum Beispiel, daß er jemanden hat, der ihm den richtigen Weg zeigen, Orientierung fürs eigene Leben geben kann. Für unseren Beter ist es *Gott*, der auf »rechte Wege« führt. Gerade dadurch unterscheidet er sich von so vielen *falschen* Hirten, die die Menschen nicht auf »rechte Wege« führen, sondern statt dessen zu solchen Wegen ver-führen, bei denen sie zwangsläufig auf der Strecke bleiben oder in ausweglose Sackgassen geraten.

Mir geht da zum Beispiel nicht aus dem Kopf, was ein zwanzigjähriger Heroinfixer kurz vor dem »Goldenen Schuß« sozusagen als *seinen* »Hirtenpsalm« niederschrieb. Da heißt es: »König Heroin ist mein Hirt, mir wird immer an allem mangeln. Er weidet mich in der Gosse und führt mich zum trüben Wasser. Er zerstört meine Seele!« (vgl. W. Knubben – D. Schäfer, Menschsein im Dienst, Freiburg 1987, S. 79).

Gewiß ein hartes und extremes Beispiel! Aber wie vielen Menschen – gerade auch jungen Menschen – mag es ebenfalls so oder ähnlich ergehen! Brauchen da nicht sie, brauchen nicht wir alle tatsächlich die Führung eines *guten* Hirten, der uns den Weg zum wahren Menschsein weist, zu einem lebenswerten Leben? Gott will dieser gute Hirt sein!

Und wir dürfen uns seiner Wegweisung um so mehr anvertrauen, als er uns nicht nur den Weg *zeigt* – und uns dann doch im Stich läßt, sondern ihn auch mit uns *mitgeht;* und zwar nicht nur, solange der Weg glatt und eben ist, sondern auch dann, wenn Gefahr kommt und wenn es dunkel wird! Wirkliche Treue, echte Freundschaft bewährt sich nun einmal gerade in solchen Situationen.

Der Beter hat *Gottes* Treue erfahren dürfen: »Muß ich auch wandern in finsterer Schlucht«, sagt er, »ich fürchte kein Unheil; denn du bist bei mir, dein Stock und dein Stab geben mir Zuversicht!« Das heißt doch: Zwar bleibe ich auch als glaubender Mensch nicht bewahrt vor den finsteren Schluchten der Angst, des Leids, des Todes. Aber ich darf die Zuversicht haben: Auch in diesen Situationen bin ich nicht allein gelassen. Er, der gute Hirt, ist *bei mir.* Er schenkt mir Halt und Trost, Geborgenheit und Schutz, Licht im Dunkeln, Ausweg mitten in Ausweglosigkeit!

Mir kommt hier unwillkürlich ein Wort des ermordeten amerikanischen Bürgerrechtlers Martin Luther King in den Sinn. Er schreibt: »Wenn unsere Tage verdunkelt sind und unsere Nächte finsterer als tausend Mitternächte, so wollen wir stets daran denken, daß es in der Welt eine große segnende Kraft gibt, die Gott heißt. Gott kann Wege aus der Ausweglosigkeit weisen. Er will das dunkle Gestern in ein helles Morgen verwandeln – zuletzt in den leuchtenden Morgen der Ewigkeit.« – Martin Luther King spricht in diesem von Vertrauen und Hoffnung getragenen Wort vom *»hellen Morgen«,* in das Gott immer wieder unser »dunkles Gestern« verwandelt, wenn wir uns seiner Führung anvertrauen. Das »helle Morgen«, das hineinreicht in die Ewigkeit – das ist für *ihn* das *Ziel* des Weges mit Gott.

Der Beter unseres Psalms drückt es anders aus, meint aber eigentlich dasselbe, wenn er sagt: »Du deckst mir den Tisch vor den Augen meiner Feinde. Du salbst mein Haupt mit Öl, du füllst mir reichlich den Becher. Lauter Güte und Huld werden mir folgen mein Leben lang, und im Haus des Herrn darf ich wohnen für lange Zeit.« – Nach der Überzeugung des Beters führt also der Weg, den Gott weist und auf dem er uns selber begleitet, in eine *dauerhafte Lebensgemeinschaft* mit ihm, eine Gemeinschaft, die –

wie vor allem das Bild vom üppigen Festmahl veranschaulicht – für den Menschen *Freude in Fülle*, ja *unbeschreibliches Glück* bedeutet. Und wer von uns würde sich nicht nach einem solchen Glück sehnen!

II

In der Eucharistiefeier am 4. Sonntag in der Osterzeit (Lesejahr C) wird als Tagesevangelium ein Stück aus jener großen Offenbarungsrede bei Johannes (Kap. 10) vorgetragen, in der *Jesus* sich als »der gute Hirt« bezeichnet. Er darf sich zu Recht so nennen; nicht nur, weil »er und der Vater eins« sind (vgl. Joh 10,30) und daher alles, was vom Vater gesagt werden kann, auch von ihm gilt, sondern vor allem, weil er sich durch die Hingabe seines Lebens *tatsächlich* als der »gute«, d. h. der rechte, ja einzig wahre Hirt für uns erwiesen hat. Was sein Hirt-Sein für uns mit sich bringt, das erläutert er mit folgenden Worten:

> »Meine Schafe hören auf meine Stimme; ich kenne sie, und sie folgen mir. Ich gebe ihnen ewiges Leben; sie werden niemals verlorengehen, und niemand wird sie aus meiner Hand reißen. Mein Vater, der sie mir gab, ist größer als alle, und niemand kann sie aus der Hand meines Vaters reißen. Ich und der Vater sind eins« (Joh 10,27–30).

Für mich klingen diese Worte wie eine *trostvolle Verheißung*. Jesus, der Gute Hirt, sichert mir hier

gleich ein Dreifaches zu: Er sichert mir als *erstes* zu, daß er mich *kennt*. Damit ist nicht eine oberflächliche »Bekanntschaft« gemeint, wie es so viele in meinem Leben gibt. Gemeint ist vielmehr ein Kennen im Sinne *liebevoller Vertrautheit!* Wenn ich mich an Jesus halte, auf seine Stimme höre und ihm folge, dann brauche ich nicht mehr zu klagen: Niemand versteht mich; niemand weiß, wie es um mich bestellt ist; niemand nimmt mich ernst! Ich darf vielmehr wissen: *Er* kennt mich; er weiß um mich – und deshalb brauche ich mich vor ihm auch nicht zu verstellen –; er nimmt mich so an, wie ich bin; er nimmt mich ernst! Ich kann mit ihm rechnen!
Das *zweite*, was er mir zusichert, das ist das *ewige Leben*. Gemeint ist damit jene *bleibende Lebensgemeinschaft mit Gott*, die ja auch schon für den Verfasser des Psalms als das Ziel seiner Hoffnung erscheint: jene Gemeinschaft der Freude, der Fülle, der höchsten Beglückung. Jesus, der seit seiner Auferstehung selber in dieser Gemeinschaft mit Gott lebt, sichert sie auch mir zu; und zwar nicht nur im Sinne einer schönen Vertröstung auf die Zukunft, sondern schon als feste Zusage für die Gegenwart!
Die *letzte* Zusicherung, die Jesus mir gibt, das ist seine Garantie, daß niemand – kein Mensch und keine Macht der Welt – mich *seiner* Hand und der des himmlischen *Vaters entreißen* kann. Das heißt doch: Ich bin in guten Händen, den besten Händen sogar, die man sich überhaupt vorstellen kann!
Mich erinnert dies an eine Tagebuchnotiz, die Dag Hammarskjöld, der frühere Generalsekretär der

UNO, im Jahre 1954 niederschrieb. Sie lautet: »Das ›Unerhörte‹: In Gottes Hand zu sein!« (aus: Zeichen am Weg, 1963, S. 58). In der Tat: Es ist eine *unerhörte,* weil alles andere als selbstverständlich erscheinende Zusage, die mir Jesus hier gibt, diese Zusage: »Du bist in Gottes Hand!« Und es ist eine *beglükkende* dazu; denn »in Gottes Hand sein«, das bedeutet für mich *Sicherheit und Geborgenheit* mitten im Auf und Ab des Lebens mit seinen Unwägbarkeiten und Gefährdungen; es bedeutet aber auch, ganz *frei* zu sein: Gott hält und trägt mich mit seiner Hand, aber er hält mich nicht wie einen Gefangenen fest und engt mich nicht ein. Ja, bei ihm bin ich wirklich in *guten* Händen! Und das läßt mich für mein Leben *hoffen.*
Freilich kann ich diese Hoffnung nur haben, wenn ich, wie Jesus sagt, auf seine Stimme höre und ihm folge! Hören – das verlangt sicher nicht nur ein Auftun der Ohren, sondern vor allem die innere Aufgeschlossenheit für das, was Er mir sagen will. »Hören«, so las ich einmal, »das ist die Achtsamkeit auf die Zeichen Gottes: in der Welt – im Bruder, der mir begegnet –, in der Not, in der er mich anspricht –, in dem Zufall und Glücksfall, der mir zuteil wird« (W. Schrenk). *Folgen* wiederum ist die *Konsequenz* solchen Hörens. Folgen meint: Jesus auf *dem* Weg nachfolgen, den *er* weist und selbst vorangeht. Da sein Weg aber der *Weg des Guten Hirten* ist, kann Nachfolge Jesu in letzter Konsequenz nur bedeuten: *selber* zu einem »guten Hirten« für andere zu werden – wie Jesus!

Dies ist dann allerdings – so glaube ich – keineswegs nur eine Aufgabe für einen Christen, vielleicht gar nur für einen Priester oder sonst jemanden, der in einem geistlichen Beruf steht – wenngleich man es gerade von solchen, die sich von Berufs wegen »Pastoren«, also Hirten, nennen, ganz besonders erwarten darf –, sondern ein guter Hirt sein, dasein für andere, das ist eine Aufgabe für *jeden,* der an einen persönlichen Gott glaubt!
Solch ein »guter Hirt« war zum Beispiel der jüdische Arzt und Erzieher Korczak aus dem Warschauer Ghetto. Dieser damals in der ganzen Stadt hochgeehrte Mann mußte erleben, wie es die deutsche Besatzungsmacht auf die von ihm betreuten 66 jüdischen Waisenkinder abgesehen hatte. Als man kam, um die Kinder abzuführen, und diese in großes Geschrei ausbrachen, beruhigte er die Kleinen und sagte: »Ich gehe mit euch. Es wird euch nichts Schlimmes geschehen!« Zum erstenmal sagte der Erzieher seinen Schützlingen nicht die Wahrheit. So ging er dann voran, und die Kinder tippelten stumm und ruhig hinter ihm her. Unter Musikklängen ist Korczak mit seinen Kindern in der Gaskammer erstickt! – »Ich gehe mit euch«, hatte er gesagt. Und er *ging* mit. Wahrlich, ein *guter* Hirt, dieser Mann!
Hirten wie ihn braucht die Welt auch heute noch: Menschen, die sich nicht auf den Standpunkt eines Kain stellen, der es ablehnte, der »Hüter seines Bruders« zu sein (vgl. Gen 4,9), sondern die bereit sind, gleichsam als der »verlängerte Arm« des *eigentlichen* Guten Hirten, für andere dazusein, den Weg mit

ihnen zu gehen und ihnen Hoffnung zu schenken. Jesus will uns *alle* ermutigen, solche Menschen, solche Hoffnungsträger zu sein.

Der Gekreuzigte – Verlierer oder König?

Im Jahre 1856 stießen Forscher bei Ausgrabungen auf dem Palatinhügel in Rom auf die Überreste einer antiken Kadetten-Anstalt. Als sie den Trümmerschutt entfernten, machten sie in einem der freigelegten Räume eine interessante Entdeckung: Sie fanden – in den Wandverputz eingeritzt – eine merkwürdige Kreuzesdarstellung: Ein Junge erhebt – grüßend oder betend – seine Hand zum Kreuz hin. Am Kreuz aber hängt ein Mann mit einem Eselskopf! Unter dieser Darstellung stehen – von ungelenker Hand geschrieben – ein paar griechische Wörter, die man etwa so übersetzen kann: »Alexamenos betet zu seinem Gott!« Ohne Frage eine Karikatur, ein Spott-Kruzifix. Der Soldat, der es seinerzeit – man vermutet um das Jahr 125 n. Chr. – in die Wand geritzt hat, wollte damit offensichtlich einen christlichen Kameraden namens Alexamenos und dessen Religion verspotten: Ein Gott am Kreuz? Dieser Gott mußte ein Esel sein, und der ihn anbetete, der war es auch!

Wenige Jahre später stießen die Forscher bei den gleichen Ausgrabungen in einem anderen Raum auf ein Standbild des Kriegsgottes Mars. Auf dessen Sockel fand man die Worte eingeritzt: »Alexamenos fidelis«, d. h. soviel wie: »Alexamenos bleibt treu, bleibt gläubig!« Das war die Antwort des jungen

Christen Alexamenos auf die Verspottung seines Glaubens!

Es ist schon eigenartig, wie verschieden Menschen auf die Botschaft vom Kreuz reagieren und wie unterschiedlich ihre Einstellung zu dem ist, der da am Kreuz hängt. Die einen verachten und verspotten ihn – oder stehen ihm zumindest gleichgültig gegenüber –; die anderen bekennen sich – allen Widerständen ihrer Umgebung zum Trotz – zu ihm und verehren ihn als ihren Gott, ja sehen in ihm sogar den Herrn und König der ganzen Welt. Am letzten Sonntag im Kirchenjahr feiern die Christen der katholischen Kirche sogar das Fest seines Königtums!

Am Gekreuzigten scheiden sich also offenbar die Geister! Das war auch damals schon der Fall: auf Golgota selbst. So berichtet der Evangelist Lukas:

> »Als man Jesus gekreuzigt hatte, verhöhnten ihn die Mitglieder des Hohen Rates: Anderen hat er geholfen, nun soll er sich selbst helfen, wenn er der von Gott erwählte Messias ist! Auch die Soldaten trieben ihren Spott mit ihm: Sie traten vor ihn hin, reichten ihm Essig und sagten: Wenn du der König der Juden bist, dann hilf dir selbst! Über ihm war eine Tafel angebracht mit der Aufschrift: ›Das ist der König der Juden‹. Auch einer der Verbrecher, die neben ihm hingen, lästerte ihn und sprach: Bist du denn nicht der Messias? Dann hilf dir selbst und auch uns! Der andere aber wies ihn zurecht und sagte: Nicht einmal du fürchtest Gott? Dich hat doch das gleiche Urteil getroffen. Uns geschieht

recht, wir erhalten den Lohn für unsere Untaten. Dieser aber hat nichts Unrechtes getan! Dann sagte er: Jesus denk an mich, wenn du in dein Reich kommst! Und Jesus erwiderte ihm: Amen, ich sage dir: Heute noch wirst du mit mir im Paradies sein!« (Lk 23,35–43).

Eine eindrucksvolle Szene, die hier geschildert wird: Jesus hängt zwischen zwei Verbrechern am Kreuz. Über ihm eine Tafel, deren Aufschrift »Der König der Juden!« angesichts der mißlichen Lage, in der er sich befindet, wie blanker Hohn wirkt. Nein, ein *König* hängt da nun wirklich nicht! Ein *Messias* erst recht nicht! Ein *Verlierer* – so scheint es – hängt da, einer der sich selbst disqualifiziert hat! Kein Wunder, wenn sie Schlange stehen, um Spott und Verachtung über ihn auszugießen: die führenden Männer, die über seine Hilflosigkeit witzeln, die Soldaten, die massiv ihr Mütchen an ihm kühlen. Und selbst einer der Verbrecher neben ihm reißt den Mund auf und lästert ihn. Aber da ist auch noch der andere Mitgekreuzigte. *Er* reagiert nicht so wie die übrigen, stimmt nicht in ihre Spottrufe ein. Im Gegenteil: Nicht genug damit, daß er dem Lästerer neben ihm den Mund verbietet, gibt er sogar noch eine Unschuldserklärung für Jesus ab, ja bekennt sich ausdrücklich zu ihm als dem messianischen *König:* »Jesus, denk an mich, wenn du in dein Reich kommst«, bittet er. Und Jesus, der bisher auf allen Spott kein einziges Wort erwidert hat, antwortet *ihm* sofort und ohne jede Einschränkung und sichert ihm – noch für diesen Tag – das »Paradies« zu.

I

Der Gekreuzigte – Verlierer oder König? Diese Frage steht seit den Tagen von Golgota im Raum und spaltet zweifellos auch heute noch die Menschen in verschiedene Lager. Ich kann mir z. B. gut vorstellen, daß mancher Zeitgenosse mit Unverständnis, ja mit einer Abwehrhaltung reagiert, wenn er hört, daß Christen am Christkönigssonntag ein Fest feiern, das ausdrücklich dem *Königtum* Jesu Christi gewidmet ist. Wahrscheinlich wird ein solcher Zeitgenosse mit dem Kopf schütteln und sagen: »Was soll überhaupt so ein überholtes Fest in unseren Tagen? Die Zeiten der Fürsten und Könige sind doch schon längst vorbei! Wo es sie noch gibt, da sind sie kaum mehr als bloße Repräsentationsfiguren. Mündigkeit, Freiheit, Demokratie, ›Alle Macht dem Volk!‹, das steht heute überall auf dem Programm. Was also will die Kirche dann mit einem solchen Fest? Will sie damit vielleicht nur unüberhörbar auf ihre *eigenen* Machtansprüche hinweisen? Aber die Zeiten, in denen die Kirche in der Öffentlichkeit, im gesellschaftlichen und politischen Bereich ein tonangebender Faktor war, diese Zeiten sind ja eigentlich doch *auch* – Gott sei Dank – vorbei!« »Im übrigen« – so mag er vielleicht noch hinzufügen –: »Hat es sich denn bei den Christen immer noch nicht herumgesprochen, daß heute ganz andere Leute die Welt regieren, die Wirtschaftsbosse, die Stars aus dem Showbusiness, die Sportgrößen? Das sind doch heute die wahren ›Könige‹, die die Medien beherrschen und die Massen begeistern. Was soll man da mit einem König anfangen, der eine Dornenkrone trägt und ohnmächtig am Kreuz hängt! Ist das nicht nur eine lächerliche Karikatur? Was kann ein solcher König ohne sichtbare Macht überhaupt ausrichten? *Hat* er denn *bisher* etwas ausgerichtet? Hat sich z. B. die Welt durch ihn im Laufe der 2000 Jahre zum Besseren entwickelt? Doch sicher nicht! Nach wie vor gibt es Kriege und Gewalttaten, Hunger und Elend auf der Welt!«

Solche Fragen und Einwände können mich als Christen, der ich mich zum gekreuzigten König bekenne, natürlich nicht gleichgültig lassen. Sie verlangen von mir eine persönliche und ehrliche Antwort. Ich will versuchen, sie zu geben:

Wenn die Kirche das Christkönigsfest feiert, dann geht es ihr keineswegs um die Anmeldung eigener Machtansprüche, sondern es geht ihr einzig und allein um das Bekenntnis zu *Jesus Christus!* Dieses Fest unterstreicht die christliche Glaubensüberzeugung, daß Jesus tatsächlich Herr und König *ist!*

Nach dem Zeugnis des Evangeliums weist er selber einmal ausdrücklich auf sein Königtum hin. Es ist in der Stunde, da er vor Pilatus, seinem Richter, steht. Als dieser ihn fragt, ob er der König der Juden sei, wie es seine Ankläger behauptet haben, antwortet er: »Meine Königsherrschaft ist nicht von dieser Welt. Wenn sie von dieser Welt wäre, würden meine Leute kämpfen, damit ich den Juden nicht ausgeliefert würde. Aber meine Königsherrschaft ist eben nicht von hier!« Darauf Pilatus: »Also bist du doch ein König?« Und Jesus antwortet: »Du sagst es; ich bin ein König. Ich bin dazu geboren und in die Welt gekommen, daß ich für die Wahrheit Zeugnis ablege; und jeder, der aus der Wahrheit ist, hört auf meine Stimme« (Joh 18,33.36f).

Jesus bekennt sich also ausdrücklich zu seinem Königtum. Doch warum tut er es erst jetzt, ausgerechnet in der Stunde seiner tiefsten Erniedrigung, im Angesicht des Todes? Warum hat er es nicht schon früher getan, auf dem Höhepunkt seines Wirkens, etwa als die Leute nach der wunderbaren Brotvermehrung kamen, um ihn zu ihrem König zu machen und er sich – statt dieses verlockende Angebot anzunehmen – lieber zurückzog?

Jesus gibt selber die Antwort, wenn er darauf hinweist, daß seine Königsherrschaft »nicht von dieser Welt« ist. Das will doch heißen: Jesus ist kein König nach irdischen Maßstäben; er ist *anders* als die Herrscher dieser Welt; wenn man so will: ein *Anti-König!* Gewiß, auch er hat *Macht.* Aber die hat er sich nicht selbst – etwa durch Waffengewalt und Unterdrükkung anderer – angeeignet, sondern die ist ihm von seinem himmlischen Vater verliehen worden. Und er mißbraucht seine Macht auch nicht zum persönlichen Vorteil – wie es die Herrscher dieser Welt nur zu gerne tun, etwa um den eigenen Ehrgeiz zu befriedigen oder um sich selbst zu behaupten. Jesus ist da *anders:* Er setzt die Selbst-*Hingabe* an die Stelle der Selbst-*Behauptung.* Er sucht nicht den *ersten* Platz in dieser Welt, sondern er gibt sich mit dem *letzten* Platz zufrieden: dem Platz des Dieners, des Sklaven. »Die Könige der Erde herrschen über ihre Völker mit

Gewalt ... Ich aber bin mitten unter euch wie einer, der dient!«, sagt er zu seinen Jüngern (vgl. Lk 22,25f). Und was er sagt, das *tut* er auch: Er wird zum Diener aller! Er nimmt sich der Armen an, gibt sich mit den Ausgestoßenen und Verachteten ab, heilt die Kranken, schenkt den Sündern eine neue Chance. Noch wenige Stunden, bevor er vor Pilatus steht, erweist er seinen Jüngern einen letzten Liebesdienst: indem er beim Abendmahl aufsteht und ihnen – wie ein Sklave – die Füße wäscht. Und sogar noch am Kreuz denkt er nicht an sich selbst, sondern an andere: an seine Mutter, die er dem Schutz seines Lieblingsjüngers anvertraut (vgl. Joh 19,26), an den Mitgekreuzigten, dem er das »Paradies« zusagt (s. o.). Das ist *seine* Macht: die Macht selbstlos dienender *Liebe!*

Natürlich erscheint er damit – nach menschlichen Maßstäben gemessen – wie die *Karikatur* eines Königs, in seiner Ohnmacht eine leibhaftige *Perversion* aller Machtansprüche. Aber ist er nicht vielleicht gerade deshalb der einzig *wahre* König, ein König, wie ihn die Menschen auch heute noch brauchen? Was nützt denn den Menschen schon ein König nach Art dieser Welt, der im Grunde »da oben« bleibt, in seinem Palast, von Glanz und Pomp umgeben, und sich herzlich wenig um das persönliche Schicksal seiner Untertanen kümmert! Gewiß: man wird ihm huldigen – vielleicht, weil man in ihm die Verkörperung der eigenen unerfüllten Wünsche nach Ansehen, Macht und Reichtum sieht, oder auch nur, weil man sich vor ihm fürchtet. Aber *lieben*, nein, das wird man ihn wohl kaum. Einen König wie Jesus Christus dagegen, der nicht »oben« geblieben ist, sondern sich »nach unten« begeben hat, zu den Menschen, der ihnen nachgestiegen ist in ihre tiefste Verlorenheit hinein, der Kreuz und Leid mit ihnen teilte, der nicht andere für sich bluten ließ, sondern selbst für die anderen verblutete, einen solchen König, den *kann* man lieben! Und was nützt den Menschen ferner einer jener Idole aus Sport und Showgeschäft, die heute wie Könige verehrt werden! Gewiß: die Massen laufen ihnen nach – aus Sensationsgier oder auch, weil man sich selbst gerne mit dem Erfolg dieser Leute schmücken möchte. Aber wer von diesen Sport- und Showgrößen kann uns z. B. die Frage nach dem Sinn des Lebens beantworten? Und wer von ihnen ist für uns da, wenn wir durch Kreuz und Leid hindurchmüssen? Jesus *ist* für uns da! Zwar nimmt er uns nicht das Kreuz ab, aber er hängt *mit* uns am Kreuz und offenbart uns seine verborgene Heilsmacht – wie damals, als er dem Mitgekreuzigten, der sich hilferufend an ihn wandte, mitten im Sterben das »Paradies« versprach.

II

Der Gekreuzigte – ein Verlierer? Ja, das scheint er zu sein! Und dennoch haben wir allen Grund, in diesem »Verlierer« den zu sehen, der der König auch unseres eigenen Lebens ist, und zwar deshalb, weil sich in ihm die Macht einer Liebe zeigt, die stärker ist als

GOTTES SOHN
KÖNIG DER WELT
DEN WIR
GEKREUZIGT HABEN

Haß und Hohn, stärker auch als Sünde und Schuld, stärker als Kreuz und Leid, ja die sogar mitten im Tod noch ein »Paradies« eröffnet.
Zu dieser wahrhaft befreienden Macht des Gekreuzigten Zugang zu finden, ist freilich nicht leicht. Will man dieser Macht persönlich begegnen, dann muß man sich, so meine ich, zunächst daran erinnern, *wo* Jesus denn eigentlich zu *finden* ist. Das ist eben nicht bei den Reichen und Mächtigen dieser Welt, nicht bei den Satten und Selbstgerechten, die sich von den Menschen angesehen und vor Gott sicher glauben, sondern das ist gerade dort, wo Menschen an sich selbst und an ihrer Umgebung leiden; das ist bei den Armen und Verlorenen, die um Hilfe schreien! Jemand hat es einmal treffend so formuliert: »Willst du das Königtum Christi in dieser Welt entdecken, dann schau nicht nur nach oben, schau nach unten; und du kommst aus dem Staunen nicht heraus«! (H. Arens, in: Prediger und Katechet 127/6, 1988, S. 719)
Nach »unten« schauen, das meint ein Zweifaches. Es meint zunächst: *auf sich selbst schauen* und sich seiner eigenen Hilf- und Heillosigkeit bewußt werden. Ich glaube, nur wer dies tut, hat dann auch die *Offenheit,* um sich vom Gekreuzigten helfen zu lassen und die Macht seiner Liebe an sich zu erfahren. Denken wir noch einmal an den »rechten Schächer« am Kreuz: Dieser Mann, moralisch und physisch am Ende, erkennt seine Verlorenheit und öffnet sich dem, der da neben ihm am Kreuz hängt – ein Verlierer wie er selbst. Und plötzlich leuchtet etwas auf von der Macht dieses gekreuzigten Königs; und für die-

sen Mann beginnt eine neue Zukunft, ein Stück Auferstehung!

Nach »unten« schauen, heißt sodann aber auch: *auf die Menschen neben uns schauen,* heißt, sich ihrer Not annehmen und sie in brüderlicher Solidarität mittragen helfen – um der Liebe des Gekreuzigten willen. Gerade *Christen,* die sich zum gekreuzigten König bekennen, sind dazu besonders aufgerufen. Das meint auch der Apostel Paulus, wenn er die Christen in Galatien mahnt: »Einer trage des anderen Last; so werdet ihr das Gesetz Christi erfüllen!« (Gal 6,2).

Wenn Christen dies beherzigen, dann schaffen sie zwar kein »Paradies auf Erden«, aber sie bauen mit an einer »Zivilisation der Liebe« und tragen so dazu bei, daß schon jetzt – mitten in der Welt des Dunkels und des Elends – jenes neue Reich Gottes aufstrahlt, jenes »Reich der Wahrheit und Gerechtigkeit, der Liebe und des Friedens« (vgl. Christkönigspräfation), in dem Jesus Christus, der Gekreuzigte, als »König der Könige und Herr aller Herren« regieren wird »auf immer und ewig« (Offb 19,16).

Was uns wirklich reich macht

Ein Wanderer, so erzählt eine alte Geschichte, findet am Fuß eines Berges einen Zauberschlüssel. Mit ihm kann er die Tür zu den Schätzen der Erde aufschließen. Geheimnisvoll glänzen ihm Gold, Silber und Edelsteine entgegen. Er rafft so viel davon zusammen, wie er nur tragen kann. Beim Hinausgehen hört er aus der Tiefe des Berges eine Stimme: »Vergiß das Wichtigste nicht!« Entsetzt stürzt er davon. Donnernd schlägt die Tür hinter ihm zu. Für immer. Denn er hat tatsächlich das Wichtigste mitzunehmen vergessen: den Schlüssel.

Diese alte Geschichte klingt märchenhaft, gewiß. Und doch ist es, will mir scheinen, eine *wahre* Geschichte. Denn sie legt Zeugnis ab von einer tiefen Sehnsucht, die in *jedem* Menschen steckt: nämlich einen Schlüssel zu besitzen, der ihm den Zugang öffnet zum Zauberberg des Lebens. Zu dem, was ihm Erfüllung schenkt, was ihn reich und glücklich macht.

Zugleich weist diese Geschichte aber auch auf jene uralte Erfahrungstatsache hin, daß Reichtum und Besitz irdischer Güter keineswegs als dieser »Schlüssel zum Glück« gelten können. Schon das Sprichwort sagt, daß Geld zwar »beruhigt«, aber es »macht nicht glücklich«! Mag jemand auch noch so viel Geld in der Tasche oder auf dem Bankkonto haben, mag er sich

damit auch noch so viele Wünsche erfüllen können – das Lebensglück kann er sich nicht erkaufen. Wer es dennoch versucht, d. h. wer den Besitz irdischer Güter als den entscheidenden Zauberschlüssel für sein Lebensglück ansieht, der erliegt einem gefährlichen Irrtum. Es kann ihm nämlich passieren, daß er – wie jener Wanderer in unserer Geschichte – den Schlüssel zum *wirklichen* Glück verspielt, ihn vielleicht sogar für immer verliert.
Von daher verstehe ich es gut, wenn Jesus immer wieder gerade auf die *Gefahr des Reichtums* hinweist. So im Evangelium des 28. Sonntags im Jahreskreis (Lesejahr B), wo er zu seinen Jüngern sagt: »Wie schwer ist es doch für Leute, die viel besitzen, ins Reich Gottes – d. h. für Jesus: zur wirklichen und letzten Erfüllung ihres Lebens – zu gelangen ... Leichter (so fügt er hinzu) geht ein Kamel durch ein Nadelöhr, als daß ein Reicher ins Reich Gottes kommt!« (Mk 10,23 b.25).

I

Was will Jesus mit dem zweifellos provozierend und radikal klingenden Wort aus dem heutigen Evangelium sagen? Ich verstehe das Wort eigentlich nicht als eine direkte Absage an Geld und Besitz – Jesus geht es sicher nicht darum, irdische Güter zu verteufeln –, sondern ich verstehe es als eine eindringliche *Warnung*, von der ich auch mich selbst angesprochen fühle: »Paß auf dich auf«, so lautet sie, »und glaube nicht, durch das, was du – materiell oder geistig – besitzt, hättest du schon das Leben im Griff! Der Wert deines Lebens bemißt sich nicht nach dem, was du besitzt, nicht nach dem, was du leistest oder dir leisten kannst, und auch nicht danach, welches Ansehen du genießt oder welchen Erfolg du hast. Wenn du solche Dinge zum Maßstab deines Lebens und zum Ziel deines Strebens machst, dann verstellst du dir nur den Blick für das, worauf es im Leben wirklich ankommt!«

Ist dies nicht in der Tat *die* große Gefahr: daß man bei seinem Streben nach Reichtum und Besitz sehr leicht das aus dem Blick verliert, was wirklich zählt, was wirklich reich und damit auch glücklich macht?

Warum diese Gefahr besteht, kann uns eine rabbinische Geschichte recht gut verdeutlichen: Da besucht jemand den Rabbi und sagt zu ihm: »Rabbi, ich versteh das nicht: Kommt man zu einem Armen, der ist freundlich und hilft, wo er kann. Kommt man aber zu einem Reichen, der sieht einen nicht mal. Was ist das bloß mit dem Geld?« Der Rabbi antwortet ihm: »Tritt ans Fenster! Was siehst du?« – »Nun, ich sehe eine Frau mit einem Kind und einen Wagen, der zum Markt fährt.« – »Gut, und jetzt tritt vor den Spiegel! Was siehst du?« – »Rabbi, was werde ich schon sehen – mich selbst!« – »Siehst du«, sagt der Rabbi, »das Fenster ist aus Glas gemacht, und der Spiegel ist aus Glas gemacht. Man braucht bloß ein bißchen Silber dahinter zu legen, schon sieht man nur noch sich selbst.« –

In dieser Geschichte wird es klar ausgesprochen: Das

Streben nach Reichtum und Besitz führt sehr leicht dazu, daß man nur noch sich selbst sieht, nur noch um sich selbst kreist. Damit aber verliert man zwangsläufig das rechte Augenmaß, den klaren Blick, die Fähigkeit, den *eigentlichen* Reichtum seines Lebens zu entdecken. Und da man ihn nicht entdeckt, kann man ihn natürlich auch nicht erlangen. So aber betrügt man sich im Grunde selbst um jenes Glück, nach dem man sich in seinem Herzen so sehr sehnt!

Ein Mensch unserer Tage hat diesen *Selbstbetrug* in einem *Gebet* treffend beschrieben. Es heißt darin: »Herr, du willst, daß unser Leben hell ist, unser Auge klar für das Licht, das du uns schenkst. Unser Blick aber ist getrübt durch die Angst um uns selbst, um unsere Bedeutung. Denn darum ist uns das Geld so wichtig, weil wir der Meinung sind: Geld ist mehr als Geld, Geld ist Geltung, Erfolg, Stellung, Prestige; Sicherung vor allem, was uns Angst machen kann ... Jesus, Bruder auch der Reichen in ihrer Angst, erlöse uns von diesem Selbstbetrug! – Was ist es denn, was uns wirklich reich macht? Sind es die paar Leistungen, die paar klingenden Erfolge, die uns gelungen sind? Sind es nicht in Wirklichkeit die paar Menschen, mit denen wir hier haben zusammengehören dürfen, denen wir etwas Gutes verdanken und die wir ins Herz geschlossen haben?« (aus: Th. Brüggemann, Gebete zur Bergpredigt, München 1972, zit. in: Der große Sonntags-Schott, S. 1050).

II

Jesu Wort aus dem Evangelium über die Schwierigkeiten, die ein Reicher, ein Besitzender hat, um ins Reich Gottes, d. h. zur letzten und eigentlichen Erfüllung seines Lebens zu gelangen, hat damals bei den Jüngern großes Erschrecken ausgelöst (vgl. Mk 10,24.26). »Wer kann da noch gerettet werden?« fragten sie Jesus. Angesichts der *Radikalität* seines Wortes eine durchaus verständliche Reaktion!

Auch mich macht dieses Wort betroffen, wenn ich daran denke, wie sehr auch ich noch in der Gefahr stehe, mein Lebensglück vom Besitz irdischer Güter abhängig machen zu wollen, oder wenn ich sehe, wie ungeheuer wichtig ich doch immer noch mich selbst, mein Können und Vermögen, meine Leistung und meinen Erfolg nehme. Ich glaube aber, eine solche »Betroffenheit« ist heilsam – für uns alle –; kann sie doch zu einer Kurskorrektur, unter Umständen sogar zu einer radikalen Neuorientierung des Lebens führen, dazu, daß man sich mit noch größerer Entschiedenheit auf die Suche nach dem begibt, was uns wirklich reich und damit auch glücklich macht.

Was aber ist das? *Was macht uns denn wirklich reich?* Das vorhin zitierte Gebet weist uns eigentlich schon die Richtung, in der wir die Antwort auf diese Frage zu suchen haben: Es sind, sagt das Gebet, nicht die Leistungen oder »klingenden Erfolge«, die uns reich machen, es sind vielmehr die »Menschen, denen wir etwas Gutes verdanken«, von denen wir

z. B. Zuwendung, Verständnis, Liebe erfahren durften und die wir deshalb »ins Herz geschlossen haben«!

Mir kommt hier eine kleine Begebenheit aus dem Leben des Dichters Rainer Maria Rilke in den Sinn: Während seines Pariser Aufenthalts ging der Dichter täglich um die Mittagszeit in Begleitung einer jungen Französin an einer alten Bettlerin vorbei. Stumm und unbeweglich saß die Frau da und nahm die Gaben der Vorübergehenden ohne jedes Anzeichen von Dankbarkeit entgegen. Ihrem Schicksal ergeben, hockte sie an der Mauer – ein lebendiges Bild des Bettelns. Der Dichter gab ihr zur Verwunderung seiner Begleiterin, die selbst immer eine Münze bereit hatte, nichts. Vorsichtig darüber befragt, sagte er: »*Man müßte ihrem Herzen schenken,* nicht ihrer Hand.« An einem der nächsten Tage erschien Rilke mit einer wundervollen halberblühten Rose. »Ach«, dachte das Mädchen, »eine Blume für mich, wie schön!« Aber der Dichter gab nicht ihr die Rose, sondern legte diese in die Hand der Bettlerin. Da geschah etwas Merkwürdiges: Die Frau stand auf, griff nach seiner Hand, küßte sie und ging mit der Rose davon. Eine Woche lang blieb sie verschwunden. Dann saß sie wieder auf ihrem Platz, stumm und starr wie zuvor. »Wovon mag sie die ganzen Tage über gelebt haben?« fragte das Mädchen. Und Rilke antwortete: »Von der Rose!« (nach W. Hoffsümmer, 255 Kurzgeschichten, Bd. I, Mainz, 10. Auflage 1988, S. 20).

III

Was die Bettlerin in der Geschichte mit der Rose erlebte – haben wir das nicht auch schon häufig erfahren? Nicht Geld, nicht eine Münze, nicht ein Bankkonto läßt uns leben – *wirklich* leben –, sondern etwas ganz anderes: menschliche Zuwendung, ein freundliches Wort z. B., eine Ermutigung, ein Zeichen, das uns sagt: »Ich liebe dich!« oder: »Es ist gut, daß es dich gibt!« Wir alle brauchen für unser Leben solche »Rosen«.

Aber sicher haben wir öfter auch noch eine andere Erfahrung machen müssen: daß die »Rosen«, die Menschen uns zukommen lassen oder die wir selbst unseren Mitmenschen schenken, *nicht für immer* blühen – und angesichts menschlicher Begrenztheit und Schwäche auch nicht für immer blühen *können*. Sie machen unser Leben reich, gewiß. Sie geben uns auch ein Glücksgefühl. Aber eben nicht auf Dauer! Auch die Bettlerin von Paris konnte von Rilkes Rose nur eine Woche leben. *Menschliche* Zuneigung und Liebe wird wohl immer bitter erfahren müssen, daß ihr im Glückbereiten und Glückempfangen *Grenzen* gesetzt sind.

Ganz anders verhält es sich mit den »Rosen«, die *Gott* uns schenkt. Sie bringen uns wirklich *unbegrenzten* Reichtum, *bleibendes* Glück!

Eine dieser »Rosen« Gottes wird in der alttestamentlichen Lesung des heutigen Sonntags angesprochen: Es ist die Gabe der *Weisheit* – ein Geschenk, durch das nach biblischem Verständnis der Mensch sogar

das Allergrößte gewinnt, das man sich überhaupt vorstellen kann: die bleibende *Freundschaft* mit Gott (vgl. Weish 7,14.27). Kein Wunder, daß die Weisheit für den frommen Juden damals als das erstrebenswerteste Gut galt. Das bezeugt auch die heutige Lesung aus dem Buch der Weisheit. Darin berichtet ein Weiser – gemeint ist wohl König Salomo –: »Ich betete, und es wurde mir Einsicht gegeben; ich flehte, und der Geist der Weisheit kam zu mir. Ich zog sie Zeptern und Thronen vor. Reichtum achtete ich für nichts im Vergleich mit ihr. Keinen Edelstein stellte ich ihr gleich. Alles Gold erscheint neben ihr wie ein wenig Sand, und Silber gilt ihr gegenüber wie Lehm. Ich liebte sie mehr als Gesundheit und schöne Gestalt und zog ihren Besitz dem Licht vor; denn niemals erlischt der Glanz, der von ihr ausstrahlt. Mit ihr kamen zugleich alle Güter zu mir, unzählbarer Reichtum war in ihren Händen« (Weish 7,7–11).
Bemerkenswerte Aussagen! Da ist ein König, der Macht, Reichtum, Gesundheit und Schönheit offenbar durchaus zu schätzen weiß. Und dennoch bittet er Gott nicht um *diese* Güter, sondern um die *Weisheit,* hat er doch die feste Überzeugung, daß *sie* der *wahre* Schlüssel zu seinem Lebensglück ist, da sie nicht wie alles andere vergeht, sondern ihm als »ewiges Licht«, als ein unverlierbares Gut für immer erhalten bleibt.
Die Weisheit stammt ja vom ewigen Gott selbst, und sie schenkt dem Menschen eine *doppelte Fähigkeit:* Sie macht ihn zum einen fähig, alles im *Licht Gottes* zu sehen. Der mit Weisheit Beschenkte erkennt die

erhabene Größe des Schöpfers und damit zugleich seine eigene Schwachheit und Armseligkeit wie ebenso die Begrenztheit und Vergänglichkeit alles Geschaffenen. Gerade diese Erkenntnis aber führt ihn zur richtigen Haltung, nämlich zur inneren Distanz gegenüber allen irdischen Gütern und macht ihn so frei, um *Gott* zu begegnen, sich von Ihm mit Seinen Gütern beschenken zu lassen und darin den eigentlichen Reichtum seines Lebens zu erfahren.
Die Weisheit macht aber den Menschen nicht nur fähig, alles im *Licht* Gottes zu sehen, sondern sie läßt ihn auch alles mit den *Augen Gottes* sehen, d. h. mit den inneren Augen des Herzens, den Augen der *Liebe*. Mit diesen Augen der Liebe ausgestattet, kommt der Mensch los von der Suche nach sich selbst. Er wird offen für gegenseitig bereichernde und beglückende Begegnungen mit seinen Mitmenschen.
Ja! König Salomo hat recht, wenn er sich nichts anderes erbittet als die Weisheit. Sie erscheint in der Tat als der *wahre* Schlüssel zum Glück, da sie den Blick lenkt auf das, was wirklich zählt, was wirklich reich macht: nämlich die Begegnung mit Gott und den Mitmenschen!

IV

Die außerordentlich hohe Wertschätzung der Weisheit durch den frommen Juden kann ich mir als *Christ* durchaus zu eigen machen. Und dies um so mehr, als nach meiner christlichen Überzeugung *Gottes Weisheit in seinem Sohn Jesus Christus* im wahrsten Sinne des Wortes *Gestalt* angenommen hat (vgl. 1 Kor 1,24 u. a.). Nach dem Apostel Paulus sind nicht nur in Jesus selbst »alle Schätze der Weisheit und Erkenntnis verborgen« (Kol 2,3), sondern er teilt uns auch von seinem »unergründlichen Reichtum« mit (vgl. Eph 3,8.16), ist er, der »reich« war, doch für uns »arm« geworden, damit er uns »reich« mache, wie Paulus sagt (2 Kor 8,9).

Für mich bedeutet das: Wenn ich in meinem Leben wirklich reich werden will, dann muß ich mich auf Ihn, auf Jesus, *einlassen!* Etwa im Gebet, im Nachsinnen über sein Wort, aber auch durch das Bemühen, nach seinem Vorbild jenes »neue Gebot« der Liebe zu erfüllen, das er als das Kennzeichen wahrer Jüngerschaft bezeichnet hat (vgl. Joh 13,34f). Was er mir dann *schenkt,* das finde ich am schönsten in einem Wort ausgesprochen, das Er selbst in der Stunde des Abschieds zu den Jüngern, die sich damals als erste auf ihn eingelassen haben, sagte: »Ich nenne euch nicht mehr Knechte, sondern Freunde; denn ich habe euch alles mitgeteilt, was ich von meinem Vater gehört habe« (Joh 15,15).

Jesus bietet mir also nicht weniger an als seine *Freundschaft!* Und das ist keine Freundschaft nur auf Zeit, keine Freundschaft, die durch Bedingungen oder Vorbehalte begrenzt wird, wie wir dies leider immer wieder bei menschlichen Freundschaften so schmerzlich erfahren müssen, sondern eine Freundschaft von *immerwährender Dauer,* eine *grenzenlose*

Freundschaft! Er selbst hat es ja so versprochen, als er sagte: »Seid gewiß: Ich bin bei euch alle Tage bis zum Ende der Welt!« (Mt 28,28). Jesus ist ein Freund, der *bei mir bleibt,* auch dann, wenn es einmal schwer wird, der mir die *Treue* hält, auch wenn ich versage. Die »Rosen«, die seine Freundschaft mir bietet, verblühen nie! Sie schenken mir den größten Reichtum und das tiefste, beständigste Glück: das Glück der Gemeinschaft mit Gott, das Glück, von Ihm geliebt zu sein – für immer und ewig.

Bildnachweis

Umschlagmotiv:	Guter Hirte. Keramik von Franz Crone, Telgte 1971, Beuroner Kunstverlag.
Nach S. 8:	Johannes der Täufer. Thomas Zacharias, Farbholzschnitte zur Bibel, Kösel-Verlag, München.
Nach S. 24:	Isenheimer Altar (Ausschnitt) von Matthias Grünewald, Musée d'Unterlinden, Foto: O. Zimmermann.
Nach S. 32:	Der Gute Hirt. Emailarbeit von Egino Weinert, Köln.
Nach S. 48:	Kreuzigung. Bronzearbeit von Egino Weinert, Köln.
Nach S. 56:	Foto: Karl S. Wittmann, Regensburg.